Saisonarbeit

Kitzingen Krimi 2

1.Auflage 2017

2.Auflage 2018

3.Auflage 2022

Cover Photo: Hans Will

Vom Autor erschienen oder in Planung:

Never give up – Ratgeber gesundes Leben

Never give up Teil 2 - Ratgeber gesundes Leben
(In Planung)

Im Wendekreis des Virus – Kitzingen-Krimi 6

Das Virus schlägt zurück – Kitzingen-Krimi 5

Cranach Komplott – Kitzingen-Krimi 7

Späte Zeit des Glücks – Kitzingen-Krimi 1

Ein Leben lang – Roman

Back- und Lachgeschichten - Humor (Vergriffen)

Saisonarbeit – Kitzingen-Krimi 2

Ende der Weinlese – Fantasy (wird neu aufgelegt)

Todholz – Kitzingen-Krimi 3 (wird neu aufgelegt)

Deadly Running – Kitzingen-Krimi 4 (wird neu aufgelegt)

Für alle Camper und diejenigen, die es noch werden wollen.

Das Buch wurde in einer Zeit geschrieben, als Benzin und Mieten noch bezahlbar waren, Corona nur als Biermarke bekannt war, Putin noch nicht größenwahnsinnig geworden war und die Menschen nicht wussten, wie gut es Ihnen eigentlich ging.

Als **Saisonarbeit** bezeichnet man Arbeit zu einer bestimmten Zeit des Jahres. Wie zum Beispiel in der Landwirtschaft, zur Spargelzeit und zur Weinlese, wo in befristeten Zeiträumen Erntehelfer gesucht werden. Die stammen meist aus Osteuropa wie Polen, Rumänien oder Bulgarien. Ausschreibungen auf einschlägigen Internetseiten sehen dann zum Beispiel so aus: „Wir suchen ganzjährig Saisonarbeitskräfte. Die Arbeitszeit beträgt durchschnittlich 6 Stunden, wobei Mehrarbeit von bis zu 2 Stunden/Tag möglich ist. Nach Möglichkeit wird an 7 Tagen in der Woche gearbeitet. Die Bezahlung erfolgt in Euro. Der Stundenlohn Brutto beträgt 8,50 Euro. Die Unterkunft befindet sich in einer Wohnung bzw. einem Haus. Vorhanden sind Schlafraum, Aufenthaltsraum, Waschmöglichkeit und Kochmöglichkeit. Bettwäsche wird gestellt. Für die Unterkunft werden am Tag 5,80 € berechnet. Verpflegung wird nicht gestellt." Es gibt spezielle Internetseiten, die in Deutsch, Rumänisch, Polnisch und Bulgarisch darüber informieren, wo gerade in der Landwirtschaft Saisonkräfte gesucht werden. Saisonarbeit ist auch im Tourismus weit verbreitet. Köche und Servicekräfte sind im Winter in Österreich und der Schweiz sehr gesucht. Auch auf Kreuzfahrtschiffen sind Saisonarbeiter/innen gefragt.

Für Manfred Stöhr bedeutete Saisonarbeit sieben Monate Brötchenverkauf auf einem Wohnmobilstellplatz in Mainfranken.

Ein Buch über Camper und ihre kleinen Geschichten. Dazu zwei Mordfälle und Sexarbeiterinnen, die den Absprung schaffen.

Die Geschichte spielt vor den beispiellosen Jahren, die von der COVID-19-Pandemie und den Protesten für soziale Gerechtigkeit auf der ganzen Welt geprägt waren.

Prolog

Der Wind blies ihm über die Ohren und durch die Haare. Im Licht der Straßenleuchten wirbelte ein bisschen Schnee. Er spürte ihn mit geschlossenen Augenlidern. Die Blätter des letzten Herbstes tanzten auf dem verlassenen Radweg. Bald wird er hier wieder seine Brötchen verkaufen können. Am Main schaute er den Schiffen nach. Es war die Zeit, in der er sich mit langen Spaziergängen die Kondition für den Sommer holte. Mit dem Schiffsfernglas, das er von seinem Großvater geerbt hatte, suchte er nach den wenigen verbliebenen Vögeln. Ein paar Krähen und Elstern hatte er gesehen. Über die Brücke durch die Stadt ging er zum Alten Friedhof. Tannenreisig legte sich schützend auf das Grab, in dem seine Eltern liegen. Hier liegen sie alle: der Großvater, der Urgroßvater, der Ururgroßvater und auch ihre Gemahlinnen. Die drei Brüder vom Großvater, die im Ersten Weltkrieg ums Leben kamen, fanden ebenfalls in dem großen Familiengrab ihren Platz. Hinter ihren Todestagen war jeweils das Eiserne Kreuz in den Grabstein graviert. Sein alter MP3 Player spielte Suzanne von Leonard Cohen. Melancholie pur. Zu Hause kochte er sich dann einen grünen Tee, der ihn wieder etwas aufwärmte.

Saisonarbeit

Manfred, von seinen Freunden Manne genannt, bog über die hintere kleine Zufahrt auf den Wohnmobilstellplatz ein. Sie ist für Wohnmobile nicht geeignet, weil große Findlinge so hingelegt wurden, dass diese nicht vorbeifahren können. Von weitem sah er German, wie immer mit einem Paket Feuchttüchern bewaffnet, wie er über den noch schlafenden Platz zum Toilettencontainer hechelte.

Manne war dabei, den kleinen Laden im Info-Container in der Mitte des Kitzinger Wohnmobilstellplatzes unter der Nordbrücke liegend, einzuräumen – so wie er dann jeden Tag im Sommerhalbjahr aussehen muss. Im Digital Radio lief Grönemeyers Stück vom Himmel und der erste Kunde trat ein. Zwei Mohnsemmel und zwei Mehrkornbrötchen, bitteschön, danke. Sie kamen ins Gespräch, wegen eines Aufmachers auf dem Titel der Zeitung mit den vier Buchstaben. Es ging um Politiker, die sich nichts mehr zu sagen trauen; um Lobbyisten, die über alles bestimmen. Der Mann redete sich in Rage über Asylanten, unfähige Politiker und noch mehr und das alles um kurz nach sieben Uhr. Manne suchte seine Brille. Dann mussten Schröder und Fischer herhalten und das alles für die abschließende Erkenntnis, dass das Geld auf der Straße liege und wir, dabei meinte er wohl sich und Manne, wahrscheinlich zu blöd seien, es aufzuheben.

Der nächste Kunde, der einkaufte, kam aus Kleve vom Niederrhein, die abgewetzte beige Hose, die er trug, hatte ihm wohl früher einmal wesentlich besser gepasst, sie hing an ihm wie ein nasser Sack. Aus dem aufgeknöpften Karo-Hemd schaute ein Goldkettchen mit einem kleinen Kreuz hervor. Manne musste an die Kreuzverordnung der bayerischen Staatsregierung denken und fragte sich, ob er im Container auch ein Kreuz aufhängen sollte.

„Bitte von den Zahnrädern dort hinten zwei Stück und fünf Brötchen bitte separat gepackt." „Wenn ich mir eine Bemerkung erlauben dürfte: das sind keine Zahnräder, das sind Eierringe, das Traditionsgebäck aus Kitzingen!" „Aja, sehen aber trotzdem gut aus, bitte noch die Zeitung!" Er nahm die mit den vier Buchstaben, mit der Mainpostille könne er hier nichts anfangen. „Steht aber mehr drin und hat auch einen fantastischen überregionalen Teil!" „Kann sein, aber die Bilder sind schöner!" Manfred war jetzt klar, was für Bilder er meinte.

Die Kaisersemmeln musste er noch in die Verkaufskörbe schlichten, ein paar Exemplare des Kitzingen-

Krimis „Späte Zeit des Glücks" auf die Theke drapieren, Ansichtskartenständer aus der Abstellkammer, Zahlteller hinrichten. Er hatte sich eine Checkliste erstellt und an vier von sieben Vorbereitungspunkten konnte er jetzt einen Haken machen. Dann kam auch schon der nächste Kunde. Eine Kölsche Frohnatur, das hörte Manne gleich. „Haben sie Röggelchen für einen halve Hahn?" „Für was?" „Halve Hahn, wissen sie nicht was das ist!?" „Würde mal sagen: ein halbes Hähnchen, oder wie wir in Franken sagen: Göger mit Roggenbrötchen!" „Ha, hat mit Hähnchen nichts zu tun, Röggelchen sind zwei aneinander gebackene Roggenbrötchen, die aussehen wie die Brüste einer Frau und die werden durchgeschnitten und dann kommt ein mittelalter Gouda drauf, der gerne etwas dicker sein darf!" „Okay, wieder was gelernt, ich habe hier Roggenbrötchen, die sollten doch auch gehen, auch wenn sie nicht so aussehen wie die Brüste einer Frau." „Pack mal vier ein!"

Im Radio kommt die Meldung, das der Bahnverkehr zwischen Neustadt/Aisch und Kitzingen gesperrt ist. Dann lief die Little River Band Help mit Is On it's Way.

Maximilian Eichel, einer der Kontrolleure, ist auch inzwischen auf dem Platz gelandet. „Moin, Manne." „Hörnle?" „Danke!" Auf dem Main tuckert der alte

Diesel der „Luzia", einem Schiff, das Sand und anderes Schüttmaterial transportiert, vorbei.

Das Geschäft lief gut und so gegen viertel neun kam Gottfried Meister mit seinem weinroten Caddy angeblasen. „Machst du mir bitte einen Kaffee, scheiße was mit Carl abgelaufen ist! Ansgar hat gemeint, dass er nicht mehr leben wollte." „Bitteschön, der Kaffee. Milch, Zucker kannst du dir selber reinmachen. Da wird jetzt viel erzählt. Ich glaube, es war schon so, dass er eine tödliche Lungenembolie hatte. Es war, glaube ich, schon seine Dritte. Zwei überlebt und bei der Dritten dann empty. Ich weiß nicht, ob du die Geschichte kennst, wo in meinem Kaffee eine Wespe war, die mich dann von innen in den Hals stach, weil ich nicht merkte, dass sie in den Kaffee gefallen war. Jedenfalls rettete Carl mir, dank seines beherzten Eingreifens das Leben. Ja, so war das. Ich pack jetzt zam, heute geht da nicht mehr viel!" „Pass mal auf Manne, ich nehme noch einen Silvaner Bocksbeutel hier mit, was macht es zusammen?" „7,10!" Er gab Manne einen 20 Euro Schein. Das lässige „Passt scho!" konnte er nicht mehr hören. Manne freute sich trotzdem, fragte sich aber, woher der Typ so viel Kohle hatte, dass der so damit rumschmeißt. „Übrigens, bis vor zwei Jahren habe ich auch noch in dem Laden gearbeitet. Kann mich noch gut an meine Touren nach Sommerhausen und Nordheim erinnern. Fahre jetzt zu Ansgar, der hat in Ungarn wieder einen schönen 2002er gefunden, will aber nicht auf die Auktion in der Kunsthalle damit warten. Die ist ja erst in zwei Monaten und außerdem weiß man im Moment nicht so genau, wann er hier in Kitzingen ist und wann er in Thailand bei seiner Thao weilt." Für den Rest des Tages machte er es sich zu Hause gemütlich.

Am nächsten Morgen. Mit lautem Getöse fahren die Stadtgärtner mit ihrem umgebauten Transporter auf dem Platz ein. Die morgendliche Ruhe war dahin. „Zwei Eierringe und eine Schnecke!" verlangte der Große, während der Kleine sich einen Plunder mit Pudding und Kirschen in die Tüte stecken ließ.

Ein Schweizer kommt in den Container und verlangt drei Gipfeli, er komme aus der Gegend von Luzern in den Bergen und will, wie viele seiner Landsleute zum Nordkap fahren. „Salü, auf der Rückfahrt sehen wir uns wieder!" „Wenn wir noch leben!" sagte Manne.

Für die Auslage sortierte er die Plunderteilchen wie Quarktaschen, Dänisch Plunder Pudding-Kirsch, Schnecken mit Nussfüllung, Schokocroissant und Apfeltaschen in das vordere Regal. Der letzte Haken ist gemacht. Ein Mann im flotten Schritt unterwegs, stolpert über die Schwelle, „zwei Schnittbrötchen und zwei Mehrkorn bitte!", krachst er im Fallen. Nach kurzem Schütteln erzählt er von seinem Kroatienurlaub.

Er möchte heute noch die Strecke nach Melle bei Osnabrück schaffen. Wenn man dem Fan-Shirt Glauben schenken darf, ist er Anhänger des Drittligisten VFL Osnabrück. Ein anderer Gast des Wohnmobilstellplatzes erklärt Manne, dass Burghausen nicht in Niederbayern liegt, wie zuvor von ihm angenommen. Er erkundigt sich, ob heute beim Markttag auch ein Hamburger Fischhändler dabei ist, er habe sowas gelesen. „Keine Ahnung, ich gehe nicht in den Markt zum Einkaufen, keine Parkplätze und scharfe Politessen!" „Ja, i braucherts a neda, aber mei Frau wills halt wissen und auch hingehen auf ein Fischbrötchen!" Dann fing er wieder von seinem Burghausen an. „Wissens: Burghausen hat 18.000 Einwohner und 17.000 Pendler, da wissen sie schon, was da abgeht. Wir haben die schlechteste Verkehrsanbindung in Bayern überhaupt und sind der zweitgrößte Industriestandort im Freistaat. Nur ein Bahnanschluss und der ist nicht elektrifiziert." Carl drückte die Reset-Taste. „Na dann, einen schönen Tag noch, aber nicht, dass ihre Frau den Main mit der Nordsee verwechselt, wegen der Fischbrötchen mein ich!"

Die Frau, die gestern das Buch mit dem späten Glück gekauft hatte, sagt zu Manne, dass ihr Mann es in einem Rutsch durchgelesen hatte und sehr spannend fand. „Ja, ich muss es dann halt auch mal lesen, wenn alle sagen, dass es so gut sei. Was brauch mer denn?"

16

„Zwei Mehrkornstangen und eine Kaisersemmel bitte!" „Bitteschön, heute ist ja vorne im Park die lange Nacht im Paradies, das können sie sich anschauen, wenn sie Lust haben." „Was ist das denn genau, kommen da Adam und Eva aus dem Jenseits?", lachte die Frau. „Augenblick!" Manne las aus einem der Prospekte vor: "Die Besucher können durch den Park des ehemaligen Gartenschaugeländes wandeln, die durchgängig gespielten Aufführungen der Produktion „Im Garten meiner Kindheit" von der Berliner Künstler-Compagnie „Theater Anu" ansehen und verschiedene Lichtinstallationen genießen." „Wow, das lasse ich mir nicht entgehen!"

Ein Mann mit einem Rennrad auf dem Shirt bestellt ein Körner, ein Dinkel und ein Roggen und beklagt sich, dass er viel zu wenig Zeit zum Rennradfahren hat. Er sieht irgendwie aus wie ein kurz vor der Pension stehender Klinikchef.

„Hummel, Hummel, vier Körner bitte, ich bin ja Würzburg-Liebhaber, komme aber aus Hamburg. Wie kommt man denn zu der Kirche von Balthasar-Neumann? Ich wollte ja in Würzburg mein Wohnmobil abstellen, aber der Platz ist ja viel zu laut und auch nicht wirklich schön. Wir haben uns entschlossen mit der Bahn nach Würzburg zu fahren." Manne erklärte dann: „Die Kreuzkapelle von Balthasar-Neumann, die sie suchen, ist gleich da vorne. Einfach den Radweg entlang laufen bis zur Mainbrücke und dann sehen sie die Kirche schon. Sie wissen ja, dass der Grundriss der Kirche früher den 50- Markschein verschönerte. Und noch einen Tipp für Würzburg: Gehen sie mal in die Fisch Bar „Krebs" direkt am Main, hinter dem alten Kranen gelegen. Ganz toll dort, Essen, Ambiente und Leute. Oder zur Landesgartenschau am Hubland." „Danke für die Tipps!" „Ja, passt scho und viel Spaß wünsche ich."

„Quatre chocolat croissant, s'il vous plaît! ",„You come from?" "Belge!" „War ja fast klar!" dachte sich Manne, nachdem die Frau auch die restlichen Schokocroissants gekauft hatte.

Eine Urlaubsrückkehrerin aus Unna füllt ihren Verpflegungsvorrat für die Heimfahrt auf. Dann schwärmt ein Mann in kurzen Jeans und Musketier- Kinnbärtchen von der Seiseralm, Südtirol und dem Gardasee. „Es geht gleich weiter" sagt er, „nach Hannover." „Bon Voyage!" Und dann waren noch die beiden jungen Männer, die zu der Jahrgangs-Präsentation mit Hofausschank zu einem Winzerhof und Weingut nach Iphofen wollten. Sie mochten den Wohnmobilstellplatz in Iphofen, direkt neben den Feuerwehrgaragen nicht. Eine Frau fragt, wo sie den Euro wieder bekommt, der beim Billet-Automat nicht mehr rausgekommen ist. Manne kotzte es an, immer wegen dem scheiß Parkscheinautomaten alle fünf Minuten erklären zu müssen, wie das jetzt funktioniert. „Entweder sie warten, bis der Kontrolleur oder die Kontrolleurin kommt, oder sie gehen durch das Gartenschaugelände zur Alten Mainbrücke. Rechts nach dem Brückenbogen geht eine Holztreppe nach oben. Sie laufen über die Brücke und am Ende der Brücke links ist dann die Touristinfo untergebracht. Ich glaube, ab 9 Uhr ist dort geöffnet. Da können sie dann den Euro bekommen. Im Übrigen steht am Automaten, dass er kein Wechselautomat ist."

Noch mehr hasste Manne die Erklärung, dass er das Wlan-Passwort nicht hat. „Ja, wieso kennen sie das nicht?" ist dann die gängige Reaktion. Manne versucht dann zu erklären, dass jedes Wohnmobil sein eigenes Passwort bekomme (dazu mit eigenem Login). Beim Einrichten des Routers hatte die Stadt Kitzingen als Betreiber halt noch Angst gehabt, dass sie zur Haftung herangezogen wird, wenn jemand auf irgendwelchen Porno- oder Gamerseiten oder Ähnlichem herumsurft. Doch nach einem Urteil im vergangenen Sommer ist diese Haftung aufgehoben worden. Wahrscheinlich ist dies noch nicht bis zu den Verantwortlichen durchgedrungen. Ein schöner Hotspot hier auf dem Platz – das wärs halt!

Die Luft ist dampfig, so als könne sich gleich wieder ein Gewitter über der Stadt entladen.

Als Manne das Prospektregal auffüllen will, fällt ihm auf, dass die drei Stadtpläne in italienscher Sprache nicht mehr da waren. Seit drei Jahren war dies das erste Mal, dass jemand einen Stadtführer in italienscher Sprache mitnahm, darum ist es ihm auch gleich aufgefallen. Im selben Moment fährt ein großes Wohnmobil mit ungarischer Nummer am Container vorbei.

Ariel-Caprice ist ein gefragtes Aktmodell aus Ungarn. Sie hat ihren großen Luxus-Liner zu einem kleinen Fotostudio ausbauen lassen. Sie fährt damit durch ganz Europa und hat auf dem Womoplatz ein Foto-Date mit Gottfried Meister klar gemacht.

„Biological, Cleanroom Systems, Facility, Industrial Handling", liest Manne am nächsten Morgen an der Ampel auf dem angerosteten Transporter vor ihm. „Geht wohl nur noch in Englisch", dachte er.

Die Lindenallee mit der Zufahrt zum Platz steht in voller Blüte und auf dem Rasen ist alles noch ruhig, als er auf den Weg zum Container einbiegt. Hinter dem großen Morelo Loft mit ungarischem Kennzeichen steht der weinrote Caddy von Gottfried.

Manne hatte noch nicht ganz eingeräumt, als ein junger Mann eintritt, sie kommen ins Gespräch und dann stellt sich heraus, dass er als Busfahrer beim Heeresmusik-korps Veitshöchheim arbeitet. Er hat beim Steuern der großen Luxus-Liner keine Probleme, erzählt er. Am Wochenende fährt er die Bläser und Trommler des Heeresmusikkorps Veitshöchheim durch Paris. „Höchste Sicherheitsstufe dort, kann man sich ja denken. Ich habe jedenfalls ein bisschen Fracksausen. Ich war schon bei Auftritten in Großbritannien, Norwegen, Dänemark, den Niederlanden, Schweiz, USA und Kanada dabei." „Das wird scho!" sagt Manne beiläufig. Der Busfahrer nimmt zehn Butter Croissants und vier Flaschen Kakao-trunk mit.

Heute war Angela Merkel auf der Titelseite der Zeitung mit den bunten Bildern groß abgedruckt. Manne wird am Ende der Verkaufszeit feststellen, dass er kein einziges Exemplar verkauft hat.

„Buongiorno, achte Croissants, prego!" „Wie viele Croissants möchten sie?", „Achte!" „Ach so, acht. Bitteschön, Kommen sie aus Italien?" grimmig antwortete der südländisch aussehende Typ: „Wer wille das wissen?" „Schon gut: 12.-Euro. Prego!"

Ein gut gelaunter älterer Herr betrat nach einigen Minuten den Container und schwärmte: „Das ist ja einmal eine Auswahl, bitte drei von den Pariser Handgemachten, eine Brezel und zwei Käsestangen und für heute Mittag von den lecker aussehenden Quarktaschen hier vorne zwei Stück. Sie haben hier einen wunderschönen Platz, aber wir müssen heute wieder zurück nach Gemünden fahren!" „Geht die Fähre noch?" „Ja klar, die wird auch noch einige Zeit fahren müssen, bis die Brücke über den Main fertig gebaut ist!"

„Vier Gaiser und zwei Bruin alsjeblieft!" Sagte eine dralle Holländerin im knappen Outfit. "Daar ga je!"

Anscheinend ist der nächste Kunde Mathemathiker. Er erklärt Manne: "Rechnen sie bitte einmal mit: an 220 Tagen sind, sagen wir einmal knapp gerechnet, 50 Wohnmobile am Tag auf dem Platz, das wären 11.000 Wohnmobile im Jahr mal 9 Euro, sind knapp 100.000 Euro. Wahrscheinlich ist das noch spärlich gerechnet, was der Platz abwirft.. In zehn Jahren dann immerhin eine Millionen Euro. Das wäre dann aber wirklich noch knapp gerechnet!" krakelte er. Nach seiner Meinung könnte dafür doch eine Duschcontaineranlage aufstellt werden. Der Mann wurde lauter. Einen Bewegungsmelder für das Licht hier im Container sollte doch auch drin sein. Er wurde noch lauter. Ein Schild an der Einfahrt des Platzes, auf dem draufsteht, dass es weiter hinten Brötchen zu kaufen gibt, sollte doch auch Standard sein. Er nahm dann zehn Kaisersemmel mit und sagte zum Abschied: "Nichts für ungut!" "Passt scho!" war die Antwort von Manne.

Eine mollige, gut gelaunte Mitvierzigerin sagte nur, dass es schon schrullige Erbsenzähler gäbe. Manne sagte nix und packte 5 Kaiser, 4 Vollkorn und 2 Brezen in die Tüte. Dem Dialekt zu urteilen stammte die Frau aus Oberfranken.

Nachdem der nächste Kunde gegangen war, dachte Manne, was denn heute los sei. Der Nächste beschwerte sich heftig, dass der Platz wieder übervoll sei. "Tja, jedes Jahr werden zirka 50.000 neue Wohnmobile zugelassen und irgendwo müssen die sich ja hinstellen. Wir haben nunmal mit der guten Lage am Main und der Nähe zur Altstadt einen geilen Platz und da kommen dann halt auch die Camper gerne her!" Der Mann war trotzdem sauer und kaufte nur eine Zeitung mit den vier Buchstaben.

Der Moosburger, ein alter Stammkunde, betritt den Container und Manne wusste, dass er jetzt gleich vier Kürbiskernbrötchen in die Tüte zählen muss. "Für morgen bestelle ich wieder 20 Stück zum Mitnehmen. Die friere ich ein!" Manne dachte im Stillen, dass er das immer sagt, das mit dem Einfrieren. Anscheinend sind die Kürbiskern-brötchen in Moosburg teuerer, wie hier auf dem Platz.

Dann kam Gottfried und nahm drei coffee-to-go und sechs Plunderstückchen mit. "13,80 bitte!" Er ließ die

20 Euro wie immer aufgehen. "Wenn du willst, komm doch mal rüber, wenn du fertig bist!" "Gerne!"

Ein Schwede kommt in den Container und lässt sich die letzten sieben Kaisersemmel einpacken. Auf ein Blatt Papier schreibt er folgenden Satz: „Kort gåtur til by og indkøb. Burde snart studse buskene. Spærrer for udsigt til floden Main." Zu Hause wird sich Manne mit einem Übersetzungsprogramm am PC den Satz übersetzen lassen. Dabei kommt Folgendes heraus: "Sehr gutes Preis-Leistungsverhältnis. Wir sollten bald die Büsche stutzen. Blockiert die Haupt- Ansicht des Flusses."

Manne hatte den Container ausgeräumt, Kasse, Retouren und Leergut im Combo verstaut, klopfte nun an die Wohnmobiltür der Ungarin. Er ging über zwei Treppenstufen durch die Tür ins Innere. Er staunte nicht schlecht, jede Menge Plüsch, rotes Licht hinten sogar eine Pool-Stange. Dank der großzügig angebrachten Decken-fenster war es ziemlich hell über dem großen Bett, in dem sich gerade Ariel-Caprice für Gottfried aalte, der sie fotografierte. Dass sie dabei nackt war, störte anscheinend niemand. Gottfried gab Anweisungen, wie sie sich bewegen sollte und was für Posen sie einnehmen könnte. Der Begleiter des Models saß völlig unbeteiligt vor einem Fernsehapparat und schaute irgendeine ungarische Quizsendung an (oder war es eine Italienische?). „Setz dich, willst du was trinken? Alles inklusive. Morgen am Nachmittag kommen noch drei Fotografen!" „Ja schön, da will ich jetzt aber nicht weiter stören, wünsche frohes Schaffen!" Beim Hinausgehen schaute er den Begleiter groß an. Ihm fällt auf, dass dieser sehr große Ähnlichkeit mit Gottfried besitzt.

Die Hitzewelle mit ihren schweren Gewittern, Starkregen und Hagel im Gepäck war jetzt erst einmal vorbei. Schwülwarme dreißig Grad im Juni waren schon sehr ungewöhnlich. Die „Schafskälte" brachte es jetzt noch auf angenehme 22 Grad.

Beim Hinausfahren fiel ihm wieder der unfreundliche Italiener auf, der im hinteren Bereich des Platzes, an seinem etwas älteren Wohnmobil herumlungerte. Zu Hause war wieder, wie an fast jeden Tag, chillen angesagt. Später geht er in der Nähe des Golfplatzes noch ein bisschen spazieren.

Am nächsten Tag, nachdem er in der Bäckerei seine bestellte Ware abgeholt hatte, stellt Manne den Wagen ab und geht ein paar Schritte, um die noch kühle Morgenluft zu genießen. Als erstes schmeißt er dann erst einmal den Zettel des Schweden von gestern in den Kummerkasten der im Container hängt. Es ist noch kühler geworden. Ein netter älterer Herr aus Holland schaut neidisch auf den schwarz-gelb-roten Blüten-kranz, den sich Manne an den Innenspiegel gehängt hat. „Ja schade, dass wir es nicht geschafft haben. Die WM 2018 findet ohne Holland statt. Bitte vier Kaiser und drei Bruin wie gestern!"

Eine braungebrannte, attraktive Lady auf dem Weg von Kroatien nach Hause holt sich Verpflegung für die letzten Kilometer des Urlaubs nach Marburg. „Auf der Autobahn ist es ja immer so teuer! Eure Brötchen sind auch am Nachmittag noch schön rösch" „Gute Fahrt!" Manfred hob die Hand zum Gruß.

Der Luxus-Liner von Ariel-Caprice steht immer noch da und Manne musste daran denken, dass ja heute ein Model-Sharing in dem großen luxuriös ausgestatteten Wohnmobil stattfindet.

Ein Belgier aus Brügge holt sich sein Klischee- Ba-guette.

Mannes Blick fällt auf den Titel der Klatschpresse, die er verkaufen muss. „Für beide geht es jetzt um alles!" Gemeint sind Seehofer und Merkel, die großformatig abgebildet sind.

„Sie sind aber schön braun geworden!" Schmeichelte Manne zu einer gebräunten Schönheit. „Wir waren vier Wochen auf Ibiza und haben dort den Sonnenuntergang beim Café del Mar erlebt. Unbeschreiblich! Jetzt fahren wir noch eine Woche durch Bayern." Das mit dem Café del Mar sagte sie so, als ob es ihr größtes Lebensereignis bis dato gewesen wäre.

Ein zotteliger Hund bellte in den Container und der Belgier, der am anderen Ende der Leine hereinstolperte, will auf der „Romantic Road" zum Schloss Neuschwanstein fahren.

Auf dem Heimweg fährt Manne noch bei Ansgar vorbei. Er will sich einen Termin für einen Ölwechsel am Combo abholen.

Zu Hause geht er zu Nachbar Preissler auf die Terrasse und trinkt mit ihm sein wohl verdientes Feierabend-Bierchen aus der Dose. Sie quatschen über seine Sattelschweine und seine beiden Pferde. Am Nachmittag fährt er ins Kino-Cafe in den Mainfrankenpark, genießt Kaffee und Kuchen und schaut sich dann die französische Komödie „Ein Dorf zieht blank" an. In dem Movie geht darum, dass mithilfe eines berühmten Aktfotografen der Bürgermeister eines französischen Dorfes auf die bittere Lage der Bauern aufmerksam machen will. Der Haken dabei: Die Bauern sollen sich für das Foto ausziehen.

Wolfgang Preissler war früher unter anderem Verkaufsfahrer einer Tiefkühlkostkette. Fuhr von Haus zu Haus und hatte viele Kontakte, besonders zu älteren alleinstehenden Frauen. Eine von den Frauen lud ihn regelmäßig nach Feierabend zu sich nach Hause ein. Sie tranken Eierlikör und vergnügten sich mit Rommé. Es entwickelte sich eine platonische Liebe zwischen den Beiden. Die Diplomatenwitwe hatte in ihrem Leben viel mitgemacht. Ihr Mann war meistens in Einsatzorten der Kategorie C, weil gefährlich und unbeliebt, mit höchster Besoldungsstufe von 14.000 Euro Brutto unterwegs. Ihre Rente war dementsprechend hoch. Sie schickte Preissler oft zum Einkaufen, mit Karte und Pin, meistens Eierlikör und irgendwelche Schokoladen. Manchmal schlief er bei ihr nach einem likörigen Abend auf der Couch ein. Kurz vor Weihnachten muss es dann so gewesen sein, dass die Diplomatenwitwe am Morgen nicht mehr aufwachte. Die Anklage warf ihm dann vor, die Frau in die Tiefkühltruhe gepackt zu haben und ihr Konto systematisch leergeräumt zu haben. Nach zweieinhalb Jahren wurde er auch wegen guter Führung aus der Haft entlassen. Er ließ einige Wochen verstreichen und grub dann das Geld aus und kaufte sich in Kitzingen das Haus mit dem großen Grundstück.

Das Model-Sharing ist für alle beteiligten Fotografen super gelaufen. Tolle Bilder sind in den vier Stunden entstanden. Ariel und Gottfried teilten die Einnahmen auf. Sie bekommt 300 Euro und Gottfried steckt einen Hunni ein. Ein beteiligter Fotograf aus der Gegend um Stuttgart ist voll des Lobes, vor allem die Location im Luxus-Liner hatte es ihm angetan, aber natürlich auch die natürliche Schönheit des ungarischen Models.

Am nächsten Morgen, als Manne auf den Platz einfährt, erschrickt er leicht, weil so wenige Wohnmobile auf dem Platz stehen.

Ein älterer Mann mit ungepflegtem Bart, steht schon vor dem Eingang und wartet auf die frischen Semmeln, als Manne die kiesbestreute Auffahrt hochfährt. „Wissen sie, wir wollen heute noch Bekannte in Würzburg besuchen und dann weiter nach Wertheim fahren. Bitte zwei Kaisersemmel!" „Bitteschön!" „Mann", denkt Manne „wegen zwei Kaiser so eine Hektik." Im selben Moment gibt es einen Riesen- Knall und einige Sekunden später noch einmal Einen. Im Radio hörte er später, dass zwei Eurofighter der Alarmrotte Süd aus Neuburg an der Donau die Schallmauer durchbrochen hatten. Die beiden Knaller am Dienstag gegen 7.16 Uhr kurz hintereinander hätten viele Menschen verunsichert. Die Luftwaffe gab aber schnell Entwarnung: Ein ziviles Flugzeug hatte den Funkkontakt zur Flugsicherung am Boden verloren, weshalb das Nationale Lage- und Führungszentrum Sicherheit im Luftraum (NLFZ) in Uedem am Niederrhein den Auftrag an die Euro-fighter erteilte, bla, bla, bla.

Ein weiterer Mann im fortgeschrittenen Rentenalter kam hereinspaziert. „Haben sie den Knall auch gehört, mein Camper hat ganz schön gewackelt!?" Er strahlte Ruhe und Gelassenheit aus und die Lachfältchen um seine Augen deuteten darauf hin, dass er Humor hatte. „Zwei runde Brötchen bitte, zwei Mehrkorn und ein Hörnchen für den Hund."Na Bravo", dachte Manne und sagte „Bitteschön!".

Es ist wenig Betrieb auf dem Platz und Manne be-schließt, kurz Hallo bei Ariel-Caprice zu sagen. Nach-dem er seine Retouren und die Kasse in seinem Auto weggesperrt hatte, geht er die wenigen Meter zum Lu-xus-Liner. Er klopft an. Keine Antwort, es kommt ihm so vor, als höre er ein Schluchzen im Inneren des rie-sigen, mobilen Fotostudios. Er probiert die Türe zu öff-nen, sie ist nicht verschlossen. Er steigt hinauf und sieht zuerst die in der linken hinteren Ecke kauernde Ariel, sie zittert wie Espenlaub und ist völlig apathisch. Sie sieht ihn zwar, reagiert aber überhaupt nicht. Dann bemerkt Manne einen blutigen Klumpen am Boden lie-gen. Es ist Nandor, der Fahrer von Ariel, man hat ihm die Ohren und den kleinen Finger an der rechten Hand abgeschnitten. Ekelhaft. Er muss unter großen Schmer-zen gestorben sein.

Die Obduktion wird später ergeben, dass er mit einem Draht erdrosselt wurde. Manne ist geschockt und kann nur mit Mühe die Polizei anrufen, die nicht so recht verstehen will, was da passiert ist. Als er sich Ariel nähert, um sie zu trösten oder was auch immer, beginnt diese mit beiden Händen auf ihn einzuschlagen. An den Beinen ist sie gefesselt und er sieht erst jetzt, dass über ihrer linken Wange ein tiefer Einschnitt klafft. „Beruhige dich, es ist alles vorbei!" Sie bricht in Tränen aus und Manne hört das Martinshorn näherkommen. Mit gezogenen Pistolen nähern sich Polizeihauptwachtmeister Franz Hell und Polizeimeister Herbert Gebhardt dem Wohnmobil und gehen in das Innere des Liners. „Meine Fresse, wie sieht es denn hier aus? Herbert spanne bitte gleich mal großräumig mit Flatterband ab!" Dann rief Hell in der Direktion und beim Rettungsdienst an. Das Rote Kreuz war nach wenigen Minuten ohne Blaulicht und Martinshorn vor Ort, nahm Ariel durch die hintere Türe auf und brachte sie auf unspektakuläre Weise in die Uniklinik nach Würzburg. Manne gab ihr vor der Abfahrt seine Karte und ihre Handtasche, in dem sich ihr Smartphone befand.

Die Leute von der Spurensicherung trafen nach einer Stunde ein und auch ein Leichenwagen des örtlichen Bestatters und einige Pressevertreter. Auch das Lokalfernsehen war schon da. Mittlerweile hatten sich auch

Hunderte von Gaffern auf dem Platz versammelt. Manne ging zu seinem Auto und fuhr unbemerkt auf der vorderen Ausfahrt vom Platz. Er dachte zumindest, dass er unbemerkt davonfuhr. Ein Motorrad folgte ihm mit einigem Abstand.

Er gab Retouren und Kasse in der Bäckerei ab und fuhr weiter, Richtung nach Hause.

An der Ampel am Falterturm viel ihm im Rückspiegel ein Motorradfahrer auf, es war mehr der Helm der ihm ganz gut gefiel.

Als er sein Auto in der unteren Bergstraße vor seinem kleinen Häuschen abstellte, bemerkte er abermals das Bike mit dem ihm fremden Mann, der immer noch den verspiegelten Helm auf seinem Kopf sitzen hatte. Dieser stand dann nach wenigen Schritten neben ihm und packte Mannes linken Arm und drehte diesen auf seinen Rücken. Es schmerzte höllisch und der Fremde fragte ihn: „Ist der Tote Gottfried Meister und lüge mich nichte an?!" „Hey, lass mich erst einmal los, sonst sage ich gar nix!" Das war die falsche Antwort. Der Vermummte bog Mannes Arm soweit nach oben, dass er sich auskugelte. Er schrie laut auf vor Schmerzen. Dann schrie er immer weiter auch um Hilfe.

Sein Nachbar schaute kurz aus der Türe. Nach wenigen Sekunden kam er wieder heraus, in den Händen ein

MP7 Heckler & Koch. Er war ein Waffennarr mit Waffenschein und wartete eigentlich sein ganzes Leben schon auf so eine Situation. „Lass ihn los!" Der Vermummte ließ Manne los und schubste ihn auf die Seite, um im selben Moment nach hinten zu greifen und eine Pistole zu ziehen. Dazu kam er aber nicht mehr. Wolfgang Preissler hatte die HK MP7 Heckler & Koch auf Dauerfeuer eingestellt, als er abdrückte und 10 Sekunden auf den Fremden feuerte. Hundertsechzig Schuss zerfetzten den Fremden förmlich. Preissler hatte einen langen Schalldämpfer auf seiner Waffe und es sah so aus, als ob niemand etwas, in der abseits gelegener Ecke der Stadt, von den Schüssen mitbekommen hatte. Die Makarow des Getöteten steckte er ein. Dann zog er dem am Boden liegenden Mann, aus dessen unversehrter linken Gesäßtasche, den Geldbeutel heraus und schaute auf den Ausweis. „Salvatore Fiscianelli!", las er laut vor. „Mafia!" rief Manne. „Wir müssen den Typen verschwinden lassen!" Als Preissler den Helm des Getöteten abnahm, erkannte Manfred den unfreundlichen Typen vom Womoplatz.

Manne konnte nur mit einer Hand helfen, als sie den Italiener über das Gatter von Preisslers Schweinestall hievten. Sie machten es so, dass Außenstehende von einer jahrelangen Routine ausgehen mussten. „So, du musst jetzt erst mal ins Krankenhaus, sieht nicht gut aus, wie der Arm dranhängt. Vorher müssen wir aber noch die Ducati 959 Panigale verstecken". Im Futter-heu-Schuppen fand sie erstmal einen sicheren Platz.

Am Tatort Wohnmobilstellplatz war jetzt Felix von Stein eingetroffen, eigentlich schon pensioniert, aber wegen des großen Personalmangels bat ihn der Poli-zeipräsident noch ein Jährchen anzuhängen, was er nur mit Widerwillen machte. Von Stein und sein jüngerer, langjähriger Partner Kriminalkommissar Eduard Gersteg schauten sich entsetzt an, als sie das Gemetzel betrachteten. Stein war etwas mulmig zu Mute, war er doch am vergangenen Nachmittag vorher noch einer der Teilnehmer beim Model-Sharing gewesen und hat fleißig Bilder von der ungarischen Schönheit gemacht.

Ein Krankenwagen fuhr Manne in die Würzburger Uniklinik, Abteilung Schulterambulanz, wo ein Arzt ihm ohne viel Aufhebens die Schulter wieder ein-renkte. Er rief Ansgar auf dem Handy an, ob er Zeit hätte um ihn abzuholen. „Ich stehe doch schon mit dem Capri auf dem oberen Parkplatz, Preissler hat mir Be-scheid gegeben." Am Info-Schalter erkundigte sich Manne nach Ariel und besuchte sie dann in ihrem Zim-mer, das sie noch mit einer anderen im Moment schla-fenden Patientin teilte. Ihr aufgeschlitzter Backen musste geklammert werden und wird sie wohl als Narbe in der Zukunft immer an die Bluttat erinnern. „Nimm mich mit, ich sterbe hier!" bettelte sie in schlechtem Deutsch. „Okay, zieh dich an, ich stehe auf dem oberen Parkdeck und es ist der mintgrüne Ford Capri!" Ariel schaute ihn fragend an. „Okay, ich warte vor der Türe!" Es dauerte nur zwei Minuten, dann war sie ebenfalls dort und beide verschwanden zu Mannes Auto. „Ist der Oldtimer oder was ist das?" „Schau mal auf die Autonummer, was siehst du da? Genau, er hat das History H Zeichen und mit seinen 125 PS starken 2,6-Liter-Doppelvergaser-V6 Motor ist der 2600 GT immer noch eine Waffe!" Ansgar saß am Lenkrad und sagte zu Ariel: „Wenn du magst, kannst du bei mir in der Wohnung schlafen, bis dein Mobilhome wieder freigegeben ist." „Wie bist du eigentlich reingekommen?" „Wie reingekommen?" „Ich meine: ins Auto!" „Preissler hat mich angerufen und wo der Schlüssel für dein Schätzchen liegt weiß ich doch. Mit dem Compo wollte ich nicht fahren!"

„Du Sack, weiß eigentlich Gottfried schon, dass er von der Mafia gesucht wird?" „Gottfried ist tot, wir müssen nur den Stein überzeugen, dass er das auch so sieht. Und eine Todesanzeige sollte Gottfried schalten oder halt einer von uns." „Die Italiener waren zu dritt, also rennen immer noch zwei auf dem Platz rum!"

Nun meldete sich Zsanett Kovacs, wie Ariel mit ihrem richtigen Namen hieß, zu Wort. „Nandor hat ihnen doch gesagt, dass er nicht dieser Gottfried ist, aber sie haben ihn trotzdem gequält, mich hätten sie auch umgebracht, wenn nicht der Platz-Kontrolleur um 22 Uhr geklopft hätte!" „Ich würde vorschlagen, dass Gottfried trotzdem eine Todesanzeige in die Mainpostille setzen sollte. Aber das muss er selber entscheiden und wenn ich noch anmerken darf, Nandor hat kein Wort Deutsch verstanden, aber hat lange in Italien gearbeitet!"

Gottfried rasierte seinen Bart ab, färbte seine grauen Haare blond und ließ sie ganz kurz schneiden, dazu kaufte er sich noch eine große Nerdbrille mit Fensterglas und begann zu fasten, um sein Gewicht deutlich zu reduzieren.

Zsanett Kovacs machte im Capri bereits Zukunftspläne. Wenn sie ihren Luxus-Liner zurück hatte, wollte sie diesen dann verkaufen, um dann mit der Bahn nach Holland zu fahren, um dort nochmal von vorne anzufangen. Aber wieso wusste Ansgar, dass Nandor kein Deutsch konnte?

Preissler ging zu seinen Schweinen und zog dem angefressenen Salvatore Fiscianelli die Klamotten aus und verbrannte sie auf seinem großen Anwesen in einem Feuerkorb samt dem teuren Integralhelm. Die 164 Patronenhülsen sammelte er sorgfältig auf, er ging dazu mit einem Metall Detektor insgesamt drei Mal über das Gelände am Bach.

Manne hatte zwar noch leichte Schmerzen in der Schulter, öffnete aber am übernächsten Morgen wieder sein Büdchen und als erster Kunde kam sein Lieblings-holländer aus Enschede, „Bitte vier Kaiser und drei Bruin, fahre heute weiter nach Königswinter am Rhein, machs gut, mein Jung!" „Gute Fahrt!" Kein Wort über Polizei oder Fernsehen von vorgestern. Oder hat er es gar nicht mitbekommen? Groß genug ist ja der Platz, dass man vorne nicht unbedingt mitbe-kommt, was hinten passiert, auf dem ein Kilometer langen Platz mit einer Stellplatzkapazität von 120 Stück.

Ein kleiner untersetzter Mann aus Hannover beklagte sich über das kalte Wetter hier und erzählte, dass er sich auf der Rückfahrt einer sechs-wöchigen Tour be-findet. Österreich, Kroatien, Montenegro, Albanien, Griechenland, Chalkidiki, Igoumenitsa, Fähre, Brin-disi, an der Adria entlang nach Österreich und jetzt hier in Kitzingen. Eine Frau im besten Alter frohlockte als sie Manne sah: „Schön das sie heute wieder da sind. Ihnen geht es hoffentlich gut. Schon schlimm was sich hier vorgestern zugetragen hat."

Der nächste Holländer will nach Istrien zum Segeln fahren.

„Buongiorno." Manne zuckte zusammen, es waren wahrscheinlich die anderen beiden Italiener. „Per favore, molto," das konnte er noch von seinem letzten Italienurlaub, der aber schon vor zwanzig Jahren in Apulien zu Ende ging. „Du sprichst italienisch?" „Nein, nein nur drei vier Wörter!" „Weißt du dann was ein ingannatore ist?" "Was zu essen, hört sich an wie irgendwelche gefüllten Nudeln?!" "Sei una minghia secca!" Beide lachten und Manne sagte nur: „Du mich auch!" „Sechs Cornettos prego!" „Neun Euro!" „Was weißt du über Gottfried Meister? " „Toter Fotograf, er wurde vorgestern umgebracht. Wieso wollt ihr das Wissen, habt ihr mit seinem Tod was zu tun, hier ist seine Todesanzeige!" Manne zeigte auf die Anzeige in der Mainpostille und die beiden schauten sie sich an. Der Größere von beiden, der bis jetzt geschwiegen hatte, fragte Manne, ob er Meister überhaupt gekannt hatte. „Logo, er trank fast jeden Tag seinen Kaffee hier bei mir und aß einen Vanilleplunder und Kirschfüllung in der Mitte dazu." „Arrivederci!"

Gottfried klingelte bei Dorina an der Kunsthalle in der Glauberstraße. Sie sah auf den Monitor und erkannte ihn nicht. „Lass' mich bitte rein, ich bin es, Gottfried, ich habe mich optisch ein bisschen verändert. Die Aufzugtür öffnete sich und Gottfried schob die beiden Amperos N500 Koffer in den Fahrstuhl und in 4 Sekunden war er in der Wohnung von Dorina. „Gut schaust du aus, der Bart hat dich sowieso alt gemacht!" „Danke!" Er überreichte ihr einen schönen Strauß aus weißen Callas und fragte sie mit einem traurigen Gesicht voller Schmerz, ob er seine beiden Koffer bei ihr in zwei Hochbeeten verstecken könnte. „Es muss aber unter uns bleiben. Ist Maria in der Wohnung?" „Nein. Na gut, wenn du mich so anschaust, dann machen wir uns gleich ans Werk, ich habe eh gerade vier unbepflanzte Beete oben stehen."

Nach einer Stunde war von den beiden Koffern nichts mehr zu sehen. „Keiner schafft es ohne Hilfe. Keiner!" dachte er.

Dorina kochte Kaffee, während er ein paar Kaffeeteilchen einkaufte und in einer Gärtnerei nostalgische Prachtstauden für die Hochbeete mitnahm.

„Wohnt Maria noch bei dir?" Dorina blickte hoch und schaute über die Lesebrille und nuschelte ein „Ja" hervor. „Was ist eigentlich los? Da steht deine Todesanzeige in der Zeitung und du hast dich äußerlich so verändert, dass man dich so gut wie nicht erkennen kann, mir ging es jedenfalls so!" „Das ist eine lange Geschichte und hängt mit der Kohle zusammen, die ich jetzt gerade bei dir versteckt habe. Könntest du dir vorstellen, eine Landsfrau bei dir für zwei, drei Wochen aufzunehmen?" „Ja, warum nicht, wo kommt sie denn her in Ungarn?" „Keine Ahnung. Bist du noch mit Maria zusammen?", fragte Gottfried jetzt ein zweites Mal. „Ja sie wohnt noch hier, aber wir sind nicht mehr zusammen. Ich bin ihr anscheinend zu alt geworden, keine Ahnung, Frauen können da so verletzend direkt sein. Sie arbeitet jetzt auch wieder als Bedienung in Sommerhausen und hat dort auch eine Bude bekommen, wo sie meistens schläft. Ich habe ihr eine Frist gesetzt, um ihren Plunder abzuholen. Viel ist es eh nicht mehr. Aber sie hat überhaupt nicht reagiert. Dann habe ich die Schlösser ausgewechselt." „Sage ihr aber unter keinen Umständen, dass ich mein Aussehen geändert habe!"

German Sauer, stellte seine Feuchttücher ab. Bestellte zwei Handgemachte, einen Eierring und eine Quarktasche bei Manne und fragte ihn, was denn im Moment hier abgeht. Zwei Italiener hätten ihn gefragt, ob er Gottfried Meister kenne. „Der ist doch gestern beerdigt worden, ich habe ihn persönlich nicht gekannt." „Urnenbeisetzung, glaube ich gelesen zu haben!"

Gottfried hatte genug Kohle, um für längere Zeit unterzutauchen, ob das jetzt hier bei Dorina war oder woanders, wusste er noch nicht so genau. Er schaute bei Ansgar vorbei und besprach einiges mit ihm. „Danke,

dass du am Abend noch einmal mit mir zu Ariel gegangen bist. Das sind super Aufnahmen geworden!"
Gottfried lächelte. „Du sagst das niemandem, sonst
wirst du noch als Verdächtiger gelistet!"

Manne wollte gerade für heute Schluss machen, als
wieder die beiden Italiener bei ihm im Container standen. „Mit was kann ich dienen, meine Herren?" Der
eine von den beiden packte ihn am Hals und schrie
Manne an, wo die Frau aus dem Wohnmobil sei. „Lass
mich los, ich weiß nicht, was du meinst!" Im selben
Moment kam Maximilian Eichel, der Platzkontrolleur
in den Container und erfasste sofort die Lage. „Was ist
denn hier los?" Weiter kam er nicht, der zweite Italiener hatte ihm einen Tritt in die Weichteile verpasst, so
das Maxi zusammenklappte wie ein Taschenmesser.
Manne hatte sich derweil im Handgemenge losmachen
können und verpasste seinem Peiniger einen hammer-
harten Faustschlag auf das Kinn, so das Carlo in Richtung Maxi abkippte, blitzschnell nahm Manne den
schweren Ansichtskartenständer und schleuderte ihn
Pepino an den Kopf. Er traf genau auf die linke Schläfe
und der Mann aus Sardinien fiel wie ein Sack Heidel-
berger Zement auf den harten Containerboden und
wurde von den herumflatternden Ansichtskarten zuge-
deckt.

Maximilian schleppte sich zu seinem Auto und holte ein Umreifungsband, das man zur Paletten- Umreifung in der Industrie verwendet, wahrscheinlich hatte er es von seinem Sohn, der in einer Firma arbeitet, die solche Bänder herstellt. Sie fesselten die beiden Azzuris mit dem reißfesten Material und legten sie auf die Ladefläche seines Pick-ups. Pepino jammerte herum, dass es den beiden noch leidtun wird. „Was sind das für Typen, was wollen die?" fragte Eichel und drehte den Zündschlüssel. Sie fuhren auf die Eisgrube, nur wenige hundert Meter vom Womoplatz entfernt. Gut, dass heute auf dem hinteren Teil des Platzes kein Wohnmobil stand und die wenigen Camper, die vorne standen, lagen bereits auf ihren Liegestühlen in der Sonne oder waren mit dem E-Bike unterwegs. Maximilian und Manfred gingen nicht zimperlich mit den beiden um, als sie sie von der Ladefläche hievten. In dem Ausweis des Größeren stand Carlo Visentini und Pepino Ciprelli beim Kleineren. „Was wollt ihr von uns, ihr kommt da an, foltert und legt vermutlich den Mann aus dem Luxus-Liner um, was ist los mit euch?!" Die beiden Männer sagten keinen Ton und Maximilian und Manfred waren jetzt auch nicht die Meister des Verhörs. „Weist du was, wir rufen Felix von Stein an, der soll die beiden verhaften und wir machen eine Anzeige wegen Körperverletzung!"

Es dauerte keine 50 Minuten bis Kriminalhauptkommissar Felix von Stein, Kriminalkommissar Eduard Gersteg und Hauptkommisar Arne Hatterer gefolgt von Polizeihauptwachtmeister Franz Hell und Polizeimeister Herbert Gebhardt auf der Eiswiese auftauchten und die beiden festnahmen. „Was ist das denn für ein Seil? Meine Fresse!" „Warte," Maximilian Eichel langte in die untere Seitentasche in seiner Hose und fingerte eine Zange heraus und schnitt die Fesseln der beiden Italiener durch. „Vorsicht, dass sie nicht abhauen!" Aber genau das führten die beiden Berufsverbrecher im Schilde und bei „tre" liefen sie los. Carlo Visentini stolperte schon nach wenigen Metern über das Bein von Eduard Gersteg. Pepino Ciprelli hingegen kam ein Stück weiter, übersah dann allerdings eine kleine Steinstufe auf dem zugewachsenen Terrain, stolperte und fiel strecksderlängs hin, so dass Herbert Gebhardt nur noch die Handschellen anlegen musste.

„Also die beiden haben dich bedroht, dann kam Maximilian und er wurde dann auch gleich angegriffen…?" „Der Klassensprecher hat mir voll in den Sack kaut, der Arsch, tut mir jetzt noch weh." und Maximilian machte eine drohende Handbewegung, so als ob er Pepino Ciprelli gleich eine mitgeben wollte. „Beruhige dich, dann konntest du dich losmachen und hast den Ansichtskartenständer auf dem Pepino geworfen?" „Ja, den anderen, der mich am Hals gepackt hatte, habe ich vorher eine auf sein Kinn gehauen!" „Dann habt ihr sie gefesselt und hierhergefahren und dann habt ihr uns angerufen, ist das richtig so?" „Ja, stimmt alles und wir wollen Anzeige erstatten, Schmerzensgeld und meinen Kartenständer ersetzt haben!" Das sagte Manfred aber nur so, hatte er sich doch schon mit vierhundert Euro aus der Brieftasche von Pepino Ciprelli bedient. Hundert davon gab er Eichel, dem die Eier immer noch schmerzten.

Es dauerte eine halbe Stunde bis er die Ansichtskarten wieder im verbogenen Ständer hatte.

Am späten Nachmittag wurde dann die Fußball WM in Moskau angeschossen. Robbie Williams sang seine alten Hits, die eigentlich niemand mehr hören möchte und zeigte dann, aus welchem Grund auch immer, den Stinkefinger in die Kamera. Putin eröffnete mit markigen Worten und die Russen siegten gegen die Saudis mit 5:0. 81.000 waren im Luschniki- Stadion aus dem Häuschen.

Eine nette Schweizerin aus Bern mit großer Oberweite im neckischen, hautengen Radleroutfit war seine erste Kundin am nächsten Morgen. German trank wie immer seinen Kaffee und am Ende seiner Verkaufszeit stand Gottfried vor der hinteren Türe. „Ich muss mit dir reden, können wir uns in einer halben Stunde oben am Innopark treffen?" „Okay, da am Aussichtspunkt!"

Ein ungeduldiger Mann in kurzen, ausgewaschenen grünen Sportlershorts fragte, wie lange geöffnet sei. Manne zeigte hinter sich auf das Plakat: 7.15 – 8.45 Uhr.

„Was soll ich machen, irgendjemand hat wohl mitbekommen, dass ich Kohle habe und will mir die jetzt abnehmen!" jammerte Gottfried. „Schwarze Kohle, hab ich Recht, du hast in der letzten Zeit aber auch mit den Scheinen rumgeschmissen, das musste doch auffallen?!"

„Ich weiß, ich war ein Idiot, aber seit dem Tod von Margoo hatte ich mich nicht mehr im Griff, ich glaube ja, dass diese Maria irgendwie was verplappert hatte!"

„Meinst du diese Maria, die bei Dorina eingezogen ist!" „Ja, genau die und ich weiß jetzt nicht, ob es klug ist, die Ariel dort unterzubringen?!" „Sehr gefährlich, bring sie doch zu mir!" Gottfried schaute Manne an, er wusste, dass er kein Kostverächter war und sagte dann, „Du willst sie doch nur vernaschen!" „Dazu gehören immer zwei, also was ist?!" „Ich überlege es mir, im Moment ist sie ja noch bei mir!" „Du traust dir was!"

Beim zweiten Tag der WM zirkelte Ronaldo beim Spiel Spanien-Portugal in St. Petersburg in der 88. Minute einen Freistoß zum 3:3 Ausgleich ins rechte obere

Kreuzeck, Spaniens Torhüter De Gea war ohne Chance. Es klingelt bei Manne und Gottfried und Ariel stehen vor der Türe. „Guten Abend Manne, da wären wir. Kann jetzt Ariel die drei bis vier Wochen, bis ihr Luxus-Liner von der Polizei freigegeben wird, nun bei dir wohnen?" „Wenn es nicht anders geht. Kommt rein!" Drinnen saß Nachbar Wolfgang Preissler auf dem Sofa und schaute Fernsehen: Argentinien – Island nur 1:1 und Messi verschießt den Elfmeter, Alfreð Finnbogason vom FC Augsburg schafft in der 24. Minute den Ausgleich. Jetzt läuft das Spiel Kroatien – Nigeria. Preissler springt auf und gibt Ariel die Hand, „Wolfgang Preissler, angenehm!" Kavalier der alten Schule, aber mit seinen fast 70 Jahren war er immer noch ziemlich fit, nicht nur körperlich. Manne Stöhr, der nur halb so alt wie Preissler ist, staunt manchmal, wie sein Nachbar das alles so schafft, mit den vielen Tieren und dem Gemüseanbau und den Obstbäumen. Immerhin 12 Hektar misst sein Anwesen, was ungefähr zwölf Fußballfeldern entspricht. Die Bienen machen ihm ein bisschen Sorgen, aber im Vergleich zu anderen Imkern sieht alles noch gut aus. Früher hatte er auch Kühe, jetzt nur noch Schweine und zwar die in der Haltung anspruchslosen Angler-Sattelschweine mit der klassischen Färbung, hintere Körperhälfte ist schwarz, ein weißer Gürtel oder Sattel zieht sich über die Vorderhand. Durch die gute Weidefähigkeit laufen die 13 Schweine, die er zurzeit in seiner Zucht hat, in seinem weitläufigen Gelände frei herum. Nur am Abend kommen sie in den Stall und natürlich aktuell auch wegen der besonderen Umstände, wie Preissler meinte. Ein paar Hühner und drei Schafe vertreiben sich ebenfalls ihre Zeit auf dem Hof.

Er kennt kein Internet und keine E-Mails. Wolfgang ist im Schützenverein, er ist Waffennarr und war auch schon einmal vor vielen Jahren Schützenkönig, da lebte seine Mutter noch und seine Schwester war auch noch auf dem Hof und es war alles schön geschmückt, Biertische standen herum und eine Kapelle spielte Marschmusik.

Ariel stellt ihren Koffer ab und gab beiden die Hand, Gottfried kam nicht mit hinein. „Manne komme doch bitte mal raus!" „Was gibt's? Mach die Türe zu! Hier hast du 1000 Euro für das nötigste, wenn die Lady noch was braucht. Okay. Alles klar. Machs gut!" Er verabschiedete sich dann schnell und verschwand. „Möchten sie was essen, oder soll ich Ihnen erst einmal ihr Zimmer zeigen und das Bad, wo sie sich ein bisschen frisch machen können?"   „Ja bitte!" Mehr brachte Ariel nicht über die Lippen.

Sie duschte ausgiebig und schlüpfte danach in ihren pinkfarbenen Flanell- Plüsch- Pyjama und schaute sich ihre Narbe im Spiegel an. Wird schon werden. Sie ging hinunter zu den beiden Männern, machte die Türe einen Spalt auf, steckte ihren Kopf durch und sagte leise: „Gute Nacht. " „Wenn noch was ist oder wenn du noch was brauchst, sag Bescheid." „Schlafen sie gut!" sagte Preissler. In dem Moment fiel das 2:0 für die Kroaten. Die afrikanische Mannschaft des deutschen Trainers Gernot Rohr konnte das Spiel nicht mehr wenden.

Wolfgang Preissler sagte zu Manne emotionslos, dass von dem Fiscianelli nicht mehr viel übrig sei. In zwei Tagen sollte alles verschwunden sein, dann wird er ausmisten und was übrig ist verbrennen. Dann können die Schweine auch wieder ins Freie.

Manne kochte am nächsten Morgen, wie jeden Tag, eine große Kanne Kaffee, fuhr zur Bäckerei und lud die Backwaren ein.

Ein Sachse aus Neustadt/Aisch, der mit seinen Eltern öfters auf dem Platz stand, holte sich sechs Kaisersemmeln, die Zeitung vom Sonntag und drei Croissants und drei Portionsschälchen Erdbeerkonfitüre.

Es herrschte wieder reger Durchgangsverkehr, die Wohn-mobile aus NRW kamen zurück, aus Kroatien oder Italien. Ein Mann aus Dortmund erzählte, dass er den italienischen Stiefel komplett umrundet hatte.

„War einfach nur geil!" schwärmte er. Stammgast German Sauer, der auf einem der beiden weißen Barhocker Platz genommen hatte, spitzte die Ohren. Die Schweizer fuhren fast ausschließlich nach Schweden und Norwegen, meistens war das Nordcap das endgültige Ziel. Von den Holländern wollten die meisten nach Österreich fahren, Hallstadt war das große Ziel. Zum Frühstück gab es nur eins: Kaisersemmel und die möglichst hell gebacken.

Manne hatte sich vorgenommen heute beim Public Viewing, im ehemaligen Gartenschaugelände, das erste Spiel der deutschen Nationalmannschaft gegen Mexiko anzuschauen. Darum machte er überpünktlich Schluss.

Für Ariel und Preissler nahm er Hörnchen, Kornspitz und Schnittbrötchen mit.

Die Polizei holte das alte Wohnmobil der Italiener ab.

„Trinkst du Kaffee oder Kakao oder doch lieber Tee?" Ariel schaute ihn fragend an und da merkte er, dass sie nicht alles verstand. Er stellte die Brötchen, Marmelade, Butter und Käse auf den Tisch. Preissler brachte seine Hausmacher und dünn aufgeschnittenen Schinken vom Angler-Sattelschwein mit. Im Kühlschrank fand Manne noch ein Fläschchen Kakaotrunk, das er mit einer Tasse voller Röhrli in verschiedenen Farben auf den Frühstückstisch stellte.

Gottfried kaufte in Etwashausen in einer alteingesesse-
nen Gärtnerei einen großen Strauß Pfingstrosen in alt-
rosa und fuhr mit seinem neuen alten Auto einen Ro 80
in Alaska Metallic Baujahr 1977 zur Kunsthalle. Mit
dem Aufzug war er schnell oben, um es genau zu sagen: in 4 Sekunden. Dorina strahlte, als sie den pracht-
vollen Strauß erblickte. „Willst du einen Kaffee mit
mir trinken?" Gottfried schaute zufrieden und freute
sich auf den guten Kaffee von Dorina, den sie in alter
jugoslawischer Tradition im Kupferkännchen kochte.
Er half beim Tragen. Es war noch recht kühl auf dem
Dachgarten. „Setz dich doch, was hast du auf dem Her-
zen?" „Du weißt ja, dass Maria einmal bei mir wohnte
und ich nach dem Tod von Margoo ein bisschen in sie
verknallt war. Ich habe ihr dabei Sachen anvertraut, die
ich so zu ihr nicht hätte sagen sollen. Ich glaube, sie
hat sich irgendwo verplappert und jetzt ist die Mafia
oder sowas ähnliches hinter mir her und will mein
Geld!" Dorina runzelte die Stirn und sagte dann: "Ja,
das kann ich mir bei Maria schon gut vorstellen, jetzt
sollten wir herausbekommen, wem sie was verraten
hatte!" „Genau so sieht es aus und dazu brauche ich
deine Hilfe."

Der Platz lag wie jeden Morgen im Schatten und ein
laues Lüftchen blies durch die Lindenallee, als er den
Opel Combo abstellte. Die Blätter der Uferbäume
rauschten. In der Nacht hatte es geregnet, glitzernde

Wassertropfen perlten noch auf den Blättern der Sträu-
cher und auf den Lindenblüten am Radweg. Das
schwache Abschneiden der Nationalkicker gegen Mexiko war heute Morgen Gesprächsthema Nummer eins
im Container. Es grenzte schon an Arbeitsverweige-
rung, was die Jungs ablieferten. Man merkte deutlich,
dass zu viele Häuptlinge auf dem Platz standen und zu
wenig echte Krieger.

Auch die hochfavorisierten Brasilianer schafften nur
ein mageres 1:1 gegen kampfstarke Schweizer.

Das holländische Hubschiff Venkata stöhnte den Main
bergauf. Ein Mann im blauen Shirt will drei Handgemachte und ein Vollkornbrötchen. Gottfried kommt
vorbei und kauft fünf Croissants und zwei Kaffee to go
und bezahlt wieder mit einem Zwanziger. Ein E-Bike
Fahrer erklärt Manne, dass die meisten E-Bikes eigentlich Pedelecs sind. Demnach bieten Pedelecs nur dann
Motorunterstützung, wenn der Fahrer es möchte. Erfolgt die Pedalunterstützung bis 25 Kilometer pro
Stunde, gelten Pedelecs als Fahrrad und sind nicht zulassungspflichtig. E-Bikes fahren auch auf Knopf-
druck, dass der Fahrer/in pedaliert. Dieses System ist
ab sechs Kilometer pro Stunde zulassungspflichtig.
„Ganz schön viel Vorschriften!"

Gottfried war auf dem Weg zu Dorina, im Gepäck
hatte er frische Croissants und Kaffee im Becher.

„Hallo!" Dorina schüttete ihren Kaffee aus dem Becher in eine große Tasse. „Ich mag keinen Kaffee im
Becher!"

Sie gingen auf den Dachgarten, heute soll es wieder 30
Grad geben und da war es auf dem Dach unter der
schattenspendeten Markise mit am angenehmsten, vor
allem wenn ein leichtes Lüftchen blies, so wie heute
Morgen. Dorina war so froh, dass ihr verstorbener
Mann die Idee mit dem Lagerhaus (und auch das Geld,
um es so exquisit umzubauen) hatte.

Gottfried eröffnete mit einer Frage: „Hat Maria dir irgendwann einmal was von mir erzählt, ich muss das
wissen, dass ist sehr wichtig für mich?!" „Vor allem
hat sie erzählt, dass du sie sexuell belästigt hast!" „Das
stimmt doch nicht!" „Langsam- ich habe das auch nie
geglaubt, aber irgendwie hat sie, glaube ich herausbekommen, dass du viel Geld besitzt. Das hat sie mir selber erzählt, sie hat es wohl einmal gesehen, es war
wohl in einem silbernen Koffer, also genau so ein Koffer, den du oben vergraben hast und das muss sie wohl
auch einem Hotelgast in Sommerhausen erzählt haben,
der sie nach Würzburg ausgeführt hatte, sie waren
wohl zusammen auf dem Frühjahrsfest. Ich glaube
Herbert Graf von Weichenberg, hieß der Typ, ich habe

ihn mal bei einer Urban Gardening Messe kennengelernt und mich wollte er auch gleich aushorchen, ein
schmieriger, fetter Typ."

Gottfried verzog das Gesicht und schimpfte, dass das
Ganze wohl ein kosmischer Witz sei. „Scheiße,
Scheiße, Scheiße, die werden mich jagen, bis sie mich
haben." Dorina überlegte kurz, sie hat in ihren Leben
schon ganz andere Sachen gemeistert. Dann sagte sie
mit bestimmter Stimme: „Wir müssen eine falsche
Fährte legen. Ich weiß zwar nicht warum ich dir jetzt
helfen soll, aber ich mache es jetzt halt einfach. Morgen kommt Maria hier her und holt ihre restlichen Sachen, ich erkläre ihr, dass ich dich in der Altstadt getroffen hätte und du hast dann erzählt, dass dir Kitzingen zu langweilig geworden ist und du nach Indien
auswandern willst. Wäre das okay für dich? Vorher
checke ich halt ab, ob sie das mit der Todesanzeige ge-
schluckt hat. Wenn ja, mache ich erstmal gar nix. Also
wenn man dich nicht genau kennt, dann wird man dich
so mit den kurzen gefärbten Haaren ohne Bart und mit
Brille überhaupt nicht erkennen, abnehmen müsstest
halt noch ein wenig!"

Maria Sternhagen traf fast zur selben Zeit Herbert Graf
von Weichenberg, der auf abenteuerliche Weise über
Thailand und Sizilien wieder zurück nach Deutschland

gekommen ist, im Dachgarten des Nikolaushofes in Würzburg. „Und sie meinen wirklich, dass Gottfried Meister tot ist?" „Todesanzeige und Einäscherung fand jedenfalls statt, und dann denke ich, dass dies dann auch so ist!" „Wer erbt jetzt das Häuschen in Schwarzenau?" "Soviel ich weiß, gehört es ihm noch, aber genau kann ich ihnen das nicht sagen!" „Können sie mich noch nach Kitzingen fahren, ich muss bei einer Freundin noch ein paar Sachen abholen?" „Kein Problem!" Weichenfeld, der in Thailand an gutgläubige Touristen nichtexistierende Altersruheplätze verkauft hatte, holte seinen Mercedes-Benz GLA im AMG Styling. Er hatte das Teil geleast, um bei verschiedenen Kunden auf dicke Hose machen zu können.

Gottfried verabschiedete sich von Dorina und marschierte über die alte Mainbrücke, um bei Ansgar nach Quartiermöglichkeit zu fragen.

Er hatte ihm ja vor einem Jahr die Werkstattsanierung komplett finanziert. „Wäre ja nicht mehr wie recht und billig, wenn er mir Unterschlupf gewährt!" Sein Business mit der Oldtimer Instandsetzung und Pflege lief sehr gut. Biljana, Dorinas Nichte aus Budapest und ihr Mann Lajos, beide Zahnärzte und im Nebenberuf Verkäufer von Youngtimern aller Art, besorgten Ansgar die alten Autos, die der dann wieder mit seinen zwei

Mitarbeitern so herrichtete, dass sie verkauft oder versteigert werden konnten. Auch vom ermordeten Nandor Grossiecs bekam er ab und zu gepflegte Fahrzeuge.

Zurzeit hatte Ansgar ja das halbe Jahr des Jahres zu überstehen, in dem er seine vietnamesische Freundin Thao nicht sehen und lieben konnte. Die beiden hatten eine komplizierte Beziehung. Kennengelernt haben sie sich in einer Pflegeeinrichtung in Thailand, in der Ansgar seinen dementen Vater aus Kostengründen abgegeben hatte. Er hatte einfach keine Zeit, um ihn selber die Pflege angedeihen zu lassen, die nötig wäre. Heiraten wollten Ansgar und Thao vorläufig noch nicht und so machte er im Winter ein viertel Jahr Urlaub und Thao kam dann danach gleich mit nach Deutschland und bekam eine Aufenthaltsgenehmigung von einem viertel Jahr.

Als Gottfried eintrat, lief im Fernsehen das Weltmeisterschaftsspiel Schweden gegen Südkorea und niemand aus der Werkstatt schaute zu. Durch einen Elfmeter gewannen dann die Nordmänner mit 1:0.

„Hallo Ansgar, hast du einen Moment für mich?" Er putzte mit einem Lappen seine Hände, so gut es ging, ein bisschen ab. „Was gibt's?" „Kann ich für ein paar Wochen bei dir unterkommen, bis mein Platz in der Seniorenresidenz frei ist, das dürfte bald soweit sein."

„Okay, das geht schon. Du kannst die Einliegerwohnung unten im Wohnhaus haben, dann musst du nicht jedes Mal durch die Werkstatt latschen und hast einen separaten Eingang." „Super, danke dir und hast du es dir mit dem RO 80 überlegt?!" „Schon gut, den kann ich für die nächste Versteigerung in Kommission nehmen!"

Weichenberg ließ Maria an der Kunsthalle aussteigen und musste nur wenige Minuten warten, bis Maria wieder mit drei Reisetaschen aufkreuzte. „Schmucke Bude, wem gehört denn das alles?" Maria gab eine enganliegende Antwort: „Einer Bekannten!" „So, jetzt darf ich sie doch noch nach Sommerhausen fahren?" „Ich bitte darum!" Maria hatte eine schöne kleine Wohnung im „Gesindehaus" des Hotels und war recht froh darüber, dass sie wieder hier unabhängig von ihren ehemaligen Liebschaften Gottfried und Dorina arbeiten und leben konnte. Im Radio lief in den Nachrichten ein Bericht über die deutschen Tafeln, die vor 25 Jahre gegründet wurden. Mittlerweile helfen in 940 örtlichen Anlaufstellen rund 60.000 Ehrenamtliche, mit der Weitergabe gespendeter Lebensmittel an etwa anderthalb Millionen Bedürftige. Als Maria das im Radio hörte musste sie daran denken, was bei Ihnen in der Restaurantküche immer so alles weggeschmissen wird. Irgendwie skandalös. „So, wir sind angekommen, soll ich noch zu einem Absacker zu dir mit reinkommen?" „Warum nicht, stell deine Karre da hinten ins Eck!"

Maria ging voraus und Weichenberg hechelte hinten nach und schaute voller Lust auf das prächtige Hinterteil der Frau im besten Alter.

„Wohnst du hier eigentlich alleine?" fragte der wohlbeleibte Weichenberg angestrengt, er wartete nicht mehr auf eine Antwort. Mit beiden Händen streichelte er über Marias Po, der in einem enganliegenden Rock steckte. So schnell wie Weichenberg Maria an den Po gelangt hatte, so schnell drehte sich Maria um, zog aus und knallte Weichenberg eine.

„Wir sind doch nicht bei den Hottentotten. Was soll das, du kannst jetzt gleich abhauen?!" Wie ein geprügelter Hund verließ Weichenberg das Apartment und machte sich vom Acker.

Gottfried besuchte derweil Manne und Preissler und schaute mit Ihnen das WM Spiel Belgien – Panama an. Dabei bedankte er sich nochmal bei den Beiden. „Nix zu danken!" „Wo ist denn der Fiscianelli?" „Abgereist!" Preissler und Manne lachten und Preissler sagte: „Das willst du gar nicht wissen." Gottfried zog die Augenbrauen nach oben und verabschiedete sich. Preissler ging über die gemeinsame Terrasse ebenfalls zu sich nach Hause.

Dann klopfte es und Ariel kam ins Zimmer. Auf Arte startete gerade der Film „Ein schönes Mädchen wie ich" von François Truffaut, eines seiner lustigen Werke. Ariel hatte sich ein belegtes Käsebrot gemacht, dazu ein paar aufgeschnittene Tomaten. Sie setzte sich zu Manne auf die ausladende Couch und schmiegte sich an ihn. „Willst du mal abbeißen?" Manne nahm sie in den Arm und flüsterte ihr ins Ohr: „Ich würde dir gerne woanders hin beißen!" Ariel schaute ihn mit gro-ßen Augen an und musste dann kichern. Sie stellte das angebissene Käsebrot auf den Beistelltisch und strei-chelte Manne über seinen linken Schenkel, er hatte kurze Hosen an. Für Ariel bedeutete dies kein großes Hindernis, um an sein bestes Stück zu gelangen, das schon etwas an Härte zugenommen hatte. Manne machte das Licht im Zimmer aus und konnte jetzt im fahlen Licht der Straßenbeleuchtung die wundervollen Kurven von Ariel bewundern.

Als um 6 Uhr der Wecker klingelte, wachte Manne aus einem süßen Tiefschlaf auf, der aber nur wenige Stun-den gedauert hatte. Links von ihm lag die nackte Ariel und er sah jetzt deutlicher als am Abend, was für einen wunderschönen Body sie hat.

Er schlich ins Bad, machte sich fertig, brühte eine Kanne Kaffee auf und fuhr zum Laden.

Sein erster Kunde war ein Mann aus Bodelshausen bei Tübingen, im roten Shirt und grauen Bart, der auch schon gestern eingekauft hatte, zwei Brezen, drei Kaiser, ein Mehrkorn, eine Zeitung und zweimal coffee-to-go. „In Bodelshausen wurde doch immer der LBS Cup ausgefahren, gibt es das Radrennen noch? Ich bin da mal in der U13 Klasse gefahren!" Der Mann schaute erstaunt zu Manne und lachte und bestätigte ihm, dass das Radrennen immer noch ausgetragen wird.

Dann kam eine Schweizerin aus Baden bei Zürich, sie seien auf dem Weg zum Heidenheimer Weltenbummler-Treffen. Früher seien sie mit ihrem Mercedes Geländetransporter, von dem nur 500 Stück gebaut wurden und dann im Vorderen Orient verkauft wurden, in Asien und Afrika unterwegs gewesen. Er sei etwas untermotorisiert für solche Fahrten, aber sie haben mit dem Bock schon Syrien, allerdings vor dem grausamen Krieg, Iran, die postsowjetischen Staaten in Zentralasien wie Kasachstan, Kirgisistan, Turkmenistan und Usbekistan bereist. Sie sind durch das tiefste Anatolien und Kurdistan mit ihm gefahren und einige Male seien sie in Nordafrika unterwegs gewesen. Jetzt sei der mittlere Osten für sie passé.

In der Zeitung liest Manne, dass England dank Harry Kane von den Spurs, Tunesien mit 2:1 besiegte. Für die afrikanischen Mannschaften läuft es gar nicht gut bei der WM.

Dann lernte Manne noch etwas „ganz Wichtiges fürs Leben". Ein Mann aus der Gegend um Augsburg wollte in eine Gugg zwei Brezeter. Übersetzt heißt das: in eine Tüte zwei Brezen geben.

Er freute sich auf Ariel. In Etwashausen kaufte er in einem Blumenladen einen großen Strauß rote Rosen. Er war freudig erregt, als er in der Bergstraße an seinem Haus ankam. Die Türe war noch versperrt und wie es schien, schlief Ariel noch. Er schlich sich ins Schlafzimmer und da lag sie in ihrer ganzen Pracht. Er ging zu ihr hin und kniete sich neben sie und streichelte sie zärtlich über ihren schönen, nackten Körper. Er merkte, dass sie langsam aufwachte und er wiederholte die sinnliche Streicheleinheit. Ariel schlug die Augen auf. „Mach weiter", er tastete sich langsam weiter. Ariel stöhnte einen leisen Lustschrei und Manne machte das was Männer in so einer prickelnden Situation machen. Ariel knabberte dabei an seinem Ohr und hauchte ein leises „Ich liebe dich" hinein. Sie genossen die Atmosphäre des Augenblicks und konnten voneinander nicht genug bekommen.

„Das war schön Manne, am liebsten würde ich für immer hierbleiben bei dir!" Manne stand auf, ging die Treppe hinunter, holte den Strauß Rosen, entfernte beim Hinaufgehen das Papier und steckte ihn durch die halbgeöffnete Türe. „Für mich? Du bist verrückt, ich glaube, ich bleibe doch noch ein Weilchen bei dir!" „Nur ein Weilchen?" „Mal schauen, wie es mit uns läuft, ich muss mal bei der Polizei anrufen, was mit meinem Liner los ist, wann ich den wieder abholen kann!" Lenkte sie ab.

Manne wählte die Nummer von Felix von Stein und erfuhr, dass es noch mindestens eine Woche dauert, bis das Fahrzeug freigegeben wird.

Preissler ist gekommen und im Fernsehen lief Kolumbien gegen Japan. Platzverweis in der 3. Minute. Kolumbien nur noch mit zehn Mann auf dem Platz und verliert dann mit 1:2 gegen die überglücklichen Japaner. Preisslers Herz erwärmte sich, als er sah, wie Manne und Ariel verliebt und neckisch auf dem Sofa rumfummelten.

Er kennt Manne seit seiner Geburt und die ganzen Schicksalsschläge, die er durchmachen musste. Er war es, der ihm den Job auf dem Womoplatz besorgt hatte. Manne war 15, als er beide Elternteile bei einem Unfall verloren hatte, er überlebte schwerverletzt und hat jetzt, noch 18 Jahre danach, immer wieder mit den schweren Verletzungen von damals innerlich zu kämpfen. Drum war er froh, dass Manne, die süße Ungarin anscheinend in sein Herz geschlossen hatte.

Ariel zog unterdessen die blauen Gummihandschuhe an und machte sich über den Abwasch her, während Manne abtrocknete und ihr dabei verliebt zuschaute und sich im siebten Himmel wähnte.

„Magst du gerne reiten?" fragte Preissler die wilde Schönheit aus Ungarn, er hatte ja noch die zwei Pferde der Rasse Bayerisches Warmblut auf seinem großen Areal im Stall stehen. Das Bayerische Warmblut ist ein mittelgroßes Pferd, das dem Hannoveraner ähnelt und auch für größere Kinder gut geeignet ist. „Ja, früher bin ich viel geritten, ich bin ein Kind der Puszta!"

Bei Preissler kostete eine Reitstunde, wenn die Mutti oder der Vati mit aufpasste, 30 Euro. Das waren dann aber auch 60 Minuten und ihm war es egal, ob noch ein zweites Kind in der Zeit mit dem Pferd ritt. Darum waren die Pferde Rocky und Sherif auch so gut gebucht. Mit Simone hatte er eine junge Frau, die sich auf 450.- Euro Basis um vieles kümmerte. Die Pferde wurden pro Tag für vier Stunden auf die Koppel zum Reiten gelassen, was Ihnen gut tat. Sonntag war Ruhetag.

„Ich bin als Kind immer geritten, aber seitdem ich mit dem Liner zum Geldverdienen fahren musste, nicht mehr." „Wie alt warst du denn, als du das erste Mal mit dem Liner losmusstest?" „Nandor war ja mein Stiefvater, Gott sei seiner Seele gnädig. Er hat mich schon mit elf mitgenommen, damals halt noch bei den ganzen Pädophilen, ich wurde aber nur fotografiert. Was heißt nur, es gab mir schon einen Riss in der Seele, weil meine Mutter es ja auch mochte, dass ich das mache. Zuerst sind wir mit einem VW-Bus gefahren, dann mit einem kleineren Wohnmobil, so eins mit einem Alkoven. Den Luxus-Liner dann habe ich komplett bezahlen müssen, wir haben ihn zwar günstig gekauft, aber 46.000 Euro ist viel Geld. Jetzt habe ich einen Riss auf der linken Wange und wer weiß, was unter Nandor noch alles gerissen wäre und was ich noch alles hätte machen müssen, wenn ich zu alt für die klassischen Aktfotoaufnahmen geworden wäre, ich will gar nicht dran denken. Einen Vorteil hatte das Ganze. Ich habe fließend deutsch sprechen gelernt, weil wir ja meistens im reichen Deutschland und in der noch reicheren Schweiz unterwegs waren. Gottfried habe ich auch so kennen gelernt!"

„Jetzt bist du erst einmal bei uns!" Erklärte Manne, „Genau und Wolfgang Preissler ist sowas wie mein Vater, ich hatte auch eine schlimme Erfahrung als Jugendlicher!" „Sagt bitte Zsa zu mir, mein richtiger Name ist ja Zsanett, nur als Aktmodel hieß oder heiße ich Ariel-Caprice und das ist ja jetzt erstmal vorbei!"

Preissler klopfte und fragte, ob Zsa mit hinaus auf den großen Hof kommen will, er möchte sie mit Simone

Werner, seiner Reitlehrerin bekannt machen. Als Manne eine halbe Stunde später aus seinem Küchenfenster schaute, sah er Zsa strahlend auf dem Rücken von Rocky über die Koppel davonreitend.

Zur selben Zeit trafen sich Herbert Graf von Weichenberg und Ulf Bodenstein, der der Palmölmafia in Argentinien nur knapp entkommen ist, in einem Straßencafé in Sachsenhausen. „Sag mal Weichenberg, bist du jetzt noch dicker geworden oder täuscht das?" „Ey, du Arsch, ich habe dich nicht hierher bestellt, dass du mir so schöne Komplimente machst!" „Sondern?"

„Das Geld, das damals dieser Keith Palmer zunichte gemacht hatte, das gibt es noch, es ist noch da, verstehst du, es ist noch da! Es werden zwar keine fünf Millionen mehr sein, aber vier sind es mit Sicherheit, ich weiß nur nicht, wo ich suchen soll. Aber die scheiß Kohle ist noch da!" „Beruhige dich, ich überlege mir was." „Ich hatte ja schon drei italienische Freunde auf diesen Gottfried angesetzt, aber ich glaube, die haben den Falschen gefoltert und umgebracht."

„Woher kennst du überhaupt diese Mafia Spaken!" Weichenberg verzog das Gesicht und meinte dann zögerlich: „Bei meinem unfreiwilligen Abzug aus Thailand, war ich ein paar Monate in Sardinien und da kam der Kontakt zustande, ich hatte ihrem Boss mein Thailand Muster erklärt und deshalb hatten die bei mir noch was gutzumachen, aber das die den gleich so foltern und dann umbringen, davon war keine Rede. Zwei sind sie ja jetzt in Haft und werden wohl irgendwann verhandelt und da wird man dann spätestens sehen, ob dieser Gottfried tot ist!"

Bodenstein runzelte die Stirn und fragte Weichenberg, ob er sich sicher sei, dass Meister das Geld hatte oder wie er drauf kommt, dass er die Kohle hat und er nicht wieder mit dem Freddy die Wege kreuzen möchte. „Du weißt doch, was er mit uns in Kleinrinderfeld gemacht hatte!" „Den Gottfried hatte ich von Anfang an auf der Rechnung, aber sicher bin ich mir bis heute nicht, er ist ein Phantom, ich weiß ja gar nicht genau wie er aussieht. Das Facebook Foto scheint auch schon einige Jahre alt zu sein. Ich würde ihn nicht erkennen, wenn er vor mir steht, ich weiß gar nicht, ob ich ihn einmal gesehen habe. Er hat jedenfalls Verbindungen zu diesem Freddy!" Bodenstein sagte dann zu Weichenberg, dass er einen genauen Beweis bräuchte, um weiter da mitzumachen. „Ich habe nämlich keinen Geldscheißer, um ein Phantom zu jagen!" Dann ließ Weichenberg die Katze aus dem Sack und erzählte Bodenstein die Story von Maria, die angeblich einen Koffer voll mit 500 Euro Scheinen gesehen hatte.

Im Autoradio kam die Meldung, dass auf der Autobahn A3 zwischen den Anschlussstellen Kitzingen

/Schwarzach und Biebelried ein schwerer LKW Unfall, bei dem der 42-jährige bulgarische Fahrer eines Tankzuges ums Leben kam, passiert ist. Tausende Liter Molke sind aus dem Tankzug ausgelaufen. Man solle großräumig umfahren.

Das mit dem Umfahren merkte Gottfried im eigenen Auto, alle Straßen in Kitzingen waren verstopft. Aber durch Etwashausen und der Südbrücke ging es noch verhältnismäßig gut voran. Er fuhr nach Sulzfeld, dort den Berg hoch, Richtung Erlach und von dort nach Sommerhausen. Maria hatte ihn angerufen, es hörte sich so an, als wollte sie ihm etwas beichten. Er wollte sein neues Outfit Maria nicht preisgeben und hatte Ansgar gebeten, ob er mitfahren möchte. Ansgar ging zum vereinbarten Zeitpunkt ins Hotel, wo Maria arbeitete, an der Bar, die um die Nachmittagszeit nicht besetzt ist. Sie kannte Ansgar von diversen Silvesterfeiern beim verstorbenen Carl. „Wo ist Gottfried?" fragte sie Ansgar verstört. Er gab ihr einen Brief, den sie sofort lesen sollte. „Okay, dann sag ihm einfach, dass Herbert, Graf von Weichenberg und wahrscheinlich auch Ulf Bodenstein Bescheid wissen." „Okay!" Ansgar schreibt die beiden Namen auf einen Zettel und verabschiedete sich. „Sag ihm noch, dass es mir leidtut!"

Gottfried wunderte es nicht, was Ansgar ihm gesagt hatte, er verstand nur den Zusammenhang noch nicht zwischen Salvatore Fiscianelli, Carlo Visentini und Pepino Ciprelli und Herbert Graf von Weichenberg und Ulf Bodenstein. Das war der Knackpunkt, das musste er herausfinden. Vielleicht sollte er einmal zu seinem alten Freund Friedrich Laue gehen und ihm um Hilfe bitten. Laue hatte ja noch etwas gutzumachen bei ihm.

Preissler, der alte Fußball- Narr schaute die Fußball WM aus Russland. Japan schlägt Kolumbien, Senegal die Polen und Russland die Ägypter. Dann legte er sich schlafen und hörte aus dem Nebenhaus lautes Stöhnen und er machte beruhigt die Augen zu, es war wie Musik in seinen Ohren.

Manne musste wieder um sechs Uhr raus. Und wie jeden Tag Kaffee kochen und die Backwaren holen. Es war nicht viel Betrieb. Eine Schweizerin jammerte über den Euro/Franken Wechselkurs und Manne dachte empört: dass gerade die Schweizer rum nölen müssen!

Eine ältere Frau aus Siegen erklärt Manne den Unterschied zwischen dem protestantischen Siegerland und dem katholischen Sauerland, Manne verstand nur die Hälfte von dem, wie das geschichtlich alles zusammenhängt. Sie muss nach Laupheim bei Ulm zu ihrer

Tochter fahren, weil die Kita drei Wochen schließt und die Tochter und der Schwiegersohn, beide voll berufstätig sind. Die beiden wissen nicht, wo sie ihre beiden Kinder sonst unterbringen können. Typisch für Deutschland, dachte Manne.

Heute kamen fast nur Frauen, eine zierliche Französin auf den Weg nach Tschechien nimmt einen „to go" und ein Croissant mit. Dann kommt eine Frau im besten Alter. Ihr atemberaubendes Dekolleté steckte in einem langen enganliegenden Kleid mit großen glänzenden Blütenmuster, Manne musste schlucken und steckte zwei Handgemachte in eine Tüte. Sie lächelte Manne in die Augen und stakste in ihren perlenbestickten Sandaletten davon. Im Radio hört er, dass vor 70 Jahren die D-Mark eingeführt wurde, danach lief Phil Collins mit „In The Air Tonight".

Als er nach Hause kommt erwartet Zsa ihn in aufreizenden Dessous. Keine Zeit zum Durchatmen und Preissler hörte es mit Wohlwollen.

Heute stand für ihn Uruguay – Saudi-Arabien, Portugal - Marokko und der Knaller Spanien – Iran auf dem Fernsehprogramm.

Im Gegensatz zum Umfeld von Zsanett Kovacs stellt die Gerichtsmedizin fest, dass der Tote nicht Gottfried Meister ist, sondern nach internationalen Abgleich

Nandor Grossiecs aus Debrecin in Ungarn war. Kriminalhauptkommissar Felix von Stein spielte vor, dass er es geahnt hatte. Er wusste es ja schon, weil er beim Sharing dabei war. Er stellte jetzt die Zusammenhänge fest. Er wusste von seiner langjährigen Freundschaft mit Gottfried Meister, dass bei diesem irgendetwas im monetären Bereich nicht stimmen konnte. Er hatte sich nie gefragt warum, weil er ja in Pension ging und dann auch war. Sie haben ab und zu einen Joint zusammen geraucht. Auch bei einigen von Gottfried veranstalteten Modelsharings war er dabei, was ja nicht verboten ist. Es muss etwas geben, schlussfolgerte von Stein, das sich im Herbst 2016 ereignet hatte.

„Hallo Ansgar, weißt du wo man Gottfried finden kann?" wollten Kriminalhauptkommissar Felix von Stein und Kriminalkommissar Eduard Gersteg, der wieder modisch top auftrat, (Mit weißen Chinos, Sneakers ohne Socken und ein hellblaues Jackett mit grober Textur.) wissen. Sie verbanden den Besuch bei Ansgar Wegner mit einem Mittagessen im Walfisch.

Sie wussten, dass Meister und Wegner sowas wie die besten Freunde waren. Ansgar sah gar nicht erst auf, er war dabei einen älteren Scorpio aufzupolieren. „Du Felix, ich habe keine Ahnung. In der Zeitung habe ich seine Todesanzeige gelesen. Anscheinend ist er tot."

Von Stein blies die Backen auf und polterte heraus: „Willst du mich verarschen?"

„Wieso sollte ich, du warst doch immer in Schwarzenau bei ihm im Häuschen zu Gast, ich habe keine Ahnung und jetzt lass mich bitte in Ruhe!"

Manne nahm am Morgen Zsa mit auf den Platz. Um neun Uhr sollten ihr beim Hausarzt die Fäden aus der linken Backe gezogen werden. Sie lächelte ihn beim Einsteigen in den Combo an und sagte: „Schön, dass es dich gibt!"

Zwei ältere Damen kamen in den Container und waren wegen der Backwarenauswahl begeistert. Der Wetterumschwung hatte die Temperaturen um 10 Grad fallen lassen, sodass es nur noch 14 Grad am Morgen hatte. Gestern in Kroatien erzählten die beiden hätten sie noch 34 Grad gehabt und sie waren froh, dass sie die dicken Strickpullover für die Rückfahrt nach Paderborn dabeihatten. Ein schnappender Mann aus Rotterdam machte eine Nacht auf dem Kitzinger Womoplatz Station. „Baguette bitte, weiter geht es heute nach Bad Dürrheim, da ist ein Gesundbad am Platz angeschlossen und ich hoffe, dass ich da Linderung für mein Bein finde."

Als Manne und Zsa zusammen aufgeräumt hatten, gab es noch ein dickes Quantum Hingabe in Form eines leidenschaftlichen Kusses. Tapfer überstand sie dann das Ziehen der Fäden aus der linken Wange beim Doktor. Eine kleine Narbe wird wohl bleiben, meint dieser dann und verschreibt ihr eine Narbensalbe, die sie dann auch gleich in einer Apotheke in der Bismarckstraße holten. Danach gingen sie noch in einem Discounter einkaufen und zu Hause kochte Zsa dann einen leckeren Eintopf.

Für Preissler stand heute Frankreich – Peru auf dem Programm, Kylian Mbappé mit Abstauber schoss er die Franzosen ins Viertelfinale, Dänemark und Australien endete 1:1 und die Kroaten siegten mit starker Leistung und einem krassen Torwartfehler 3:0 gegen die favorisierten Argentinier.

Gottfried war nicht untätig und machte mit seinem alten Freund Friedrich Laue ein Treffen aus, zudem er jetzt gerade unterwegs war. Er war sich nur nicht ganz sicher, was er Freddy sagen sollte. Von den Millionen jedenfalls nichts. Freddy war ein gieriger Gauner, der unter Umständen auch ihn ins Visier nehmen konnte. Er fuhr an der Einfahrt zum Innopark, wo Freddy residierte, vorbei und machte sich auf den Weg nach Hause. Das mit Freddy war ihm zu heiß, das muss ich alleine durchziehen, dachte er sich.

Heute Abend will er noch zur Eröffnung des Kitzinger Weinfestes, um einen Flammkuchen und ein Glas Silvaner zu genießen. Das zweite Modelsharing mit Ariel-Caprice hat er abgesagt. Er muss jetzt überlegen, wie er weiter noch an seiner Unsichtbarkeit arbeiten konnte. Seine gesamten Social Media Auftritte hatte er mittlerweile gelöscht und auch seinen Blog hat er auf Privat umgestellt. Die Accounts bei einer Modelkartei und einer Fußball Fanseite hatte er ebenfalls gelöscht, wie auch die Mitgliedschaften bei verschiedenen Fotoseiten beendet.

Es gab aktuell im Internet nichts mehr Neues von ihm und damit wurde es für Detektive ziemlich schwer, etwas Aktuelles über ihn zu erfahren. Auf dem Weinfest traf er einen alten Schulfreund, den er noch aus seiner Pfadfinderzeit kannte. Werner Großmeier, der Chef des Einwohnermeldeamtes und auf dem Nachhauseweg fiel ihm zu Großmeier, nach seiner Meinung, noch etwas Geniales ein.

Bei den Freitagsspielen der Fußball WM regte sich Preissler wegen der Schwalbe von einem hochbezahlten brasilianischen Großverdiener im Spiel gegen Fußball Zwerg Costa Rica auf. Erst in der Nachspielzeit gelingt es den Brasilianern die Mittelamerikaner zu zerpflücken. Die Nigerianer haben mit Ahmed Musa den Matchwinner in ihren Reihen und besiegen die Ice-männer mit 2:0. Hart umkämpft war das Match zwischen der Schweiz und Serbien, die bereits in der vierten Minute in Führung gingen. Aber zwei eingebürgerte Kosovo-albanische Spieler schafften dann im strömenden Regen von Kaliningrad, noch ein 2:1. Etwas unsportlich empfanden es viele Zuschauer wie auch Preissler, dass beide Profis den doppelköpfigen Adler, das albanische Wappentier, beim Torjubel mit ihren Händen nachmachten.

Manne und Zsa interessierten sich nicht so für Fußball. Manne spielte am liebsten mit Zsas Bällen und sie genoss es. Endlich mal ein Mann, der es ehrlich mit ihr meint! Nach zwei Stunden Power of Love schauten sie sich dann auf Arte den Film „Kalter Schweiß" mit Charles Bronson und Liv Ullmann von 1970 an.

Zsa begleitete am Samstagmorgen zum zweiten Mal ihren Lover auf den Womoplatz und kehrte damit an den Ort zurück, an dem sie Todesängste ausgestanden hatte.

Eine Schweizerin aus Aarau war die erste Kundin. Sie und ihr Mann machen zurzeit eine Deutschlandrundfahrt und lernen Land und Leute kennen. Dann ein Mann in Fleecejacke, im trendigen Mint, der Modefarbe von 2018 für Freizeitbekleitung.

Dann kam eine junge Frau, die kaum deutsch sprach. Zsa sprach sie auf Ungarisch an und sie reagierte prompt. Sie stamme aus Târgu Mureș im Szeklerland, dem Gebiet der größten Ungarischen Minderheit in Rumänien. Zsa schenkte ihr einen Eierring und die Frau erzählte, dass sie Ilena heißt und Saisonarbeiterin in Mainsondheim sei. Am heutigen Tag gäbe es keine Arbeit, darum sei sie am Main entlang mit dem alten Fahrrad gefahren. Zsa stellte sich ebenfalls vor. Die beiden verstanden sich von Anfang an. "Wenn du mal Hilfe brauchst, melde dich einfach!" Zsa gab Ilena einen Zettel. Hier ist meine Handynummer. Ilena machte dasselbe. Ujra találkozunk.

Um 9 Uhr machten sie dann die Bude dicht, fuhren Leergut, Kasse und Retoure zurück und freuten sich aufs kuschelige Bettchen zu Hause.

Ein Postauto fuhr in die Bergstraße ein und klingelte zuerst bei Manne und da dort niemand aufmachte, drückte er Preisslers Klingel. Ein kleines Fenster links neben der Eingangstür ging auf. Es war das Klofenster und Preissler saß gerade auf dem Topf. „Na, lang scho her!", der Typ schaute erschrocken. „Sie müssen hier unterschreiben!" Der Zusteller schob sein Unterschriftenpad durch das Klofenster und Preissler, immer noch auf dem Topf sitzend, unterschrieb. Dann schob der Mann von der Post das Paket durch das schmale, halb geöffnete Fenster. Zum Glück war es nicht so schwer und auch nicht so groß. Eine neue Regenjacke hatte sich Manne bestellt. Als dieser seine Tür öffnete, sah er den Zusteller der Post, als er gerade wieder in sein Auto einstieg und verstört sagen: „Sowas habe ich jetzt auch noch nicht erlebt." Manne hörte Preisslers Klospülung und rief: „War das meine neue Jacke?", „Ja."

Am Abend gingen Zsa, Manne und Preissler zum Puplic Viewing Deutschland – Schweden auf den Bleichwasen und das Toni Kroos Momentum in der 95.Minute brachte den Platz zum Kochen. In der Zeitung am Montag steht dann: „Kalt war es, wer schlau war, brachte sich ein Sitzkissen für die Holzbänke mit und von Anfang an herrschte angespannte Stimmung beim Public Viewing auf dem Bleichwasen. Auch die Fan- Verkleidungen war gefühlt spärlicher als beim ersten Match gegen Mexiko, ab und zu ein schwarz-gelb-rotes Hütchen, (das Ende August bei einer Pegida Demonstration in Dresden noch für Furore sorgen wird, das ist aber eine andere Geschichte). Auch einige weiße Nationaltrikots und zarte Wangenbemalungen in schwarz-rot-gold blitzten aus der Menge. Als dann in der 32. Minute Ola Toivonen nach einen groben Schnitzer der deutschen Abwehr zum 0:1 für die Schweden einlupfte, war die Bestürzung groß. Dann aber kurz nach Wiederanpfiff das 1:1 durch Marco Reus und das Gartenschaugelände kochte vor Freude.

Jetzt wurde jeder gewonnene Zweikampf, von denen es einige gab, bejubelt und die wenigen Paraden von Manuel Neuer beklatscht. Dann der Schock: Platzverweis von Boateng in der 82. Minute und die große Erlösung in der 95. Minute, Toni Kross bringt Fans zum Toben und der Wahnsinn von Sotchi schwappte auf den Bleichwasen. Was so eine allerletzte Sekunde dann bewirken kann, sah man wenig später beim Autocorso in der Kaiserstraße."

Danach gingen sie zu Dritt noch auf das Weinfestgelände und feierten mit ein paar Gläser Wein und leckeren Flammkuchen. „Ist schon was anderes wie die ewigen Bratwürscht!" Sagte Preissler und holte sich noch einen zweiten Fladen. Mit dem Taxi ging es nach Hause und alle drei schliefen zufrieden ein.

Den Womoplatz rockte Manne am Sonntagmorgen alleine. Eine junge Frau, braungebrannt und in knappen Hot Pants nahm vier Handgemachte mit. Als Manne die Zwei- Cent- Stücke nicht annahm, weil er dafür beim Einzahlen bei der Bank Gebühren zahlen müsste, beschwerte sie sich wiederrum wegen den hohen Kontoführungsgebühren bei ihrer Bank. Wenig später kam ein Mann aus Recklinghausen, der darüber klagte, dass seine Frau beim Weinfest zu tief ins Glas geschaut hatte und immer noch im Alkoven boffte. Er nahm einen Kaffee und eine Nuss- Schnecke. Für die Fahrt nach Andechs, ihre nächste Station, ließ er sich von Manne noch ein gemischtes Sortiment an Brötchen zusammenpacken. Er wüsste noch nicht so genau, auf was seine neue Flamme, mit der er erst eine Woche zusammen ist, so steht. Essentechnisch halt, das andere hatte er schon klargemacht, erzählte er lachend. Auf jeden Fall freue er sich auf Haxen und Bockbier in Oberbayern.

Holländer wollen immer Kaisersemmeln, so auch das ältere Pärchen aus Utrecht, das weiter nach Österreich will. „Zum Faaker See!" Die Stimme der Frau knirschte wie ihr Knie.

Als Manne wieder nach Hause kam, war Zsa beim Reiten mit Simone, mit der sie sich so langsam anfreundete. Preissler erzählte Manne von den Fußballspielen vom Vortag, dieser hörte aber nur so die Ergebnisse im Unterbewussten, weil er mit den Gedanken woanders war. England - Panama 6:1, Japan - Senegal 2:2 und Kolumbien – Polen 3:0.

„Was brauche ich alles zu einer kompletten Namensänderung?" Großmeier schaute Gottfried unschlüssig an und fragte dann: „Für dich?" „Ja für mich, ich werde bedroht!" „Hat das was mit dem Mord auf dem Womoplatz zu tun?" „Sagen wir mal so, der Tote hatte große Ähnlichkeit mit mir!" „Pass mal auf, wir machen jetzt einen kleinen Spaziergang zusammen, das

Problem der Änderung ist größer als du denkst!" Sie gingen zusammen vom Einwohnermeldeamt durch die Fußgängerzone zum Weinfestgelände. Es war Montag und der letzte Tag des Weinfestes, sie ließen sich einen Kaffee kommen und Großmeier fragte Gottfried, wie dringend es sei. Der natürlich darauf verwies, dass es ziemlich pressieren würde. Großmeier machte dann Gottfried ein Angebot, das dieser nicht ablehnen konnte, wenn er es ernst mit der Namensänderung meinte. „Zwanzigtausend Euro cash für mich und die üblichen vierzehnhundert Euro Gebühren, muss ja alles echt aussehen!" Schreib mir hier auf den Zettel, wie du künftig heißen möchtest und nächste Woche hast du deine neuen Papiere. Also Ausweis, Pass und Führerschein, um den Rest musst du dich selber kümmern. Aber einen Gottfried Meister wird es danach nicht mehr geben, das kann ich dir versichern. Niemand wird die Namensänderung nachverfolgen können."

Markus Wolf stand auf dem Zettel, den Gottfried Großmeier in die Hand drückt.

Manne probierte am Nachmittag dagegen mit Zsa aus, wie stabil sein Äskävar Bett noch ist.

Für die nächste Auktion in der Kunsthalle hat die Leiterin Frau Dorothea Messingschlager-Fühler, Ansgar Wegner zu einer Vorbesprechung eingeladen. Mitte

Juli wollten sie zusammen starten. Er hätte als Highlight zwei Audi RS2, die jeweils für mindestens 80.000.- Euro rausgehen sollten, dann einen sehr gepflegten Samba Bully mit den seitlichen Dachfenstern in blau. Einen Audi 90 in Rot und noch einen BMW M3, ebenfalls in Rot. Dazu einen alten Simca 1100 in braun/weiß. „Sehr schöne Mischung, haben sie Bilder von den Exponaten. Dieser Gottfried Meister hatte die doch immer gemacht?" „Bis jetzt noch nicht, ich weiß gar nicht, wo der sich zurzeit rumtreibt. Zur Not mache ich sie selber, nicht, dass ich es vergesse, einen Luxus-Liner habe ich wahrscheinlich auch noch!" „Meinen sie so ein großes Wohnmobil, wo man sich drin verlaufen kann?" „Ja, 50.000 soll das mindestens noch bringen!" „Okay, ich verlasse mich da ganz auf sie!"

Felix von Stein suchte den Polizeirechner mit Stichwort Gottfried Meister durch. 2006 Selbstmord von seiner Frau, Oktober 2016 Befragung wegen eines tödlichen Unfalls in Nordheim am Main. Kontrolle auf der Autobahn im November 2016. Das war alles, was er über seinen Bekannten im Polizei- Computer finden konnte. Die Namensänderung, die Gottfried heute bei Werner Großmeier beantragt hatte, war noch nicht aktenkundig und wird es vermutlich auch nie sein. Stein fand nichts Brauchbares, was ihn weiterbrachte.

Auch Herbert Graf von Weichenberg und Ulf Bodenstein suchten im Internet nach dem Stichwort „Gottfried Meister". Sie fanden heraus, dass er Fotograf war und in Schwarzenau bei Kitzingen wohnt. Sie fanden noch ein paar Bilder von verschiedenen Fahrzeugen, die Gottfried einmal fotografiert hatte, meist waren es Bilder von irgendwelchen Auktionen, die aber auch schon ein Jahr zurück lagen.

Gottfried Meister alias Markus Wolf schrieb unter dem Namen Herbert Eichel einen Brief an die Seniorenresidenz in der Nähe von Hessisch Lichtenau in der Rhön und teilte mit, dass Gottfried Meister verstorben sei. Bei der Post traf er den Postboten mit dem größten Zustellbereich Kitzingens (Rathaus und Landratsamt). Er sagte Servus zu ihm, aber Walter Mörterl erkannte ihn nicht. Mittlerweile hatte er sieben Kilo abgenommen und seine Tarnung, war auch wegen der vornehmeren Kleidung, perfekt.

Weichenberg zog sein grünes Moleskin heraus und blätterte ein paar Seiten und schaute dann auf die Straßenbeschilderung, bevor sie auf der B22 Richtung Dettelbach nach Schwarzenau abbogen. „Hier muss es sein!" Er klopfte an die wunderschöne Bleiglastüre, die in blau gestrichen war, passend zu den blauen Fensterläden. Nach wenigen Sekunden wurde geöffnet, Eduard Gersteg fragte die beiden, was sie wollen. „Wohnt hier nicht Gottfried Meister?" „Wer will das Wissen, zeigen sie mir bitte einmal ihre Ausweise, ich bin Kriminalkommissar Eduard Gersteg; und das hier ist ein Erholungsheim für Kriminalbeamte!" „Oh, entschuldigen sie bitte, wir wollten nicht stören!" „Die Ausweise bitte!" Mit zerknirschtem Gesicht zeigten sie ihre Ausweise vor und Gersteg ließ laut vor: „Herbert Graf von Weichenberg und Ulf Bodenstein, schön und was wollen sie von Herrn Meister?" „Nur mal eben Hallo sagen, wir sind alte Bekannte von ihm!" „Soso, alte Bekannte, soviel ich weiß, ist Gottfried Meister verstorben, er fiel einem Verbrechen zum Opfer, das noch nicht aufgeklärt ist, darum werde ich jetzt auch ihre Daten aufnehmen und zur Akte Meister legen." Nach fünf Minuten kam er wieder aus dem schönen Häuschen, das idyllisch oberhalb des Maines gelegen war und gab den beiden ihre Ausweise zurück. „Schönen Tag noch!" „Das hat uns gerade noch gefehlt, Scheiße, verdammte Scheiße!" schimpfte Herbert Graf von Weichenberg. Die beiden konnten nicht wissen das Gottfried Meister in einem Anflug von sozialen Gefühl das Haus für einen Spotpreis an die bayerische Polizei verkauft hatte.

Manne war noch ziemlich gerädert, nach dem feucht-fröhlichen Weinfestabend mit Zsa, Preissler, Ansgar und Thao. Das Abschluss- Feuerwerk war laut und bunt, der Flammkuchen und der Bacchus schmeckten.

Nur Preissler ging ihm ein bisschen auf die Nerven, mit seinen permanenten Wasserstandsmeldungen von der WM in Russland. Saudis schlagen die Ägypter mit 2:1, was sollen die Pharaonenkicker auch anderes machen, sind sie doch vom Nachbarland am Roten Meer abhängig. Preissler meinte, dass die Saudis das Spiel geschmiert hätten. Die Russen mussten einsehen, dass sie gegen Uruguay keine Chancen hatten und 3:0 verloren. Die zwei Mannschaften von der iberischen Halbinsel schlitterten knapp an zwei Niederlagen gegen Iran und Marokko vorbei und zogen mit zwei Unentschieden in das Viertelfinale ein.

Trotzdem klingelte um sechs Uhr der Wecker und Manne stand um sieben Uhr auf dem Platz. Ein Mann mit einem Norwegen- T-Shirt kaufte sechs Handgemachte und Manne fragte ihn, ob er von Norwegen komme und er lachte und sagte „Nö, vom Weinfest!" Gähnte, lachte wieder und verschwand. Eine ältere Frau lobte Manne: "Ganz schön billig bei euch, woanders habe ich schon für zwei Brötchen einen Euro bezahlt!" Dabei drückte sie ihren Teddybären, der anscheinend ihr immer anwesendes Maskottchen war. Manne wundert, seitdem er Brötchen auf dem Womoplatz verkauft, gar nichts mehr. Sie sah Manne eindringlich an, während sie sich eine Strähne ihres Haares zwischen zwei Fingern zwirbelte. Sie sei Ingenieurin und für die Endkontrolle bei Airbus in Hamburg zuständig. Als sie später auf dem Beifahrersitz eines älteren Wohnmobils am Container vorbeifuhr, sah Manne, der gerade die Retouren und das Leergut in den Compo räumte, dass auf dem Nummernschild ein NEA stand. Manne winkte kurz und die Frau bleckte ihm die Zunge.

In einem Supermarkt kaufte er noch einen Kasten Apfelsaft trüb, in Glasflaschen abgefüllt und zwei schöne Pomelos. Den Wocheneinkauf wollte er morgen Abend mit Zsa machen. Preissler schien noch zu schlafen, die Rollläden waren jedenfalls noch nicht hochgezogen und auch von seiner Herzensdame war nichts zu hören. Er setzte sich an dem nahen Bach auf eine Bank und steckte sich eine Zigarette an.

Der Mercedes-Benz GLA im AMG Styling rollte langsam den Weg am Bach entlang. Dünne Zweige knackten und die heruntergefallenen Eicheln platzen auf. Bodenstein und Weichenberg hatten Manne noch nicht gesehen. „Hier muss es wohl sein!" hörte Manne den einem zum anderen sagen. „Was wünschen sie?" fragte Manne die erschrockenen Männer, die durch die laute Ansprache von Manne ganz schön zusammengezuckt sind. „Sind sie nicht der Mann, der die Leiche entdeckt hat?" „Was für Leiche?" „Na, die Leiche vom Wohnmobilstellplatz, wir haben uns sagen lassen, dass sie dort den Kiosk betreiben!" „Das haben sie sich sagen lassen?!" schrie er ganz laut, in der Hoffnung, dass Preissler aufwachte. „Wir sind von der Versicherung und wollen nur wissen, ob der Tote, den sie entdeckt hatten, Gottfried Meister war?" „Was haben sie denn versichert? Meine Herren, ich möchte darüber nicht spekulieren, ich habe nicht so genau hingeschaut, aber ich denke, dass es Herr Meister war, so gut habe ich ihn halt auch nicht gekannt!" Die Männer schauten sich an und einer machte einen Schritt in Mannes Richtung, dabei stieß er die Papiertüte um und die Pomelos kullerten heraus. „Hör mal Kleiner, du sagst uns jetzt, ob es Meister war oder nicht, ansonsten ziehen wir dir das Fell über die Ohren." Um seiner Forderung Nachdruck zu verschaffen kickte er eine der Pomelos in Richtung Bach. Manne schluckte. In diesem Moment ging die Haustüre bei Preissler auf und er schaute durch den Türspalt. „Gibt es ein Problem, Manne?" Und während er das sagte, schraubte er den Schalldämpfer auf seine MP7 Heckler & Koch und trat vor die Türe. „Opa, verpiss dich und nimm dein Spielzeug mit hinein!" Der Satz war von Bodenstein noch nicht richtig beendet, als Preissler eine Salve aus seiner HK MP7 Heckler auf den nagelneuen AMG abfeuerte. Glas splitterte und die eine Seite des Mercedes war perforiert. „Soso, Versicherung oder so ähnlich und andere Leute bedrohen, das waren nur Warnschüsse, weil sie meinen Nachbarn bedroht haben und jetzt verpissen sie sich, aber ziemlich zügig." Bodenstein und Weichenberg schauten sich erschreckt und verdutzt an, sprangen ins Auto, dass dann rückwärts aus dem Weg am Bach heraus raste. Preissler lachte und Manne dachte: „Gut, dass wir so abseits wohnen!"

„Danke, Wolfgang!" Manne stöhnte erleichtert auf. „Was waren das für Wichser, das nächste Mal nehme ich meine Benelli Pumpgun und schieß denen die Rüben weg." „Ruhig Wolfgang, ist doch nix passiert!" Manne sammelte die Pomelos ein und ging ins Haus.

Das Telefon klingelte bei Manne im Haus und dann kam auch schon Zsa im Bademantel mit dem Hörer in der Hand angelaufen. Es war ein Kriminalrat aus Würzburg von der Kriminaltechnik. Sie sollten den Luxus-Liner binnen 24 Stunden in Würzburg abholen, alle Spuren wären gesichert. Manne rief dann Ansgar an und fragte, wo sie das Teil hinfahren sollen, weil er ja noch vor der Versteigerung gereinigt werden müsste. Preissler quatschte dazwischen: „Ich fahre euch rein!" „Fahrt ihn gleich in die Kunsthalle, ich sage der Messingschlager Bescheid, dass ihr kommt. Wir können den auch dort reinigen!" Manne rief nochmal bei dem Kriminalrat an, aber anscheinend machte der gerade Mittagspause, aber da wars ja eigentlich um 10 Uhr noch zu früh. „Was hatte er wieder gesagt, im hinteren Teil des Polizeipräsidiums in der Frankfurter Straße steht der L-Liner?", dachte Manne und sagte gleichzeitig zu Preissler und Zsa: „Abfahrt in zehn Minuten!" Preissler rief noch bei Simone an, ob sie heute bereits um 11Uhr anfangen könnte. Zsa machte sich chic, zog den trendigen Sweater in Ultra Violett an, dazu einen schwarzen Lederrock und Sneakers, ebenfalls in Ultra Violett. In einer halben Stunde waren sie in Würzburg und begannen mit dem Übergabe-Procedere. Zuerst anmelden, dann warten, weiterreichen, wieder warten, dann kam ein kleiner untersetzter lustiger Mann und führte sie zu dem LL. Hier bitte unterschreiben. Hinter dem Fahrersitz war eine große eingetrocknete Blutlache und auch sonst war einiges an Blutspritzern im Inneren des Wohnmobils verteilt. Manne rief Ansgar an, dass der Bock im Inneren ziemlich versaut sei. „Kein Problem mit 500.- Stecken und Untraceable machen wir alles wieder wie neu. Ich habs dir doch schon gesagt, dass wir das in der Halle machen können!"

Sie fuhren aus der Frankfurter Straße auf die B27, am Neunerplatz und dem Fraunhofer Institut vorbei, nach der Friedensbrücke auf die B8 zum Röntgenring, am Bahnhof vorbei durch den Berliner Ring, zum Europastern und von dort auf der B8 weiter nach Kitzingen. Bei der Neuen Mainbrücke in Kitzingen dann links ab, die Glauberstraße entlang bis zur Kunsthalle. Manne

hatte die Messingschlager schon von unterwegs angerufen, so dass das große Tor offenstand und sie den Luxus Liner bequem an seinen vorgesehenen Platz ein-
parken konnten.

In der Seniorenresidenz in Hessisch-Lichtenau meldete sich zur gleichen Zeit ein gewisser Markus Wolf
und ließ sich eine Suite reservieren. Er käme morgen
vorbei, um die Formalitäten zu klären. „Da haben sie
aber Glück, gestern wurde eine bereits reservierte Suite
wieder storniert, sonst könnten wir Ihnen nichts anbieten!" Hörte Gottfried eine Frauenstimme jammern.
Und er ertappte sich, wie er gerade sagen wollte:
„Weiß ich doch!"

Preissler saß unterdessen schon wieder vor dem Fernseher und schaute Fußball WM. Auf Simone konnte er
sich verlassen, ein Elternpaar war mit ihren beiden
Kindern neu dazugekommen und war vom Preis-Leis-
tungs- Verhältnis bei Wolfgang Preissler sehr angetan,
erzählte sie freudestrahlend ihrem Boss. „Ich glaube,
wir müssen uns bald ein drittes Pferd anschaffen und
wir sollten einen griffigen Namen für den Reiterhof
finden!" „Wenn du das schaffst, ich kann dich dann
auch fest anstellen, wenn du magst. Mach dir halt mal
Gedanken wegen des Namens!" „Das wäre ja super,
mit der Festanstellung und einen Namen finde ich
auch!" sagte die junge Frau voller Begeisterung.

Bei einem Kitzinger Autohändler, der sich auf E-Mobilität spezialisiert hatte, saß Werner Großmeier mit seiner gerade volljährig gewordenen Tochter Tiara im Verkaufsraum und wartete auf den Chef, um sich beraten zu lassen. Seine, für die Grüne Partei sympathisierende, Tochter will unbedingt ein E-Auto und er machte eine Anzahlung in Höhe von 15.000.- Euro in bar. „Die restlichen 4.000.- Euro können sie in 150.- Euro Raten locker abbezahlen, der E-smart ist bestimmt das richtige Gefährt für ihre Tochter. Sie können ihn nächste Woche abholen." Draußen auf dem großen Parkplatz der Firma fiel seine Tochter ihm dann um den Hals. „Danke Papi, ich bin so happy und rosa ist meine Lieblingsfarbe!"

Mit der Post kam ein Schreiben der Staatsanwaltschaft, dass der Leichnam von Nandor Grossiecs zur Beisetzung freigegeben ist. Zsa war ein wenig ratlos. Sie sagte zu Manne, dass sie sowieso für alles aufkommen müsste. Im Internet suchte Manne eine günstige Bestattung. Sie entschieden sich für eine Firma, die bundesweite Bestattungen durchführt. Im Preis von 888.- Euro sind laut Anzeige enthalten: Abholung des Verstorbenen in Kitzingen, Überführung in das Krematorium, Kosten des deutschen Krematoriums unserer Wahl, Kosten der gesetzlich vorgeschriebenen zweiten Leichenschau im Krematorium, Krematoriums

Urne, Überführung der Urne zum gewünschten Friedhof in Deutschland (Aufpreis ins Ausland), hygienische Grundversorgung des Verstorbenen, Ankleiden und Einbetten des Verstorbenen , Kiefervollholzsarg mit Innenausstattung dazu Decke, Kissen und Sterbegewand aus Baumwolle, Abmeldung des Verstorbenen beim zuständigen Einwohnermeldeamt auch im europäischen Ausland, Beantragung der Sterbeurkunde beim zuständigen Standesamt, Aushändigung einer gebührenpflichtigen Sterbeurkunde. Manne rief bei der Firma an und fragte nach den Mehrkosten für eine Überführung der Urne nach Ungarn, was dann 310.- Euro zusätzlich ausmachen würde. Mit der Überführung nach Ungarn und der fälligen Mehrwertsteuer müsste Zsa 1.425,62 Euro hinblättern. Decke und Kissen bestellten sie ab. Dafür wurden 90.- Euro abgezogen. „Ganz schön happig, aber in den sauren Apfel musst du jetzt erst einmal beißen." Sie schrieben Mails an Staatsanwaltschaft und der Bestattungsfirma in der Hoffnung, dass sie dann mit der ganzen Beerdigung nichts zu tun haben werden. Im Internet findet Manne dann folgende Rechtslage. Der § 844 BGB regelt solche Fälle. Dort heißt es: Ersatzansprüche Dritter bei Tötung. Im Falle der Tötung hat der Ersatzpflichtige die Kosten der Beerdigung demjenigen zu ersetzen, welchem die Verpflichtung obliegt, diese Kosten zu tragen.

Er wird das am nächsten Tag Preissler erklären und dann werden sie sich auf die Suche machen. Ein Bauchgefühl sagte ihm, das Herbert Graf von Weichenberg und Ulf Bodenstein diejenigen sein werden, an die er sich wenden müssten.

Abends um zehn Uhr rief dann Ansgar bei Ihnen an und teilte Zsa und Manne, die gerade im Bett ihren täglichen Übungen nachgingen, mit, dass alles im Luxus-Liner wieder perfekt sauber und clean sei. „Wollt ihr überweisen oder cash?" „Cash!" „Gut, dann komme ich gleich vorbei und hole die Kohle ab!" „Hast du noch Geld? Ansgar kommt und will 500 Euro für das cleanen des Liners abholen!" Zsa stieg von ihm runter und zog ihren Bademantel an, ging die Treppe hinunter und kam dann mit 500 Euro zurück. „Komm, wir machen jetzt fertig, der wird noch nicht gleich aufkreuzen!" Sie machte dann da weiter wo sie aufgehört hatte. Dann klingelte es plötzlich. „Hier, nimm mal die 500 Euro und gib sie ihm!"

Es war aber nicht Ansgar, der geklingelt hatte. „Na, du alter Lüstling, bist du gerade auf der Kleinen rumgehobbelt?" „Was wollen sie?" „Erkennst du mich nicht mehr, ich bins, Gottfried!" „Ey Alder, das gibt's doch nicht?!" Gottfried stand im feinen Zwirn, rasiert und die kurz geschnittenen Haare braun gefärbt mit Hornbrille vor ihm. „Hast du abgenommen, du bist ja richtig schmal geworden?!" „Pass auf, ich verschwinde jetzt für ein Weilchen, hier hast du Zehntausend Euro, weil du immer so loyal zu mir warst und pass auf, dass Weichenberg und ein gewisser Bodenstein euch keine Schwierigkeiten machen!" Manne nahm das Geld, bedankte sich und sagte zu Gottfried, dass die beiden heute schon hier gewesen wären und Preissler eine Salve auf das Auto gelegt hatte. „Geil, also dann, pass auf dich und die Kleine auf!"

Manne schloss die Tür, steckte das Geld in eine flache Tupperdose und dann ins Eisfach. Dann klingelte es noch einmal und es war Ansgar. „Hi, kann es sein, dass gerade Gottfried hier war, ich meine, ich hätte seinen RO 80 vorbeifahren sehen?" „Ja kurz, er taucht erst mal unter, hat er gesagt und hier ist deine Kohle!" Er gab ihm die Scheine und fragte, wann denn die Auktion sei und ob der LL solange in der Kunsthalle stehen bleiben könnte? „Kein Problem, er stört nicht, ich habe das schon mit der Messingschlager abgecheckt. Danke und Tschüss!" Er steckte das Geld ein und verschwand so schnell, wie er gekommen war.

Endlich, Zsa sehnte Manne herbei. Als er dann endlich da war, wanderte seine Hand ihren Rücken hinab bis zu ihrem Hintern. Sein heißer Atem und das Spiel seiner Zunge schürten die Lust in ihr gewaltig. Ihr Schoß glühte, sie bäumte sich zum Hohlkreuz auf und Manne gab ihr das, nachdem sie sich am meisten sehnte. Beide genossen die Atmosphäre des sinnlichen Augenblicks.

Am dritten Spieltag der Gruppe D schaffte Argentinien einen Last Minute Sieg über Nigeria und Maradona, der nach dem Sieg den Stinkefinger in die Kameras der Welt gezeigt hatte, musste dann in ein Krankenhaus in St. Petersburg eingeliefert werden. Nigerias deutscher Trainer Gernot Rohr möchte trotzdem in Nigeria weitermachen. Die Kroaten besiegten die glücklosen Isländer mit 2:1. In der Gruppe C spielten vorher Dänemark – Frankreich in einem erbärmlichen Spiel 0:0, beide wussten, dass sie bei einem Unentschieden weiter sind und so war dann auch das Spiel ein elendes Ballgeschiebe. Peru nütze der 2:0 Sieg über Australien nichts mehr.

Manne surft an Tagen, in denen auf dem Womoplatz nicht so viel Betrieb ist, gerne im Netz oder treibt sich in den sozialen Medien herum und heute entdeckte er einen Link zu einem besonderen Frankenwein eines renommierten fränkischen Winzers aus Iphofen. Der nahm die Troja Ausstellung im Knauf Museum zum Anlass, um einen Bocksbeutel als Troja Wein zu deklarieren. Schöner Werbegag, dachte sich Manne, packte seinen Krempel ins Auto und auf dem Heimweg sah er dann auf dem Parkplatz eines Karosseriebauers den braunen AMG stehen und etwas entfernt davon, sah er dann Weichenberg mit jemanden stark gestikulierend sprechen.

„Preissler, bist du fertig!" „Komm schon!" Manne wäre fast umgefallen, als er Preissler sah, mit seinem Deutschland- Jackett, dem Hut in Schwarz-Rot-Gold, dem Hawaii- Blütenkranz und den Deutschland- Tattoos auf den Wangen. „Okay, schick", lachte Zsa. „Pack mers!"

Das Public Viewing Gelände war rammelvoll, Manne holte erstmal drei Bierchen und dann begann das Drama.

In der Zeitung steht am nächsten Tag: „Es waren vor allem Schüler und Schülerinnen, Schichtarbeiter und Rentner, die den Public- Viewing- Platz bis zur Halbzeit füllten. Voller Hoffnung kamen dann die Arbeiter und Angestellte nach Dienstschluss auf den Platz. Sie hätten auch zu Hause bleiben können, sie sahen eine deutsche Mannschaft mit einem erbärmlichen Auftritt. Deutschland ist draußen und Kasan wird allen deutschen Fußballfans in trüber Erinnerung bleiben. Ein Gurkenproduzent beklagte sich im Internet, das seine Erzeugnisse jetzt wieder als Vergleich für Löws Truppe herhalten muss." Damit ist alles gesagt. Preissler riss sich die Jacke, den Blütenkranz und den Hut vom Leib und schmiss alles in einen Abfallbehälter, der auf dem Weg zum Parkplatz stand. „WM beendet, ich werde kein Spiel mehr anschauen, so eine Scheiße!" Zsa und Manne lachten und warfen sich liebevolle Blicke zu.

Zu Hause schmissen sie sich ins Bett. Manne langte unter die Bluse von Zsa und befreite sie davon und zog ihr auch gleich den BH von ihren Brüsten. Später, nach einer gemeinsamen Dusche mit gegenseitigen Massagen, ging es in die zweite Runde und auch diesmal spielten sie im höchsten Fortissimo, dass es selbst der frustrierte Nachbar hören konnte. Preissler konnte nicht verstehen, dass man nach so einem miserablen Fußballspiel der deutschen Mannschaft sich noch so vergnügen konnte.

Es war ein lauer Abend und Manne lud Zsa auf ein kühles Getränk auf der Terrasse des Bayernheims ein. Unten lief ein Testspiel zwischen der neu aufgestellten Mannschaft der Kitzinger Bayern gegen die Landesliga Mannschaft der TG Höchberg. Der Nachwuchstorwart der Heimmannschaft tat beiden leid, musste er doch acht Mal hinter sich greifen. Er hörte Dauercamper German Sauer, Platz Kontrolleur Maximilian Eichel und Postzusteller Walter Mörterl darüber spekulieren, dass es ja nur Vorbereitung sei. Dasselbe hatte der Bundestrainer und der Manager der „Mannschaft" vor der WM auch gesagt, dachte Manne, als er das Gschmarri hörte.

Am nächsten Tag nach dem Aufstehen fragte Manne seinen Schatz: „Soll ich dir was Bestimmtes mitbringen, wenn ich heute Morgen zurückkomme." „Wie sagt ihr? Hörnli! Bring mir zwei Hörnli mit!" Manne beugte sich zu Zsa hin, gab ihr einen Kuss und ging hinunter und dann auch gleich zum Combo.

Als er das Lädchen eingerichtet hatte, sah er, wie ein Riesen- Concorde Luxus-Liner mit einem Segelboot am Hacken an ihm vorbeifuhr. Beim Anblick des Gefährts stellten sich ihm die Nackenhärchen hoch. Was für ein Teil! Das ältere Pärchen kam dann später zu ihm in den Container zum Einkaufen. Vier Handgemachte, zwei Nussschnecken und drei Laugenbrezen ließen sie sich einpacken, dazu einen Tetra Pack Milch, zwei Bacchus und fünf gefärbte Eier. Den Zwanziger und den Zehner ließen sie aufgehen, Manne musste an Gottfried denken. Sie kamen aus der Gegend von Hamburg und hätten ihr Bötchen erst einmal auf der Elbe getestet. In drei Etappen soll es nach Kroatien gehen, in die Gegend um Split, genauer gesagt in ein kleines Örtchen zwischen Zadar und Sibenik. „Na, dann gute Fahrt und viel Spaß in Kroatien!" „Danke, in sechs Wochen fahren wir wieder zurück und kommen wieder hier vorbei, dann erzähle ich Ihnen wie es war." Auf den Pfennigfuchser, der kurz nach dem Pärchen kam, hätte Manne verzichten können „Bitte zwei Wasserbrötchen!" Und zum Bezahlen legte er die 80 Cent in lauter Kupfermünzen in den Zahlteller.

Zsa hatte Kaffee gekocht und freute sich auf die Hörnli die Manne mitbringen wird.

Am späten Nachmittag, Manne war gerade von seinem Mittagsschlaf aufgestanden, heulten die Feuerwehrsirenen. Es brannte in der Inneren Sulzfelder Straße. Eine ehemalige Wachskerzenfabrik, in der jetzt eine Hydraulik-Service-Werkstatt beheimatet war, stand in Flammen.

An Siebenschläfer, vor einigen Tagen, war ja herrliches Wetter und nun haben führende Meteorologen bestätigt, dass heuer wahrscheinlich die alte Bauernregel stimmt und in den kommenden sieben Wochen Mainfranken schönes Wetter bescheren wird. Die Weinernte wurde vom Weinbauverband eh schon auf Ende August vorterminiert.

Als Manne vom Womoplatz zurückfuhr, hörte er bei einer Morgenquizsendung im Radio die Frage, welches Tier den schwersten Hoden hat. Er musste lachen und dachte, wer sich wohl solche Fragen ausdenkt?

Preissler hat angefangen, kurz vor der Terrasse einen großen Erdkühlschrank in seinen Garten zu bauen. Er hatte es im Morgenmagazin im Fernsehen gesehen und wollte jetzt auch so ein Teil. Zwei Meter tief und siebzig auf siebzig cm im Durchmesser. Mit einem großen Erdbohrer holte er die Erde aus dem Boden. Für die Verschalung hat er Siebdruckplatten vorgesehen, dazu eine große Umlenkrolle, eine Seilwinde und ein starker Motor mit Fernbedienung. Ein idealer Bierkühlschrank und, wenn man die Etagere rausnahm, konnte man auch größere Teile auf 8 Grad runterkühlen. Manne krempelte die Arme hoch und half Preissler beim Ausheben und Bauen und nach acht Stunden mühsamer Arbeit waren sie endlich fertig.

Für das Viertelfinale bei der WM haben sich über das Wochenende Frankreich gegen Argentinien qualifiziert, Uruguay siegte über Portugal, die Russen schmissen die Spanier raus und Kroatien siegte im Elfmeterschießen gegen Dänemark. Am Montag spielt Brasilien gegen Mexiko und Belgien trifft in Rostov am Don auf Japan. Am Dienstag dann Schweden – Schweiz und Kolumbien – England. Preissler hat zwar gesagt, dass er nach dem Ausscheiden keine WM mehr schaut, aber von dem Vorhaben hat er sich schon lange wieder verabschiedet. Er überlegt gerade, ob er den großen freistehenden Whirlpool eines Nachbarehepaares, das sich scheiden lässt, kaufen solle. „Würde euch sowas gefallen?" fragte er Manne. „Ich könnte den günstig bekommen und so klamm wie die sind, vielleicht auch noch das gesamte Haus dazu!" „Ja, das musst du wissen, ich kenne doch deine Vermögungsverhältnisse nicht, aber schön wäre so ein Teil schon!" Das Haus war vierzig Jahre alt und so wie es aussieht, wurde auch schon lange nichts mehr dran gemacht. Einige Ziegel fehlten, der Garten war verwildert und der Putz bröckelte. Preissler gab ein Angebot über 50.000 Euro cash ab. Er war der einzige Interessent und hat das Haus dann auch bekommen.

Mit einem großen Autokran ließ er ein paar Wochen später den Whirlpool in sein Grundstück versetzen. Zur Einweihung waren Zsa und Manne, sowie auch Simone Werner, die aber nicht kann, eingeladen. Es gab Schampus und feine Häppchen. Später fummelten die beiden frisch Verliebten auch noch ein bisschen im warmen Poolwasser herum. Preissler war eher aus dem Wasser gesprungen. Er musste unbedingt die Nachrichten anschauen. Danach sah er nur noch den nackten Hintern von Manne wie er sich auf und ab bewegte.

Zsa und Manne sind zu einem Empfang in die Kunsthalle eingeladen. Die Verbindung dahin hat Gottfried noch hergestellt. Preissler und Manne hatten kleinere Reparaturen durchgeführt und so hatte Manne ihn auch kennengelernt. Es war eine illustre Runde, bestehend aus Künstlern, Fotografen, Museumsleute und Offiziellen. Es ging um den Jahresrückblick der Kunsthalle und darum, wie es weitergehen soll. Auch Ansgar und seine Thao waren gekommen. Er war ja maßgeblich (durch seine Oldtimerauktionen) am Erfolg der Kunsthalle beteiligt. Zsa schaute sich ihren hinter einem großen Raumteiler-Vorhang stehenden LL nochmal von innen an. Sie war erstaunt, wie sauber alles wieder geworden war. Dann mischte sie sich mit Manne unter die Gäste. Es wurden ein paar Reden geschwungen und danach wurde das Buffet gestürmt und Smalltalk gehalten. Als Longdrink wurde sommerlicher Erdbeer-Daiquiri, für Mannes Geschmack mit viel zu viel Rum gemixt, ausgeschenkt. Manne war kein Meister des Smalltalks, aber irgendwie ging es schon. Plötzlich stand eine Frau im mittleren Alter vor Ihnen, die Bluse etwas zu weit aufgeknöpft, Manne und Zsa merkten gleich, dass die Frau zu viel von dem starken Erdbeer-Daiquiri intus hatte. „Na, ihr zwei Hübschen," lallte sie „ich habe ein Problem!" Manne und Zsa schauten sich erstaunt an. Die Frau schaukelte hin und her. „Es wird wohl nicht mehr lange dauern und sie wird umfallen", befürchtete Manne. Sie hob ihren Rock hoch und sagte zu den beiden, dass ihre Muschi nicht richtig rasiert sei. „Schau dir mal meine Pussy genau an, sie ist nicht perfekt rasiert!" „Tatsächlich!" sagte Manne und die Frau hängte sich an seinen Hals. Zsa fielen dabei die drei großen schweren Goldringe auf, die die Frau an der rechten Hand stecken hatte. Manne schleppte sie dann zu einer, an der Wand stehenden, Bank und setzte sie drauf. Er steckte sein Hemd wieder in die Hose und plötzlich stand ein Mann vor Ihnen und bedankte sich bei Manne für die Hilfe. Es war Werner Großmeier, der Chef des Einwohnermeldeamtes und er war es langsam Leid, jedes Mal seine besoffene Ehefrau Ines nach Hause zu schleppen.

Draußen auf den Parkplatz stand ein Mercedes AMG mit perforierter Karosserie, in dem zwei Männer saßen und es sah so aus, als suchten sie etwas ganz Bestimmtes.

Am nächsten Tag wird man eine weibliche Leiche in Sommerhausen finden. Die Polizei fahndet nach zwei Männern in dunklen Anzügen, die in den frühen Morgenstunden aus dem kleinen Appartement der Toten gekommen sein sollen. Mehr gab die Pressestelle nicht bekannt.

Die Tote war Maria und sie wurde gefoltert. Der Gerichtsmediziner wird feststellen, dass ihr bei vollem Bewusstsein einige Fingernägel abgezogen wurden. Gestorben ist sie dann an einem Herzversagen.

Manne kam vom Womoplatz zurück und brachte zum Frühstück die nicht verkaufte Mainpostille mit, dazu frische Brötchen und einen Marmorkuchen. In der Zeitung las Manne von dem tödlichen Vorfall in Sommerhausen und er dachte nach, ob das nicht die Maria Sternhagen sein könnte, die er in der Kunsthalle einmal zusammen mit Dorina Hochstett kurz kennengelernt hatte.

Herbert Graf von Weichenberg und Ulf Bodenstein waren unterdessen mit ihrem zerschossenen AMG auf dem Weg nach Polen, um ihn in Poznań zu verkaufen.

Seit einigen Tagen plagte Manne eine leichte Bronchitis, er kränkelte ein wenig. Auf dem Womoplatz war viel Betrieb, drum legte er sich auch nicht ins Bett. Er biss die Zähne zusammen und machte seinen Job, so gut es ging.

Ein Mann vom Tegernsee will ihm weismachen, dass vor 500 Jahren in Oberbayern Wein angebaut wurde. Dauercamper German Sauer hilft einem anderen Camper, dessen Gasanschluss zu reparieren.

Der Innenminister tritt von seinem Rücktritt zurück und viele Leute können das Verhalten, das er an den Tag gelegt hatte, nicht verstehen und sind von der ganzen Aktion sogar angewidert. Bei den bayerischen Landtagswahlen im Oktober wird man feststellen, wie schädlich das Verhalten des Innenministers war.

Ein Mann kommt angehumpelt, um sein linkes Fußgelenk hat er eine Fungi Tiefkühlpizza mit Gaffaband getapt und will wissen, wo das nächste Krankenhaus ist. Platz Kontrolleur Maximilian Eichel fährt ihn in die Klinik.

Dann kommt ein Teenager aus Rhede mit Sidecut und kurzen Hosen, verlangt vier „Pariser Handgemachte" und erzählt, wie schön es in Tassos war. Er sah so aus, als hätte er seinen Gesellenbrief vor der Reise erst gerahmt bekommen, aber er machte auf dicke Hose und erzählte lauthals, dass er sich jetzt schon auf sein üppiges Gesellengehalt freute, das er ab nächsten Monat bekommt. Ja, Handwerker sind wieder gesucht, sagte ein älterer Herr und verabschiedete sich. Dann kam ein weiteres Pärchen angerannt, Carl musste an Feldhasen auf Speed denken und sie bestellten lediglich zwei Kaffee to go und je einen Buttercroissant. „Wie wird denn das Wetter heute?" Die Antwort warteten sie gar nicht mehr ab.

Die Viertelfinalpaarungen der WM stehen fest:

Uruguay – Frankreich

Brasilien – Belgien

Schweden – England

Russland – Kroatien

Preissler will sie jetzt doch anschauen und zwar in der Mainlust, die Leute dort hätten Ahnung, sagt er.

Weichenberg und Bodenstein kommen mit einem älteren Model Renault Clio aus Polen zurück.

Kriminalhauptkommissar Felix von Stein hat eine erste Spur. Ein hinzugezogener Kriminalbeamter aus Italien machte Carlo Visentini und Pepino Ciprelli klar, dass sie nur auf eine Milderung ihrer Strafe hoffen könnten, wenn sie über die Hintermänner auspacken würden. Plötzlich blockierten die beiden nicht mehr, zeigten sich kooperativ und erzählten von zwei Männern, die sie in Sardinien angeheuert hätten, sie versprachen ihnen eine Million Euro, wenn sie Gottfried Meister finden würden und diesen dann das Geld, das rechtmäßig den beiden Männern gehören würde, abnehmen und Ihnen zurückbringen sollten. „Und wie hießen die beiden Männer?" „Ische glaube Weichenstein und Bodenberg oder so ähnlich. Sie sind einen Mercedes-Benz GLA AMG gefahre!"

Stein pfiff durch die Zähne, „Sowas habe ich mir schon fast gedacht. Fahndung nach Gottfried Meister, Herbert Graf von Weichenberg, Ulf Bodenstein und einem Mercedes-Benz GLA AMG rausgeben. Machen sie das bitte, Herr Gersteg!" „Wird sofort erledigt!" Stein schaute Gersteg, der gerade erst ins Zimmer gekommen ist und einen Anzug mit All-Over-Muster in Taubenblau, dazu ein Jogi Löw Shirt in Gelb und rote Chucks trug, groß an und ließ sich zu der Bemerkung hinreißen, ob denn schon wieder Fasching sei. Gersteg lächelte nur und zupfte sein rotes Einstecktuch zurecht und ging hinaus, um die Fahndung in Gang zu setzen.

Manne wollte heute gar nicht aufstehen. Es hatte die ganze Nacht stark geregnet und er weiß aus Erfahrung, dass nicht viel Betrieb auf dem Platz sein wird. Er drehte sich nochmal rum, um noch eine halbe Stunde zu schlafen.

Es war so, wie es Manne geahnt hatte. Um viertel nach Acht packte er wieder zusammen. Er hatte nur vier Kunden zu bedienen.

Heute war er zu einer Hochzeitsfeier bei einer ehemaligen Arbeitskollegin in Marktbreit eingeladen. Es war kein Problem, dass er Zsa mitbrachte. Gefeiert wurde in der Veranstaltungshalle der Stadt Marktbreit, dem ehemaligen "Lagerhaus" am Main. Es war eine wunderschöne Braut, in einem tollen Brautkleid aus einem transparenten Stoff mit viel Spitze, 3D-Details und ausladenden Volants, sie sah zauberhaft darin aus. Der Bräutigam, ein neureicher Schnösel, hatte sich für einen All-Over-Karo-Anzug entschlossen, beide Hochzeitsoutfits waren im Boho-Stil gehalten und zur Überraschung aller hatten sie beide orangene Chucks angezogen. Es gab reichlich gutes Essen, es wurde getanzt und gespielt. Es war alles sehr stimmig. Manne und Zsa fühlten sich wohl. Anastassija und Artjom waren beide große Fußballfans und hatten eine große Leinwand aufstellen lassen und um 20 Uhr begann das Spiel. Eins null für die Russen, die Kroaten gleichen aus. In der Nachspielzeit Führung Kroatien und nochmal Ausgleich durch die Russen. In Sotchi und in der Lagerhalle ist die Spannung zum Zerreißen nahe, als das Elfmeterschießen beginnt. Der Russe Fedor Smolov tritt als Erster an den Punkt. Schwach geschossen, Kroatiens Subasic hält. Auch Mateo Kovacic für Kroatien und der eingebürgerte Brasilianer Mario Fernandes für Russland treffen nicht. Der Schweizer mit kroatischen Eltern Ivan Rakitić machte es mit seinem Elfmeter als Letzter des ersten Fünfer Durchgangs klar.

Schmerzhafte Stille auf der Hochzeitsfeier die gute Stimmung ist dahin. Manne und Zsa verabschieden sich. Die Braut weint bitterlich und ihre Tränen vermischten sich mit ihrer Schminke.

Manne musste, im Auto beim Losfahren, an die Läuferinnen und Läufer heute beim Krankenhauslauf denken, bei dem er ein bisschen zugesehen hatte. Ohne große Bühne bringen die Bestleistung, weil es Ihnen

Spaß macht und weil sie etwas Gutes tun wollen. Wie jedes Jahr stand der in der Streckenführung leicht veränderte Lauf unter dem Motto „Laufen für den guten Zweck", denn der Erlös kommt zu 100% dem Förderverein der Klinik Kitzinger Land zugute. Vor genau 3 Jahren gab es den Hitzerekord in Kitzingen und auch an diesen Nachmittag war es ziemlich warm, als der Chef der Kitzinger Sparkasse um 17.15 Uhr den Startschuss gab.

„An was denkst du?" fragte ihn Zsa. „An dich und deinen süßen Popo!" „Warte du, wenn wir zu Hause sind!"

Trotz seiner Müdigkeit schaffte es Manne für Zsa in dieser Nacht ein richtiger Mann zu sein, daran Schuld war auch der süße Popo von Zsa. Todmüde schlief er um 1 Uhr ein.

Als er am nächsten Morgen schlaftrunken aus dem Combo stieg, fiel ihm ein Renault Clio mit polnischem Kennzeichen auf, der neben seinem Container stand. Er rief bei Maximilian Eichel an und sagte Bescheid, dass ein PKW neben dem Container steht, was laut Platzordnung nicht erlaubt war. Dann lud er seine frischen Sachen aus der Bäckerei im Container in die Regale ein. Nach einer halben Stunde kam Eichel und fragte, wo denn der Clio steht. Manne ging mit bis vor die Türe, der Clio war verschwunden.

Manne hatte Glück, dass unmittelbar nachdem er im Container anfing einzuräumen, die ersten Kunden kamen, zuerst ein sehr nettes Pärchen aus Holland in teuren bunten Shirts. „Zwei Kaffee und zwei Croissants!" Dann ein Audi-Rentner aus Ingolstadt, der auf die Politik schimpfte und die Alternative für Deutschland verteidigte. Als Manne ihm die Nachteile der Partei aufzählte verstummte er und machte sich davon. Es folgten Rentner, E-Bike Fahrer und German Sauer mit seinen Feuchttüchern in der Hand.

Kurz vor Feierabend kamen dann noch Kriminalhauptkommissar Felix von Stein und Kriminalkommissar Eduard Gersteg. Manne wunderte sich über das Aussehen von Gersteg, der ein hellblaues Pepita Hütchen auf dem Kopf trug. Am geilsten war aber der Anzug mit einem auffälligen Muster. Flamingos und Palmen waren auf hellblauen Stoff gedruckt und Manne dachte sich im Stillen, dass er eher für Motto-Partys, Festivals oder Junggesellenabschiede geeignet wäre. „Grüß Gott, Herr Stöhr, können sie uns einige Fragen beantworten?" „Wenn es jetzt sein muss und nicht zu lange dauert, bitte!" „Also gut, wissen sie, wo sich Gottfried Meister zurzeit aufhält?" „Leider nicht, ich würde es auch gerne wissen, weil ich noch Geld von ihm bekomme. Wenn ich Nachricht aus dem Jenseits höre, dann sage ich Bescheid!" „Danke, kennen sie Herbert Graf von Weichenberg und Ulf Bodenstein, die beiden sind wahrscheinlich mit einem Mercedes-Benz GLA AMG unterwegs? „Nein, sagt mir nix!" „Danke, das war es schon, Gersteig, abrücken!"

Tagsüber schaute Manne Fernsehen, Peter Sagan gewann die zweite Etappe der Tour de France und Jan Frodeno die Triathlon-Europameisterschaft in Frankfurt und zwischendrin hielt er vor dem Fernseher seinen Mittagsschlaf. Zsa hatte leckeres Thaicurry gekocht und ging, nachdem sie die Spülmaschine gefüttert hatte, mit Simone Werner zum Reiten. Am Abend waren sie auf dem Womoplatz zum Grillen bei German Sauer eingeladen und lernten dabei auch seine nette Frau und seine süße dreijährige Tochter kennen.

Nachdem Weichenberg und Bodenstein den Womoplatz gründlich ausspioniert hatten, fassten sie einen Plan. Sie wollten sich ein Wohnmobil mieten und sich ein paar Tage auf den Platz stellen; möglichst in der Nähe des Semmelcontainers um Manne und alle, die dort aus und ein gingen, beobachten. Sie hofften mit der Aktion, Gottfried Meister zu erwischen.

Manne bediente eine dicke Frau, so hart das klingt: die Frau war wirklich dick, wenn nicht zu sagen fett, vor allem hatte sie einen riesigen Hintern und sie kaufte auch dementsprechend (zur Freude von Manne) richtig viel ein. Vor allem dänischen Plunder mit Vanillecreme und eingedickten Sauerkirschen. Danach verlangte ein Mann die Zeitung mit den vier roten Buchstaben, er kratzte sich mit der linken Hand am rechten Ohr. Als er merkte, dass Manne der Frau nachschaute, sagte er: "Das ist meine Frau und ich weiß, sie hat wirklich einen fetten Popo!" Manne staunte, bei so viel direkter Offenheit. Der Mann erzählte weiter, dass er schon lange nicht mehr mit ihr geschlafen hätte, Manne wollte das eigentlich gar nicht so genau wissen! Es sei zu gefährlich mit so einer dicken Frau zu schlafen und er hätte schon lange ein eigenes Schlafzimmer und hier auf dem Womoplatz würde er im Freien in einer Hängematte schlafen. „Ich habe einmal meine Hand unter ihren Hintern gelegt und mir dabei das Handgelenk gebrochen. Ein Hintern kann sehr verführerisch sein, aber auch sehr gefährlich!" Er lachte und ging von dannen und Manne rief ihm lachend nach: „Passen sie auf sich auf!" „Wie kann man unter einem Hintern sein Handgelenk brechen? Leut gibt's!!", dachte Carl.

Frankreich schlägt im Halbfinale Belgien und steht im Finale. Preissler meint, dass die Franzosen Weltmeister werden, wenn sie es nicht vermasseln.

Manne war heute in der Altstadt unterwegs und hat sich bei einem Herrenausstatter in der Kaiserstraße ein nachtblaues Leinenhemd gekauft. Es stand ihm gut, wie Zsa feststellte. Zum Nachmittagskaffee, zu dem sich auch Simone Werner an den Tisch gesellte, hat er leckere Napoleonschnitten mitgebracht. Gesprächsthema Nummer eins war die Rettung der zwölf Jungen und ihres Trainers durch ausgebildete Taucher aus einem verwickelten Höhlensystem im Norden Thailands.

Plötzlich wechselte Preissler das Thema: "Wir müssen auf der Hut sein!" sagte er und weiter: „Zwei Menschen mussten schon ihr Leben lassen. Beide im Zusammenhang mit diesem Gottfried Meister. Irgendwas ist da im Busch und ich werde es herausfinden, um was es wirklich geht. Aber passt bitte solange auf, vor allem wenn euch irgendetwas Ungewöhnliches auffällt."

Die internationale Fahndung brachte den ersten Erfolg. Teile des gesuchten Mercedes-Benz GLA AMG wurden in Polen sichergestellt. „Wer kann denn den in Polen zur Untersuchung abholen, das müssen wir aussourcen!" schrie Stein seinen Mitarbeiter Gersteg an. Der in einem leichten Sommeranzug mit Hahnentrittmuster und Southgate Weste steckte. Im Stillen dachte er an Ansgar Meister. Neuzugang Arne Hatterer musste dann aber dran glauben.

Es roch nach frisch Gegrilltem, als er an den Reihenhäusern am Spinnbergweg vorbeilief. Er grüßte seinen früheren Nachbarn, der gerade das Fleisch auf dem

Grill wendete und lief weiter bis zu seinem früheren Haus. In der Ferne hörte er das Totenglöckchen des nahegelegenen Friedhofs, das man bei Ostwind besonders gut wahrnahm. Maria Sternhagen wurde beigesetzt. Die benachbarten Mieter waren ausgezogen, und er nützte die Gelegenheit, um das Geld, das er vor zwei Jahren unter dem Ahornbaum im Nachbargrundstück vergraben hatte, auszubuddeln. Er brauchte höchstens fünf Minuten, dann hielt er die dreifach in Plastik verpackten Geldscheine in den Händen. Es waren zweihundert 500.- Euro Scheine, die er in die Brusttasche seines neuen Sommer Jacketts steckte. Er hatte jetzt schon fünfzehn Kilogramm abgenommen und seine äußerliche Veränderung schritt gut voran. Die Hunderttausend Euro, die er damals von Freddy bekommen hatte, wollte er zum Teil für plastische Operationen ausgeben. Er wollte seine Nase etwas spitzer gestalten lassen und sein lichter geworden Haar sollte wieder dichter aussehen.

So schnell wie er gekommen war, war er auch wieder verschwunden.

Aus dem höhergebauten Carport sah er, wie das Taxi kam, er stieg ein und ließ sich nach Würzburg zum Bahnhof fahren. Er gab dem Taxifahrer fünfzig Euro, der dabei leicht durch die Zähne pfiff. Den RO 80 hatte Ansgar in Kommission genommen und will ihn mit in die nächste Auktion nehmen. Um 13.58 Uhr ging Gottfrieds Zug nach Kassel, dort würde er mit der Straßenbahn und zu Fuß nach Hessisch-Lichtenau in seine Senioren-Residenz kommen. Gut, dass er damals das Geld von Freddy genommen hatte, es stand ihm ja auch zu. Ob er den alten Gauner mal besuchen sollte? Er wusste, dass es nicht ging. Er war einsam, so einsam wie eine Flasche O-Saft in Maradonas Minibar, so würde das Carl sagen. Schade, dass er nicht mehr lebt, er hätte ihm helfen können.

Er entschloss sich zu einem Abstecher ins Haus Pompeij, um sich bei seiner Lieblingshure einen blasen zu lassen. Karinna stammte aus Weißrussland und sie sagt, dass sie erst 30 Jahre jung sei, naja, ihm war das egal. Sie konnte wundervoll blasen und das war ihm das Wichtigste. Wenn es ihm gekommen war, redeten sie meistens noch ein wenig, belangloses Zeug, er gab nichts von sich preis. Einmal erzählte sie ihm, dass ihr als junges Mädchen zwangsweise eine Niere entnommen wurde, ihre Eltern bekamen dafür 600.- Euro und ihr blieb die Nierennarbe für ihr ganzes Leben. Irgendwie mochte sie ihn, er war immer höflich und vor allem auch sauber und sie mochte ihn wahrscheinlich auch wegen den 250.- Euro, die sie jedes Mal von ihm bekam.

Preissler hat eine neue Lieblingsmannschaft. Kroatien gewinnt im Halbfinale gegen England mit 2:1.

Peter Sagan gewinnt seine zweite Etappe bei der Tour.

Kriminalhauptkommissar Felix von Stein ruft bei Ansgar an und erklärt ihm die Situation. „750 km sind halt schon ein ganz schöner Ritt, vor allem mit dem Hänger hinten dran und ich bräuchte einen Helfer, der mitfährt!" „Ich kann ihnen eine Tagespauschale von 800.- Euro anbieten, dazu Benzin und Übernachtungskosten! Außerdem würde unser Neuer Kommissar Arne Hatterer mitkommen." „800.- mal zwei!" sagte dann Ansgar. „Die nötigen Instruktionen und Adressen gebe ich Ihnen dann später, ich könnte um 11Uhr bei Ihnen sein!"

„Okay, das würde mir passen, also dann bis später!"

Ansgar fuhr zum Womoplatz, stellte sein Auto neben dem Container ab und ging zu Manne hinein. „Moin, Manne. Einen Kaffee bitte und so eine Mangoschnecke!" „Was machst du denn schon so früh hier? Bitteschön, der Kaffee und die Schnecke. Drei Euro bitte!"

„Hier nimm, passt so, ja ich muss auf Arne Hatterer warten, er begleitet mich nach Polen, ich muss für die Kripo dort ein Auto abholen. Es ist ein Mercedes AMG." Manne erschrak ein bisschen, machte sich aber weiter keine Sorgen wegen den Einschusslöchern.

„Ja, dann gute Fahrt und kommt wieder gesund zurück!"

Ein junger Mann mit seinem kleinen Söhnchen betrat den Container, „Salü, zwei Gipfeli, zwei Stangeli und zwei Brezeli bitte!"

Es klingelte bei Dorina, auf dem Bildschirm sah sie einen Mann mit einem Aktenkoffer. Sie fragte durch die Sprechanlage, wer denn da sei. „Gewerbeaussichtsamt!" sagte die Stimme am anderen Ende. „Ich muss dringend mit Ihnen sprechen!" „Steigen sie bitte in den Aufzug!" Oben angkommen gab sich Gottfried zu erkennen. „Du altes Arschloch hast mir so einen Schrecken eingejagt! Ich hätte dich nicht mehr erkannt, mit deinem eingefallenen Gesicht und der neuen Frisur, wieviel hast du schon abgenommen?"

„Das ist gut so, dass du mich nicht erkannt hast, dann erkennen mich Bodenstein und Weichenberg auch nicht, sie suchen mich wegen des Geldes, ich hoffe, es ist noch da und du hast es noch nicht verprasst!" antwortete Gottfried lächelnd. „Ich habe nichts angerührt, die Brunnenkresse auf dem einen Beet muss eh geerntet werden und die Minze kann auch runter, ich hätte sie zwar gerne noch zwei Wochen ohne zu gießen stehen lassen, damit sie noch aromatischer wird." „Ein Beet reicht, ich kann dir bei der Ernte helfen!" „Man muss vorsichtig ernten und die Wurzeln werden wir dann wieder einpflanzen, die tragen in einem viertel Jahr erneut frische Kresse. Ich verkaufe die mittlerweile an eine Bäckerei in der Falterstraße, besser gesagt, ich tausche sie gegen frisches Brot ein. Die Kresse verbacken die auch in einem Brot, es schmeckt köstlich, die meisten Leute wissen doch gar nicht mehr wie gut frisches Brot vom Handwerksbäcker schmeckt."

Nach drei Stunden war alles erledigt und Gottfried hatte aus dem Koffer einen hohen sechsstelligen Betrag entnommen. Alles war wieder eingebuddelt und oben wartete die Brunnenkresse auf die nächsten Sonnenstrahlen. Sie erntete auf einem anderen Beet Basilikum und erklärte Gottfried das er nur an den Triebspitzen abschneiden soll. Dorina fuhr dann Gottfried nach Würzburg zum Bahnhof. „Machs gut und erschrecke mich das nächste Mal nicht mehr so arg."

Mit seinen 71 Jahren sah Gottfried eigentlich noch ziemlich gut aus. Er überlegte, ob er nicht einmal nach Thailand fliegen sollte, er wollte darüber einmal mit Ansgar reden, leider hat er ihn diesmal nicht angetroffen, weil dieser irgendein Auto in Polen holen musste, so ganz hatte er Thao aber nicht verstanden.

Im Zug waren viele kroatische Fans, die zu einem großen Public Viewing nach Hamburg fahren wollten, um den sensationellen Einzug ins Finale der Fußballweltmeisterschaft und den etwaigen Weltmeistertitel am morgigen Sonntag zu feiern.

Preissler war dabei, das Haus, das er gekauft hatte, näher zu inspizieren.

Weichenberg und Bodenstein fuhren mit ihrem geliehenen Wohnmobil auf den Wohnmobilplatz ein und fanden einen geeigneten Platz, nur drei Wohnmobile entfernt vom Brötchencontainer.

Manne war mit dem Geschäft heute nicht zufrieden, der Platz war zwar voll, aber die meisten hatten wohl sehr viele Vorräte mitgenommen, weshalb sie weiter nichts zum Frühstück brauchten.

Und in der Tat war gestern Ferienbeginn in NRW gewesen, und für dreiviertel der Camper war Kitzingen nur Durchgangsstation für eine Nacht. Der Verkehrsfunk sprach am Morgen von einem dreißig Kilometer langen Stau zwischen Randersacker und Schlüsselfeld, „Zwei Stunden sollten sie länger einplanen!" hieß es im Radio.

Am entspannten Nachmittag, Zsa war wieder mit Simone ausreiten, schauten Manne und Preissler im Fernsehen den historischen Wimbledon Zwei-Satz Sieg von Angelique Kerber über Serena Williams und

Belgiens Sieg bei der Fußball WM in Russland im Spiel um Platz drei gegen England an.

Am nächsten Morgen wieder Womoplatz für Manne und auch die dritte Auflage des „Wild Times" Festivals, das bis 2 Uhr in der Nacht dauerte. Nur wenige hundert Meter entfernt vom Womoplatz ging das Spektakel über die Bühne. Viele Camper hatten deswegen noch nicht ausgeschlafen. Das Geschäft war dann dementsprechend.

Manne ging, nachdem er Retoure und Kasse abgegeben hatte, zum Brombeerpflücken. Vorbei an abgeernteten Feldern fuhr er zu dem Eck, wo er jedes Jahr eimerweise Brombeeren pflückte und später zu leckerer Marmelade verkochte. Nach zwei Eimern und ziemlich zerstochenen Händen, wusch er sich in einem kleinen Bach seine durch den Saft der Brombeeren lila gefärbten Hände. Er steckte sich eine Zigarette an und legte sich auf eine Decke, die er immer im Auto dabei hat.

Die Zigarette glimmt in seiner rechten Hand weiter und plötzlich wachte er auf und verspürte zwischen Zeige- und Mittelfinger einen tiefen Schmerz. Scheiße, tut das weh. Er kühlte sofort seine Hand in dem Bach, was aber nicht viel nützte. Es war mittlerweile 13 Uhr mittags, die Sonne stach und er fuhr nach Hause. Er stellte die Brombeeren in der Küche ab und schaute, wo Zsa war. Sie hatte sich nach dem Ausreiten nochmal hingelegt. Manne weckte sie zärtlich und sagte zu ihr, dass sie sich was anziehen solle. „Wir fahren nach Sommerhausen und gehen dort auf das Weinfest, da ist es schön schattig und wir können einen guten Kaffee trinken."

Manne trank sehr wenig Alkohol und Zsa auch nicht viel. Sie saßen an einem schattigen Plätzchen, es ging ein kleines Lüftchen und sie beobachteten die Leute. Zsa verstand nicht, dass man mitten unter dem Tag Wein trinken konnte und das auch noch bei der großen Hitze. „Das macht doch richtig müde!" Am Tisch neben ihnen saßen zwei junge Mütter und tranken Milchkaffee oder so was ähnliches in großen Gläsern, ihre Männer waren anscheinend Fußballspieler und hatten gerade ein Match. „Lange mache ich das nicht mehr mit", giftete die eine, bei der anderen saß der Filous auf dem Schoß. Manne, der Kinder gerne mochte, lachte ihn an und da fing der Kleine an zu weinen.

Um vier Uhr ging das Smartphone von Manne. Er hatte als Klingelton den Sportpalast-Walzer oder so was ähnliches. Es war Preissler, „Dege hat die Etappe gewonnen." „Hammer!" Wann kommt ihr zum Endspiel schauen. Die Übertragung beginnt um 17 Uhr." „Ja wir fahren dann los, geil das Degenkolb die Etappe bei der Tour gewonnen hat."

Es war ein mitreisendes Spiel das dann schlussendlich Frankreich mit 4:2 gewann. Während des Spiels sind einige Mitglieder der Feministen-Truppe von Pussy Riot über Spielfeld gelaufen, die Aufmerksamkeit hatten sie erreicht.

Kroatiens bildhübsche Präsidentin hingegen busselte nach dem Abpfiff trotz Niederlage alle ab, die in ihre Hände fielen, auch Putin und Macron. Der Consigliere der FIFA passte irgendwie nicht ins Bild. „Wenn ich den seh, dann muss ich immer an Korruption denken!"

Zsa fragte, was Korruption bedeutet. „Es bedeutet zum Beispiel, wenn du mit deinem Luxus-Liner auf den Womoplatz fährst, wo es nur drei Tage gestattet ist stehen zu bleiben, du aber länger bleiben möchtest. Dann rufst du den Platzwart zu dir in den Bus und sagst zu ihm, dass du ihm deine Möpis zeigst, wenn du länger stehen bleiben kannst. Das ist Korruption in stark abgemilderter Version." „Okay, ich habe aber keinen Luxus-Liner mehr!" Preissler und Manne lachten herzhaft.

Das Autoradio hatte Manne eingeschaltet und der Nachrichtensprecher sprach davon, dass amerikanische Parlamentarier Putin kritisieren, dass er Trump über den Tisch gezogen hätte. „Was ja nicht sonderlich schwer ist", dachte Manne. Nach dem Einladen in den

Combo wurde in einer Radiomorgenquizsendung die Frage gestellt, wie viele Tiere jährlich in Deutschland geschlachtet werden. Die Lösung von 174 Millionen Tieren war für Manne ziemlich erschreckend.

Der erste Kunde heute war ein Mann aus Fürth, der drei Semmeln und drei Eierringe einkaufte und Manne erzählte, dass man in die Fränkische Schweiz am Wochenende nicht mehr zu fahren braucht. Total überfüllt. Er fahre deswegen lieber nach Mainfranken, wo es noch schöne ruhige Ecken, wie diesen Platz hier, gibt.

Manne merkte nicht, dass aus einem Wohnmobil heraus der Brötchencontainer beobachtet wird.

Zsa schickte ihn, als er nach Hause kam, zu Preissler, „Er hat gesagt, du sollst mal zu ihm rüberkommen, wenn du da bist!"

„Manne pass mal auf. Ich habe doch vorne am Taleingang das Haus gekauft und Hela Walter und Waltraut Weltner haben das mitbekommen, von wem sie das haben weiß ich nicht. Jedenfalls sind die beiden ja Tagesmütter und haben mich gefragt, ob sie das Haus mieten könnten, sie würden zusammen eine Tagesmutter-Station dort aufbauen wollen. Jetzt ist das Haus und der Garten in keinem guten Zustand und ich würde den beiden Idealistinnen das Haus auch gerne vermieten, aber vorher möchte ich es ein wenig herrichten und drum frage ich dich, ob du und Zsa mithelfen könntet, die Burg wieder ein wenig aufzumöbeln. Simone, German, Ansgar, Maximilian und auch der Walter Mörterl wären auch dabei, die habe ich alle schon angerufen und die beiden Frauen und ihre Männer würden auch mithelfen."

„Klar wären wir auch dabei, aber du solltest erst einmal einen Bedarfsplan machen, was so gemacht werden müsste. Das Dringlichste zuerst." „Ich schau mal, dass ich von Gottfried ein finanzielles Polster bekommen könnte, macht der bestimmt!" „Woher willst du wissen, dass der Geld übrig hat? Oder hat der wirklich so viel, wie gemunkelt wird? Im Übrigen kommt Ansgar erst morgen aus Polen zurück. Sie holen den von dir zerschossenen AMG."

„Okay. Gut, dass du das sagst. Morgen Abend jedenfalls lade ich dich und Zsa zu einer original rumänischen Mămăliga ein!" „Ich weiß zwar nicht, was das ist, aber wir kommen gerne!" „Lasst euch überraschen!"

Preisslers Mutter war Kriegsflüchtling aus Siebenbürgen und er erzählte einmal, dass seine Vorfahren bereits im Mittelalter aus der Pfalz ausgewandert waren und sich in der Gegend um Hermannstadt, jetzt Sibiu, angesiedelt hatten. Gegen Ende des 2. Weltkrieges, mussten viele Siebenbürger Sachsen ihre Heimat verlassen, darunter auch seine Mutter. Er wurde dann 1947 geboren. Seine Mutter wurde von amerikanischen Soldaten vergewaltigt, darum lernte er seinen Vater nie kennen. Aber das Rezept hatte ihm seine Mutter vererbt und auch, wie man das Werkzeug zum Umrühren des Türkensterzes, wie die Mămăliga in Österreich auch genannt wird, herstellt. Man nimmt dazu die Spitze des alten Christbaumes und lässt die letzten fünf Ästchen stehen. Entrindet, getrocknet und in Form geschnitten ist dies das traditionelle Rührwerkzeug.

Er hatte aus der Mămăligămasse kleine Cocoloşi Kugeln geformt, die er mit Schafskäse gefüllt hatte und als Zsa und Manne kamen, legte er sie aufs offene Grillfeuer. Zsa kannte die Kugeln auch aus ihrer Heimat und sie hießen dort Puliszka. Es schmeckte vorzüglich mit den verschiedenen Soßen und Dips, die Preissler dazu reichte. Sie waren jetzt nicht traditionell, wie das Original, das man so dazu isst, aber was solls, dachte sich Zsa. Es hat geschmeckt und zu viel Arbeit wollte und konnte sich Preissler auch nicht machen.

Niemand wusste, wo sich Gottfried niedergelassen hatte, auch Ansgar nicht.

Bei der Versteigerung der Fahrzeuge in der Kunsthalle machte Ansgar wieder einen richtig guten Schnitt: 99.000.- Euro brachten seine vier BMWs, Gottfrieds RO 80 ging für 13.800.- weg und den Luxus-Liner kaufte ein Mann aus Tübingen, der ihn für seine kranke Frau noch etwas umbauen möchte, für 52.000.- Euro.

Am nächsten Abend saßen alle, die beim Umbau der Tagesmutterstation mithelfen wollten, bei Preissler in der Bude und er erzählte, wie er sich die Sanierung des Hauses vorgestellt hatte. Die beiden Frauen hatten einen Kredit über 25.000.- Euro aufgenommen und dies war das Limit, das sie ausgeben konnten. Nach einigem Hin und Her verabschiedete sich der Postbote und auch German ging. Maximilian blieb bis zum Ende, zog dann aber auch seine Mitarbeit zurück.

„Egal.", sagte Preissler, „Als erstes richten wir den Garten her: Das ganze Unkraut muss raus, Hecken schneiden und die Brom- und Himbeeren ziehen, was wohl das Anstrengendste bei der Gartensanierung sein wird." Zsa sah im Fernsehen in der Promotion-Serie „Höhle der Löwen" die neue Ruwi Multiharke, die ein 81-jähriger Mann erfand und vorstellte. Sie bestellte am nächsten Morgen drei Stück. Preissler stellte einen Zeitplan auf, nachdem sie in drei Wochen fertig sein sollten. Für den Rollrasen mussten Hela und Waltraut

550.- ausgeben. Der Innenbereich brauchte eine Grundsäuberung, ebenso die Toiletten, die um zwei Kinderklos, die beim Reinpinkeln Musik machten, erweitert wurden. Die Küche wurde neu gestrichen, die kaputte Terrassentüre ersetzt und in drei Zimmern wurden die Böden, mit kinderfreundlichem Laminat in einem Zimmer und mit flauschigem Teppichboden in den anderen Zimmern, neu verlegt. Die Wände bekamen ebenfalls einen neuen Anstrich. Mit Spielzeug und Abfallentsorgung waren die ersten 18.000.- Euro verbraten. Die restlichen 7.000.- behielten die beiden Frauen als Reserve und nach vier Wochen kamen die ersten Kinder. Am Haus stand jetzt ein liebevoll gemaltes Schild, darauf stand „Weidenkörbchen" in Anlehnung an die vielen Weiden unten am Bach. Manne war ganz schön gemolken nach den drei Wochen. Preissler dachte an Simone, die sich ja einen neuen Namen für den Reitstall ausdenken wollte.

Natürlich war Manne trotzdem jeden Morgen auf dem Womoplatz zu finden, verkaufte seine Brötchen und hörte sich die Geschichten der Camper an. Von der Toskana zurück nach Flensburg oder vom Gardasee zurück nach Kiel. Ein holländisches Ehepaar wollte nach Rothenburg und ein Mann warnte vor den vielen Chinesen, die mittlerweile jeden Tag in Rothenburg ob der Tauber einfallen. „Uns kann nichts schocken bei den

Windmühlen von Zaanse Schans, oder im holländischen Venedig in Giethorn sind es auch jeden Tag Hunderte von Chinesen!"

Der Mann von der Spurensicherung und auch Kriminalhauptkommissar Felix von Stein waren enttäuscht. Bei den Fahrzeugteilen die Ansgar aus Polen abgeholt hatte, handelte es sich nicht um den gesuchten AMG.

Eine Hitzewelle überrennt Deutschland und Europa. In Schweden brennen die Wälder bis zum Polarkreis und in Griechenland haben verheerende Brände in der Nähe von Athen über 70 Menschen das Leben gekostet.

Herbert Graf von Weichenberg und Ulf Bodenstein haben ihr Wohnmobil wieder zurückgegeben und sind in ein klimatisiertes Hotel nach Würzburg geflüchtet.

Manne öffnet jeden Tag seinen Brötchencontainer und neuerdings hat er auch Gummibärchen in seinem Programm, die er beim Ausverkauf von Bären Schmidt in Mainbernheim günstig gekauft hatte. Die Goldbärenfirma schließt aus wirtschaftlichen Gründen die Tore. Die Gummibärchen haben es einer jungen Frau angetan, die den gesamten Vorrat aufkaufte. Dann erzählt sie, dass sie ursprünglich aus Hawaii stammt, jetzt aber bei der Botschaft der USA in Madrid arbeitet, von dort einen Trip nach Tschechien und der Slowakei gemacht hatte. Entfernungen waren für Amis noch nie ein Problem. Sie möchte noch ein, zwei Tage hier auf dem Kitzinger Womoplatz verweilen, weil es ihr in Kitzingen so gut gefällt und dann wieder zurück nach Madrid, im August ist ihr Urlaub zu Ende. „Hast du dime bei dir in deine till. Ich bräuchte für Wasser?" Manne verstand nicht gleich was sie wollte, dann gab er ihr für zwei Euro Dime und Nickel aus der Kasse.

Preissler dagegen hat ganz andere Sorgen, die afrikanische Hitze hat seine große Wiese komplett abgebrannt, sodass nichts mehr wächst. Schatten ist keiner vorhanden es sieht aus wie eine Steppe in der Mongolei. Der Deutsche Wetterdienst spricht von den "Schattenseiten des trockenen Sommerwetters." Die ausbleibenden Niederschläge entwickeln sich zur Katastrophe für die Landwirtschaft. Aber auch Manne spürt den deutlichen Besucherrückgang auf dem Womoplatz und seine Einnahmen haben sich praktisch halbiert in den letzten Tagen.

Auch am Mittwoch sind nur sehr wenige Camper auf dem Platz. Es ist einfach zu heiß.

Dafür kündigen sich weitere sportliche Highlights in Kitzingen an. Am Donnerstag kommt die BR Radltour mit über 1000 Radlern nach Kitzingen, auf dem Parkplatz einer großen Firma gleich hinter dem Womoplatz fand dann am Abend ein Konzert mit dem norwegischen Gesangsduo Madcon statt, der Eintritt war frei, es kamen 10.000 Menschen und der Stadtsäckel war um 80.000 Euro leichter. Am darauffolgenden Samstag wurde dann die 10. Auflage des Mainfranken Triathlons angeschossen, nicht ganz so viele Teilnehmer und auch nicht so teuer.

Die brütende Hitze hat sich weiterhin auf die Besucherzahlen des Platzes niedergeschlagen und Manne machte noch weniger Umsatz. An Maria Himmelfahrt, das ja nicht automatisch in jeder bayerischen Gemeinde Feiertag ist, wurde Kitzingen wieder von kaufwütigen Menschen überflutet. Den Kitzingern fehlen ungefähr 30 katholische Mitbürger, um auch in den Genuss des Feiertags zu kommen. In einem Baumarkt wurde die Mehrwertsteuer erlassen, es gab günstige Spritpreise und halb Würzburg traf sich beim Shoppen in der Kleinstadt am Main. Mehr Umsatz machte Manne deswegen auch nicht, im Gegenteil die Camper mieden den Platz, aus welchen Gründen auch immer. Kurzentschlossen machte er zwei Wochen Urlaub und fuhr mit Zsa an die Nordsee. Norderney ist keine ruhige Insel, was aber den beiden Frischverliebten sehr gut gefiel und auch guttat.

Sein erster Tag nach dem Urlaub fiel ihm, wie jedem anderen auch, sehr schwer. Ein nettes junges Pärchen aus Hamburg, das auf dem Weg nach Südfrankreich war, machte es ihm leichter, sie alberten mit ihm herum. Er erzählte vom Falterturm und die beiden berichteten von den guten Hamburger Franzbrötchen, von denen Manne noch nie gehört hatte.

Beim Zusammenräumen fiel aus der Mainpostille, die wieder nicht verkauft wurde, ein Werbeprospekt einer Weingenossenschaft heraus und der grafisch gut aufbereitete, pinkende Text fiel ihm gleich ins Auge. „Im zarten Rosa tänzeln sie im Glas und verströmen sommerlich fruchtige Aromen von Waldbeeren, Äpfeln und Sauerkirschen. Rosé, Schiller und Rotling sind nicht nur für das Auge eine wahre Freude, sie sind für den Sommer gemacht, wie die Flamingo-Schwimminsel für den Pool!" Nicht schlecht dachte Manne und überlegte, wo er günstigen Rotling herbekommt. Wahrscheinlich sind sie beim Discounter günstiger, als beim Hersteller selber.

Die Zeit verging, es war jetzt Ende August, die Weinlese hatte längst begonnen. Ein bayerischer Minister kam trotzdem zum offiziellen Weinlesestart nach Eibelstadt. Bei einer Radiosendung am Morgen wünschte sich der Direktor einer großen Winzergenossenschaft, der über die vorgezogene Weinlese informierte, seinen Lieblingssong. Der DJ legte dann Summerwine von Lana del Ray auf.

Ein 81-jähriger Oberbayer, der erstaunlich gut erhalten aussah, (man hätte ihn auch leicht auf 58 schätzen können) fragte Manne, wo man einen Wasserkanister kaufen könnte. Nachdem Manne ihm den Weg zu einem Einkaufszentrum erklärte, sang er beim Hinausgehen erleichtert das Lied: „Werd scho wer'n sagt Frau Kern, auch bei Frau Horn is wieder worn, sowas gibt sich meistens immer, bei der Wimmer war's noch schlimmer …………" Besucher aus Norddeutschland klatschten im Rhythmus dazu.

In der Lokalzeitung steht, dass ein Stand-Up Paddler am Mittwochabend auf eine tote Person, die in einem Baggersee bei Dettelbach trieb, aufmerksam geworden ist. Der männliche Leichnam wurde von der Wasserwacht aus dem See geborgen. Die Ermittlungen hinsichtlich der Todesursache und der Identität der Person werden von der Kripo Würzburg geführt, teilt das Polizeipräsidium Unterfranken mit. Die Umstände, die zum Tod der bislang noch unbekannten Person geführt haben, sind nun Gegenstand kriminalpolizeilicher Ermittlungen. Hinweise, die auf eine Straftat bzw. auf eine Gewalteinwirkung hindeuten würden, liegen bislang jedoch nicht vor.

Später wird sich herausstellen, dass es sich bei dem Toten um den dicken Herbert Graf von Weichenberg handelt.

Bevor Manne heute den Laden schloss, hängte er noch ein Schild auf „Nachhaltig Genießen und Verpackungsmüll vermeiden. Das wird bei uns im Brötchencontainer belohnt. Wer sich mit der eigenen Tasse seinen Kaffee abholt, bekommt 10 Cent Nachlass und wer mit dem Frühstückskörbchen oder Säckchen zum Brötchenholen zu uns kommt, der bekommt 5 Cent vom Einkaufswert gutgeschrieben. Gilt ab einem Einkauf von 2 Euro." Stand drauf zu lesen.

„Haben sie noch einen Kaffee?" hörte er jemanden fragen. Die Stimme kannte er, den Mann nicht! „Mein Name ist Markus Wolf, ich suche einen gewissen Gottfried Meister, kennen Sie den?" „Hier, der Kaffee und freilich kannte ich Gottfried, sie erinnern mich ein bisschen an ihn. Soviel ich weiß wurde er hier auf dem Platz umgebracht!" Der fremde Mann mit einer blaugrauen Meckifrisur schlürfte an seinem Kaffee, während Manne zusammenräumte und die leeren Körbe in seinem Combo verfrachtete. „Was bin ich schuldig?" „Eins sechzig!" Der Mann kramte aus seiner Trainingshose einen 20 Euro Schein hervor und gab ihm

Manne: „Stimmt so!" Manne bekam den Mund nicht zu „Danke!" Aber das hörte der vollschlanke Mann gar nicht mehr, er joggte Richtung Albertshofen davon und plötzlich hatte Manne einen Verdacht, wer das eben war. There is no benefit in worrying.

Gottfried lächelte innerlich, Lackmustest bestanden! Wenn Manne ihn nicht erkannt hat, werden es Bodenstein und Weichenberg auch nicht können, zumal sie ihn ja nie wirklich richtig gesehen hatten.

Zwei Tage vorher. Die beiden Gottfried-Jäger wollten einfach nicht aufgeben und mieteten sich trotz der großen Hitze bei einem Kanuverleiher, die es ja zu Hauf an der Mainschleife gibt, ein Bötchen, um über der Wasserseite des Altmains an das frühere Häuschen von Gottfried zu gelangen. In Fahr am Main setzten sie das Kanu ein und paddelten durch das schöne Maintal. Vorbei an einer großen Sandgrube wo dringend benötigter Kiesel und Sand befördert wurde. An Escherndorf, Nordheim und Köhler vorbei in Richtung Gerlachshausen. Links und rechts hektargroße Weinberge, überholt von großen Einhorn- und Flamingo-Schwimmreifen und Flößen, zusammengebaut aus Europaletten und leeren Ölfässern. Party auf dem Wasser. Die meisten Jugendlichen hatten einem im Tee, wie Weichenberg abfällig meinte. Er, dem es nur ums Geld verdienen und Leute bescheißen geht, kann es natürlich nicht verstehen, dass sich junge Leute so besaufen und feiern können.

Sie wollten es einfach nicht glauben, dass Gottfried dort nicht mehr wohnte. Sie schlichen sich die Uferböschung hoch, was sich besonders für den wohlbeleibten Grafen nicht so einfach darstellte. Nachdem sie sich hinter einem Erdhügel in Stellung gebracht hatten, zog Bodenstein einen Feldstecher aus der Tasche und beobachtete das Häuschen. Um 16 Uhr sah er einen Mann, im bunten Outfit mit weißer Hose, gelben Sneakers, Strohhut, gelb/lila gescheckter Krawatte und einem Blazer im zarten Fliederton, auf das Haus zugehen.

Weichenberg jammerte und nölte herum, dass er von Ameisen gebissen wird. „Halt jetzt die Klappe!" schrie ihn Bodenstein an. Nach einer Weile merkte auch er, dass sie sich an das Ende eines Komposthaufens gelegt hatten. „Komm, lass uns gehen, ich glaube nicht, dass Meister sich hier aufhält." Sie paddelten bis zur Sportbootschleuse Dettelbach, bei Flusskilometer 295,4 bogen sie über den linksmainischen Wehrarm in die Schleuse ein und paddelten dann auf dem Main weiter bis zur Einfahrt eines größeren Seengebietes bei Mainsondheim, wo sie auf dem Parkplatz der Mainfähre ihren Renault Clio abgestellt hatten. Weichenberg sollte das Auto nicht mehr erreichen. Bodenstein und er stritten im Kanu über Sinn und Unsinn ihrer Aktionen. Er hätte keinen Bock mehr auf die ganze Scheiße und er wird aussteigen, um bei der Polizei ein Geständnis zu machen, auch wegen der mildernden Umstände dann. "Du hast ihr die Nägel gezogen und ich kriege nur Todschlag durch Unterlassung!" Weichenberg hatte den Satz noch nicht richtig ausgesprochen, als ihm schwarz vor Augen wurde. Er wurde ohnmächtig durch den Schlag mit dem Paddel und hing seitwärts aus dem Kanu. Bodenstein drehte sich zu ihm hin und drückte ihn mit dem Paddel unter Wasser, bis Weichenberg in den Fluten versank.

Kriminalhauptkommissar Felix von Stein bekam ein ausführliches Obduktionsergebnis auf den Schreibtisch gelegt. Es handelte sich um den Toten, der zwei Stand-Up-Paddler bei Dettelbach vor die Bretter getrieben war. Stein hatte sich einen Tag frei genommen, um eine Bekannte im Krankenhaus in Bad Neustadt zu besuchen. Er wird den Bericht erst in der neuen Woche lesen, da er eigentlich nicht vorhatte, über das Wochenende ins Büro zu kommen.

Als Manne am Freitag vor einer roten Ampel stand, hörte er im Autoradio von der Abstimmung zur Zeitumstellung. 4,6 Millionen EU Bürger hätten sich an der Abstimmung beteiligt und 80 Prozent sprachen sich gegen eine Zeitumstellung aus.

Als erster Kunde kam ein älterer Mann aus Düsseldorf. „Zwei Semmeln und eine Prawda bitte!" Manne sagte zu ihm, dass es heute wahrscheinlich der letzte richtig schöne warme Tag werden wird: 32° C hätte der Wetterbericht gemeldet. „Ist mir ehrlich gesagt egal, wir fahren heute weiter zum Bodensee, um dort morgen unsere tolle Wohnmobiltour zu starten, die ich gebucht habe. Sie geht durch die Schweiz, das angrenzende Frankreich, Italien und Österreich und dauert 4 Wochen. Alles inklusive. Am Morgen Brötchensäckchen am Außenspiegel und exklusives Dinner in den Zielorten jeden Tag. Wir werden Stellplätze in Laax, Zermatt, Genf, Davos, Kitzbühl, am Comer See, am Lago Maggiore und in Lyon haben, um nur einige zu nennen. Wir fahren mit dem Glacier-Express und der Mont-Blanc Bahn und was- weiß-ich-noch mit was für Bahnen." „Toll, und was kostet sowas?" „Ja, ist nicht billig: 4.800.- Euro!" „Boah ey, Alder!" Manne stand mit geöffnetem Mund da und staunte nicht schlecht.

Zur gleichen Zeit machte sich Simone Werner fertig. Sie freute sich über den Arbeitsvertrag, den ihr Preissler gegeben hatte. Sie wollte gut aussehen und sich wohl fühlen bei ihrem ersten Arbeitstag im Ganztagsjob. Sie absolvierte ihr wöchentliches Schönheitsritual, bestehend aus Komplettenthaarung und das selbstgemachte Maskenpeeling mit Avocado, Heilerde, Quark und Honig tat ihr gut. Davon wurde ihre Haut ganz weich und straff. Danach Maniküre der Nägel und Bimsstein für die Fußsohlen. Höhepunkt war dann immer eine ausgedehnte Masturbation mit der verchromten Stabbrause und schönem warmen Wasser mit Gedanken an Zac Efron. Sie fühlte sich wie neu geboren, als sie in ihren alten Golf einstieg und von Marktbreit zu ihren Pferden nach Kitzingen fuhr. Sie hatte Preissler vorgeschlagen, einen bildschönen, freundlichen Wallach, wie es in der Anzeige hieß, mit allem ausgestattet, was das Reiterherz höher schlagen lässt, zu kaufen. „Ein Schatz im Umgang!" Sie hoffte, dass er es machen würde. Als ersten Namensvorschlag gab sie „Preisslers Hofreiterei" zum Besten.

Preissler war froh, dass Simone sich um alles kümmerte, was den Reitstall anging, sie hat mittlerweile sogar eine Facebook Seite eingerichtet. „Die Ausreitmöglichkeiten bei uns führen euch über Wiesen- und Sandwege, vorbei an Bächen, durch Wald und Flur, und lassen jedes Reiterherz höherschlagen." Warum sollte er ihr nicht den Wunsch erfüllen und noch ein drittes Pferd anschaffen?

„Hallo Simone, schon so früh unterwegs? Normalerweise fängt dein Job doch erst um 9 Uhr an, komm mal mit, ich will dir Armstrong vorstellen!"

Sie strahlte, als sie den Wallach erblickte. „Darf ich dann gleich mal mit ihm ausreiten, die ersten Reitschüler kommen ja erst um 9.30 Uhr?"

„Na klar, ist ja schon ein prächtiges Pferd. Viel Spaß!"

„Den werde ich haben." Es dauerte keine 10 Minuten, bis sie das Pferd zum Ausreiten fertig gemacht hatte. „Hü, Scheritt!" Und weg war sie.

Keiner von beiden nahm wahr, dass sich im Garten auf der Rückseite des Hauses etwas bewegte. Es war jemand, der sich tiefer in die Hecken zurückzog und dann ganz verschwand.

Als Simone außerhalb von Preisslers Gelände an Armstrong das Kommando „Galopp" gab, begegnete ihr ein Renault Clio, dem sie aber weiter keine Beachtung schenkte.

Es war der letzte heiße Tag des Jahres mit fast 33°. Der Deutsche Wetterdienst spricht von einem Umschwung in der Wetterlage und zum Herbstanfang soll es deutlich kälteres Wetter geben. Aber da hatte sich der Wetterdienst getäuscht: am 12. September war Kitzingen mit 32° wieder einmal, wie schon so oft, die wärmste Stadt in Bayern.

Jogi Löw trat nach 2 Monaten in der Versenkung an die Öffentlichkeit. Man habe den Ballbesitzfußball auf die Spitze treiben wollen, das sei "fast schon arrogant" gewesen, sagte Löw und gab seinen Kader für die nächsten zwei Länderspiele bekannt.

Pünktlich zum Beginn der Reitstunden war Simone wieder zurück.

Sie war keine Schönheit im klassischen Sinne, obwohl sie mit ihrer roten Strubbelmähne und den blauen Augen die Blicke auf sich zog, wenn sie nicht gerade ihre unvorteilhafte, dicke Hornbrille auf der Nase trug. Sie war ein bisschen pummelig und mit ihren 1,68 auch nicht besonders groß. Dafür hatte sie ein großes Herz und war die umsichtigste und aufopferungsvollste Helferin, die man sich vorstellen konnte, vor allem wenn es um „ihre Pferde" ging. Preissler schätze sie sehr und mochte sie auch. Nur manchmal, wenn sie ein bisschen schroff und mit spitzer Zunge über Reitschülerinnen herzog, hätte er ihr am liebsten ihren dicken Hintern versohlt. Aber er konnte sich im Zaum halten.

In ihrem vielbeachteten Reiterblog „Das Wiehern und kein Ende" schreibt sie zudem lustige Geschichten über das Reiten.

Zsa wartete sehnsüchtig auf ihrem Manne, der dann auch kurz nach 9 Uhr eintrudelte. Sie hakte sich schweigend bei ihm ein, als sie zum Ford Capri gingen, dort gab es eine Langfassung des Begrüßungskusses. Sie fuhren dann nach Abtswind, um den Tag im Schwimmbad zu verbringen. Auf der Fahrt dahin hören Manne und Zsa im Radio, dass in den sozialen Netzwerken der Haftbefehl gegen einen der Tatverdächtigen der tödlichen Messerstecherei von Chemnitz kursiert, die sächsische Justiz ermittelt. "Das ist eine Straftat. Wir werden die Sache aufklären." sagte Ministerpräsident Michael Kretschmer im Radio. Zsa fragte Manne. was das ist: kursiert? „Kursieren oder kursiert bedeutet so viel, dass etwas in Umlauf gebracht wurde oder etwas macht seine Runde. In dem Fall „kursiert" in den sozialen Medien der Name des richtigen Messerstechers, was aber verboten ist!" „Ah, jetzt verstehe ich."

Herrlich, das kühle Nass und wenig Betrieb in dem einen Becken.

Auf der Decke nebenan schimpft ein Mann, als er in seinem Transistorradio, das wahrscheinlich so alt ist wie er selber, den Bericht über Chemnitz hörte. Offensichtlich ein Konditor im Ruhestand. Er sagte laut zu seiner Begleiterin und dem aufblickenden Manne: „Wenn ich das vor 47 Jahren gewusst hätte, dass es in Chemnitz offensichtlich so viele Nazis gibt, dann hätte ich meine Prüfungstorte als Konditor nicht mit Chemnitzer Tortenböden gebacken." Seine Begleiterin auf der Decke lachte. „Du Spinner, ist doch egal mit was für Tortenböden du damals deine Prüfungstorte hergestellt hast. Es interessiert heute niemanden mehr. Heutzutage gehen die Leute und holen einen in viel Plastik eingepackten furztrockenen Tortenboden im Discounter!" „Ja, traurig, wie sich das alles so entwickelt hat!"

„Entschuldigung, wenn ich störe, mich würde das Rezept schon interessieren, ich bin passionierter Hobbybäcker. Haben sie das Rezept vielleicht noch im Kopf?"

„Ne, du nach so vielen Jahren. Wenn sie wollen, schicke ich Ihnen das Rezept gerne zu."

„Ich kann Ihnen meine Mailadresse oder Whatsapp-Nummer geben." sagte Manne.

„Lass mal Junge, mit so einem Kram beschäftige ich mich nicht. Ich lese jeden Tag meine Zeitung und um acht die Tagesschau, das genügt vollauf."

Manne schrieb ihm seine Adresse auf, bedankte und verabschiedete sich, um mit Zsa zu den Umkleidekabinen zu gehen.

Es war mittlerweile früher Nachmittag und beide hatten noch was vor, sie fuhren in Richtung Greuth und hinter einem großen Strohballen breiteten sie ihre Decke nochmal aus und machten das, was sie zurzeit am liebsten zusammen machen.

Es war der vorläufig letzte warme Sommertag mit Temperaturen über 30° C.

Am Abend schauten beide nochmal bei Preissler vorbei, um sein neues Pferd zu begutachten. Er legte sein Kreuzworträtsel auf Seite und beide merkten, wie stolz er auf den prächtigen Wallach war. Dann lud er beide auf seine Terrasse zu einem Kaltgetränk ein. „Schönes Pferd, Simone hatte Tränen in den Augen, als ich es ihr zeige. Sie sagt, dass er sich schön reiten lässt!" „Wie heißt er denn?" will Zsa wissen. „Armstrong, wie der Astronaut! Wollt ihr euch noch ein wenig im Whirlpool abkühlen?", „Lass mal ein anderes Mal gerne!" „Ihr könnt auch gerne auch benützen, wenn ich nicht zu Hause bin!", „Alles klar und danke schon mal!"

Nachdem Manne und Zsa gegangen waren, richteten sie sich etwas zum Abendessen und wollten dies im Bett genießen: frische Frankenträubel, Secco, Ananas, Toast, Bauernsalami und Emmentaler am Stück. Als Zsa ihn im freizügigen Négligé, das ihre schönen großen Brüste mehr zeigte als verdeckte, nach den Weintrauben schnappen ließ, musste er an die Filmszene aus „Das große Fressen" mit Michel Piccoli und Andréa Ferréol denken. Manne knapperte dann mehr an ihrem herrlichen Busen, als an den Trauben.

Irgendwie war die Morgenstimmung anders als in den vergangenen sechs Wochen. Es hat endlich einmal geregnet und diesen Geruch von frischem Regen liebte Manne sehr. Der wohlriechende Verdunstungsgeruch machte sich in seiner Nase breit.

Die erste Kundin war eine resolute ältere Dame mit grauem Haar, das sie zu einem Zopf geflochten hatte. Sie erzählte von ihrer Reise an die Altmühl, nach Beilngries, Weissenburg und Eichstett. Schön sei es am Brombachsee gewesen. „Bitte sechs Kaisersemmel, leider müssen wir heute wieder nach Hause fahren. Wir sind morgen beim Geburtstag von Harald Schmid in Gelnhausen eingeladen, wenn Ihnen das ein Begriff ist!" „Ja klar, das war doch der Hürdenläufer!" „Ja, er war mehrmaliger Europameister über 400m Hürden und holte auch bei Weltmeisterschaften und Olympiaden mehrere Medaillen." Ein bärtiger Glatzkopf vom Niederrhein war der nächste. Sein König-Ludwig-Bart war sehr gepflegt und nachdem er sich vier Laugenbrezel von Manne in die Tüte stecken ließ, erzählte er voller Vorfreude, dass es an den Chiemsee auf einen Bauernhof gehe. Es fehlten nur noch die Lederhosen. Eine bildhübsche Holländerin Mitte dreißig war traurig, dass sie wieder zurück nach Hause fahren musste. Sie ließ sich den Abschied zuckersüß mit zwei Quarktaschen versüßen.

Allgemeines Gelächter herrschte dann, als ein Mann, der eigentlich seine Pension schon verlebt hatte, erzählte, dass er in einem Discounter einmal ganz harte Brötchen bekommen hatte. Ein anderer Mann bemerkte dazu: „Die haben in ihrem Aufbackofen bestimmt das Programm vom Vollkornbrot eingestellt gehabt."

Zwei Belgier aus dem französisch sprechenden Wallonien laberten Manne zu. Er verstand nicht viel, aber trois chignon war schon klar. Sie meinten die Handgemachten und dazu quatre Croissants. Es sah so aus, als ob sie Brüder wären. Nach einer Weile kamen sie mit einen dritten Mann zurück, der seine Hose bis zum Bauchnabel hochgezogen hatte. Sie kauften jetzt den gesamten Weinvorrat auf. Rouge, Silvaner und Bacchus.

Im Briefkasten war Post. Ein gewisser Bernhard Schmidt hatte geschrieben. Es war das Rezept für die saftigen Chemnitzer Tortenböden. Manne zeigte es Zsa und beide lachten.

Rezept für einen Chemnitzer Tortenboden: 130g Eigelb, 160 g Eiweiß, 120g Zucker, 8g abgeriebene Zitronenschale, halbes Gramm Salz, 120g Mehl/Weizenstärke gemischt und gesiebt. 80g flüssige lauwarme Butter. Eigelb und Eiweiß getrennt mit dem Zucker hälftig aufschlagen, dann mit dem Mehlgemisch und der flüssigen Butter vorsichtig mehlieren. In einen 26cm Tortenring einfüllen und im mit 185° vorgeheizten Ofen 24 Minuten backen.

Ich hoffe, Ihnen damit geholfen zu haben. Hochachtungsvoll Ihr Bernhard Schmidt. Ehemals Hofzuckerkonditormeister Cafe Treimel Wien.

Gottfried Meister hatte Heimweh nach Kitzingen. Er buchte sich im Flixbus ab Kassel Kaufungen ein Ticket für 9.99 Euro und fuhr um 10.10 Uhr ab, um dann um 12.55 Uhr in Würzburg zu sein. Er kaufte sich eine Mainpostille im Bahnhof und ging zum Taxistand, von wo aus er sich nach Kitzingen kutschieren ließ. In der Zeitung las er immer zuerst den Sportteil, so auch jetzt. „Aufsteiger FC Geesdorf setzt sein nächstes Ausrufezeichen in der Landesliga. Bundestrainer Joachim Löw hat bei der lang erwarteten Pressekonferenz zur Aufarbeitung des WM-Ausscheidens in Russland eigene Fehler zugegeben." In den Polizeinachrichten wird ein Bild eines in Mainsondheim ertrunkenen Mannes veröffentlicht. Wer kennt den Mann?? Das Bild war nicht besonders gut. Aber Gottfried erkannte ihn sofort. Herbert Graf von Weichenberg ist also ersoffen! Die Polizei sucht noch nach der Identität des Mannes. Gottfried Meister fragte sich, was passiert sein könnte?

Am Falterturm stieg er aus dem Taxi, bezahlte mit einem Fuffi und schlenderte durch die Lindenstraße hinunter zur Rosenstraße. Beim Griechen am Rosenberg setzte er sich in den kleinen Biergarten und bestellte sich Weizen alkoholfrei und Gyros mit Bauernsalat, dabei überlegte er, was zu machen war. Bodenstein schien ja noch aktiv zu sein und der war unberechenbar. Vom Bus aus hatte er sich einen Termin bei einem Frisör in der Luitpoldstraße reservieren lassen. Bart wieder glattrasieren, Haare stutzen und nachfärben. Auf dem Weg vom Frisör in die Altstadt lief ihm ein Redakteur der Mainpostille über den Weg, den er sehr gut kannte. Gottfried schaute ihn im Vorbeigehen an, und auch der Mann der Presse schaute zu ihm auf, lief aber daraufhin einfach weiter und erkannte ihn nicht. Im Modehaus in der Kaiserstraße probierte er ein kariertes Sipos&Braxx Sakko in zarten Pastellfarben an. Es gefiel ihm sehr gut und er ließ es einpacken, dazu suchte er sich noch eine Vabista Chino in gewaschener High-Stretch-Qualität aus. Am liebsten hätte er die beiden Teile gleich angezogen. Auf der alten Mainbrücke trank er einen guten Brückenschoppen. Von dort ist es ja nicht weit zu Ansgar, leider war der Schrauber ausgeflogen!

Im Garni Hotel in der Schwarzacher Straße war es ziemlich laut. Es herrschte reger Verkehr, darum ging er erst einmal an den Main und setzte sich auf eine

Bank und atmete den Duft des Wassers und des nahenden Herbstes ein. Er dachte über sein Alter und sein bisheriges Leben nach.

Am nächsten Morgen zog er sich die legeren neuen Klamotten an und schaute bei Manne am Container vorbei.

„Mann, bist du blind, erkennst du mich nicht?" „Echt jetzt, du hast aber gewaltig abgenommen!" „Neunzehn Kilo sind es jetzt! Und- erzähl mal, wie es geht? Alles im Lot sonst so? Und überhaupt, schenk mir einen Becher ein! Ist die Kleine noch bei dir?" „Bitteschön: ja, Zsa ist noch bei mir, wir haben uns verliebt!" „Wusste ich es doch, dass sie dir gefallen wird!" „Gibt es was Neues von Bodenstein? Weißt du was? Weichenberg ist ja im Mainsondheimer Anglersee ersoffen, weiß nur noch niemand, schlag mal die Zeitung auf!" „Bleibst du über das Wochenende in Kitzingen?" „Ich weiß noch nicht, läuft eigentlich dein Compo noch gut, wieviel Kilometer hast du drauf?" „Über 200.000, warum willst du das wissen?" „Mach dir keinen Kopf, kannst du mir ein Taxi rufen?"

Nach zehn Minuten stieg ein Goldkettchen aus einem alten Daimler, nahm einen Kaffee bei Manne mit und fragte Gottfried beim Einsteigen, wo es hingehen soll? An der Ampel neben dem Falterturm stand Goldkettchens Taxi-Mercedes hinter einem Renault Clio mit polnischer Autonummer, der beim Umspringen der Ampel auf Grün sehr ruckelnd losfuhr. Während Gottfried sich zum Bahnhof fahren ließ, fuhr der Clio auf der B8 entlang bis zur Eisenbahnbrücke und bog dort links ab in die Schützenstraße.

Zur gleichen Zeit sah Preissler von seinem Kreuzworträtsel auf und schaute zufrieden durch das Fenster, auf seinen neuen Wallach, den Simone zum Ausreiten fertig machte.

Zsa half für zwei Stunden bei den Tagesmüttern Hela Walter und Waltraut Weltner im „Weidenkörbchen" mit. Ein Zwillingspärchen hatte Geburtstag und da gab es viel zu tun. Vor allem auch, weil sich zur Party Eltern und Großeltern angemeldet hatten.

Manne kam vom Womoplatz zurück und brachte Preissler die bestellten und von ihm so heiß geliebten Käsecroissants mit. Nach dem ersten Bissen sprang Preissler plötzlich auf und schaute erschrocken aus seinem mit Pflanzen zugestellten großen Wohnzimmerfenster. Armstrong kam wiehernd ohne Sabine im Sattel angetrabt. Preissler ließ den Griffel fallen, „Da muss was passiert sein! Wo ist Zsa, die ist doch schon öfter mit Sabine ausgeritten und kennt die Route?!" „Ich glaube, sie wollte im „Weidenkörbchen" mithelfen, weil die Twins Geburtstag haben!" „Wer hat Geburtstag?" „Die Zwillinge Antje und Anton!" „Achso, kannst du sie mal holen?" plärrte Preissler aufgeregt. Manne stürmte, angesteckt von Preisslers Panik, auf die Straße, um die vierhundert Meter zum „Weidenkörbchen" zu laufen. Er stoppte abrupt, weil Zsa schon fast vor ihm stand. Er fasste sie am Arm und zerrte sie in Preisslers Haus. „Was ist denn los?" „Du musst uns zeigen, wo ihr immer ausgeritten seid. Also Sabine und du!" „Kann ich Armstrong reiten?" „Ja klar. Fahr den Jeep raus!" rief Preissler zu Manne, der dann auch den alten Willys MB Baujahr 1956 aus der Halle fuhr. Preissler hatte ihn, so sagte er einmal, im Pokern bei den Amis gewonnen. Aber egal. „Rutsch rüber, ich fahr, Zsa reite mal los!" Im strammen Galopp ging es über die Felder und Weinberge Richtung Kaltensondheim. Kurz nach der Autobahndurchfahrt auf dem schmalen Weg zum großen Handymast, scheute Armstrong leicht, hätte Zsa fast abgeworfen. Preissler, der sofort zur Stelle war, sprang aus dem alten Jeep, während Zsa und Manne versuchten, Armstrong zu beruhigen.

Zum Glück hatte es am Tag vorher geregnet und Preissler, der alte Spürhund, entdeckte frische Reifenspuren und ein abgerissenes, goldenes Armbändchen, das er Sabine einmal geschenkt hatte. Manne machte mit seinem Smartphone Bilder von den Abdrücken und erkannte dabei auch frische Schleifspuren. „Schau mal

hierher", rief er zu Preissler. „Du meinst diese Schleifspuren hier im weichen Moos?" Manne schlussfolgerte
sofort: „Da wurde jemand durch das Moos geschleift."
„Scheiße, da hat jemand Sabine entführt und ich weiß
auch schon wer. Bodenstein, das alte Schwein!"
„Meinst du wirklich?"

Es war dann auch so, wie Wolfgang Preissler es ver-
mutet hatte. Als sie nach Hause kamen, klingelte das
Telefon. „Hallo Wolferl, hör jetzt einmal gut zu. Der
Kleinen passiert nichts, wenn heute Abend um 22 Uhr
Gottfried Meister bei dir im Garten steht und ich ihn
abholen kann. Sowie er dann bei mir im Auto sitzt,
lasse ich die Kleine frei!" „Wenn du der Kleinen auch
nur einen Kratzer zufügst, ziehe ich dir das Fell über
die Ohren!" brüllte Wolfgang Preissler ins alte Bakelit
Telefon. „Bleib ruhig, alter Mann, du bist jetzt nicht
dran, also bis heute Abend und denkt gar nicht dran,
die Polizei einzuschalten, sonst seht ihr die Kleine nie
mehr wieder!" Eingehängt. „Ich brauche jetzt einen
Schnaps!" „Du brauchst jetzt gar nix, lass uns überlegen, was zu machen ist und zwar sofort!" Die Zeit plät-
scherte so dahin und sie hatten einen guten Plan ausge-
heckt.

Wolfgang und Manfred harrten der Dinge. Als die Glo-
cken der Kitzinger Kirchen um 22 Uhr läuteten, bewegte sich auch schon was im Gebüsch. Bodenstein

war pünktlich wie die Mauerer, wie sich Preissler ausdrückte.

Es war vollkommen dunkel und Bodenstein rief, dass sie mal Licht anmachen sollen, damit er erkennen kann, ob Meister dabei ist. „Komm doch her, du Hosenscheißer!", rief Preissler in seiner unnachahmlichen Art. Er hatte aus seinem Erdkühlschrank die Etagere für das Bier herausgenommen und genau in dem Augenblick, als Bodenstein über dem Teil stand, drückte er den Knopf der Fernbedienung und die Umlenkrollen zogen den Aufzug nach unten und mit ihm auch Bodenstein. „Na, du Penner, wer ist jetzt dran? Gottfried Meister war verhindert!" „Du verdammtes Arschloch, denkst wohl, dass du jetzt gewonnen hast? Ich lasse die Kleine verhungern, wenn ihr mich nicht sofort hier rausholt!" „Ich sage dir jetzt was: ich werde hier solange in das Loch pissen und scheißen, bis du uns sagst, wo die Kleine ist. Und nicht nur ich, wir können auch noch mit Pferdeäpfelchen auffüllen. Komm, schieben wir erst einmal zu." Sie rollten unter lauten Schreien von Bodenstein den Zentnerschweren Findling über das Loch und machten sich auf die Suche nach dem Clio. Es war nicht sonderlich schwer, den Kleinwagen Bodensteins zu finden. Er stand in der Einfahrt zum „Weidenkörbchen". Im Wageninneren war niemand. „Überleg mal", sagte Preissler zu

Manne, „was hättest du in Bodensteins Situation gemacht?" „Ich hätte Sabine in der Nähe ausgesetzt, und zwar an einem Ort, den man leicht finden kann, aber der dennoch ziemlich abgelegen ist. Sollten wir nicht doch die Polizei einschalten? Bodenstein entwischt nicht mehr, der sitzt erst einmal fest!" „Wir fahren jetzt zu Ansgar und holen uns Gottfrieds Dackel, das ist ja ein ausgebildeter Fährtenhund, vorher fragen wir aber nochmal Bodenstein, ob er was zu sagen hat."

Sie rollten den Findling auf Seite. Bodenstein saß zusammengekauert auf dem Boden im 70x70cm großen Erdkühlschrank. „Was ist jetzt? Wo ist Sabine? Oder willst du wirklich hier unten verrecken?" Keine Antwort. Nach einer Weile: „Zieht mich raus, ich zeige euch, wo sie ist!"

Als Bodenstein wieder oben war, fesselte Manne ihm mit einem Kabelbinder seine Hände hinter den Rücken. „So, wo müssen wir lang?" sagte Preissler zu ihm. Er führte sie über den Hof und den Reitplatz, bis zum hintersten Ende des Grundstücks und hinter einem Gebüsch aus Schlehen und Hagebutten hörten sie schon ein Jammern und Stöhnen. Es war Sabine, zu einem Päckchen gefesselt mit einem dicken Knebel im Mund.

Um 23.30 Uhr saß Bodenstein bereits im Verhörraum des Kriminaldauerdienstes und am morgigen Montag würde sich wohl auch Kriminalhauptkommissar Felix von Stein und die Kriminalkommissare Eduard Gersteg und Arne Hatterer der Sache annehmen.

„Kaffee, Chef?" „So eine Scheiße, einmal, wenn man vorzeitig ins Wochenende geht, dann passiert so eine Kacke! Ja, bring mir einen mit. Ich hätte mich nie drauf einlassen sollen, nochmal die Marke zu nehmen. Wieviel Tote haben wir jetzt? Drei!" „Ja, und der Bodenstein sitzt in der Zelle." sagte der wieder on top gekleidete Gersteg. „Wie sehen sie heute denn schon wieder aus?" „Wie meinen?" „Na, ihre Klamotten?!" „Wenn das jetzt ihre größten Sorgen sind?!" Unter der knallroten leichten Daunenjacke trug er einen postgelben Rollkragenpulli, grüne Jeans und Chucks von Converse in den Farben rot, grün und gelb.

Elsa Riesenzahn stand in der Tür: „Hier sind die Verhörprotokolle der Kollegen" und an Gersteg gewandt: „Sehr schön, Ton in Ton hat mir schon immer gut gefallen!" lachend verließ sie die beiden Männer.

„Wie wollen wir vorgehen?" fragte Felix von Stein. „Am besten, wir schlagen der Direktion vor, dass eine Soko gebildet wird. Sie, ich, Riesenzahn und natürlich auch Hatterer!" „Bringen sie das auf den Weg, ich fahre jetzt erst mal nach Kitzingen und unterhalte mich mit den Leuten, die Bodenstein festgesetzt hatten, sind ja schon irgendwie alte Bekannte. Irgendwas ist an der ganzen Sache faul!"

Im Autoradio hörte Manne, als er vom Womoplatz zurück fuhr, dass wegen eines LKW- Unfalls in einer Baustelle bei Geiselwind wieder einmal die Autobahn auf beiden Seiten gesperrt werden musste.

Vor dem Haus von Preissler stand ein Passat Variant Harvard blue Metalic. Er kannte das Auto: es war der 190 PS Bolide von Kriminalhauptkommissar Felix von Stein Besoldungsklasse A9.

„So, Herr Preissler, erzählen sie einmal wie sich das am Samstag zugetragen hatte!" „Hallo!" Manne setzte sich auf den alten mit Samt bezogenen Sessel, den Preissler bei einem Trödelmarkt günstig erstanden hatte. „Hi Manne, den Herrn hier kennst du ja. Er will wissen, wie es am Samstag war. Also gut, dann fange ich einfach mal an. Simone war beim Ausreiten mit dem neuen Wallach, nach gut einer Stunde kam das Pferd dann ohne Simone im Sattel zurück auf den Hof." „Um wieviel Uhr war das?" „Als der Gaul alleine kam? Das war so gegen zehn, da sind wir dann auch los zum Suchen. Kam uns halt komisch vor! Zsa galoppierte mit dem Armstrong vorne weg." Stein fiel Preissler ins Wort: „Wer ist denn jetzt Armstrong schon wieder?" „Na, der Wallach! Manne und ich fuhren im Jeep hinterher. Am oberen Weg bei der Autobahnbrücke fanden wir dann erste Reifenspuren und ein goldenes Armkettchen, das ich Sabine einmal geschenkt hatte. Uns war klar: sie wurde entführt. Nach zwei Stunden bekam ich einen Anruf mit der Forderung von Bodenstein, dass um genau 22 Uhr Gottfried Meister bei mir auf dem Grundstück stehen sollte. Er würde ihn dann mitnehmen, und uns sagen, wo wir Sabine finden könnten. Problem war nur, dass wir ja nicht wussten, wo Meister steckt. Um 22 Uhr stellte ich mich auf die Terrasse und provozierte Bodenstein, sodass er in eine ganz bestimmte Richtung ging. Als er über meiner Erdkühlung stand, drückte Manne die Fernbedienung und Bodenstein sackte in das Loch!" „Dass sie die Polizei unterrichten könnten, ist ihnen beiden wohl nicht eingefallen? Zeigen sie mir mal bitte die Erdkühlung oder was das sein soll."

Sie gingen hinaus über die Terrasse in den Garten und Preissler zeigte ihm die Vorrichtung. Stein war begeistert und fragte Preissler, was sowas kostet, wenn er es bei sich im Garten einbauen lassen würde? „Strom brauchen sie halt, das andere ist nicht das große Problem, ich brauch halt zwei Tage, um das mit Manne dann zu bauen. 32 Stunden x 60.- Euro plus Material!" „Das sind ja knapp 2000 Euro und dann noch das Material, gut, dass muss ich mir überlegen! Aber wie ging es dann weiter? Sie hatten ihn im Loch, hat er dann verraten, wo er Sabine Werner versteckt hatte?" „Ja, hat er dann gemacht. Als er merkte, dass er keine Chance mehr hat, zogen wir ihn heraus und er zeigte uns den Platz, wo Simone lag. Es war nicht weit weg von hier, da ganz hinten hinter dem Schlehengestrüb. Ja, und dann haben wir Bodenstein ihren Kollegen übergeben, die mittlerweile vor Ort waren." „Okay, was für eine Räuberpistole. Ich bräuchte auf jeden Fall das Goldkettchen und die Fotodateien, die sie von den Reifenspuren gemacht haben." Manne sagte zu Stein, dass er kurz mitkommen sollte. Er nahm beim Hinausgehen aus einer Mappe eine A4 Fotoaufnahme, mit der er zum Clio ging, der immer noch unten am Bach abgestellt war. „Hier vergleichen sie bitte, passt doch!" „Sieht ganz so aus! Und das ist das Fahrzeug von Bodenstein? Ich dachte, der hat einen Mercedes AMG? Ja dann. Sie müssen dann noch aufs Präsidium und alles protokollieren. Zum Glück habe ich mein Diktiergerät angestellt gehabt. Dann müssen sie nicht noch einmal alles erzählen." „Danke, das ist gut, sagen sie einfach Bescheid, wann es soweit ist!" „Sie wollen mir aber sonst nichts mehr sagen!? Bis hier hin ist alles gut, wenn sie mir aber was Relevantes verschweigen, machen sie sich ab jetzt strafbar. 1,2 und 3. Gut dann sehen wir uns auf dem Revier. Halten sie sich zur Verfügung, sie müssten der Spurensicherung und meinen

Kollegen Arne Hatterer noch die Stelle zeigen, wo sie die Bilder gemacht hatten."

Zur gleichen Zeit verhörten Eduard Gersteg und Elsa Riesenzahn den Untersuchungshäftling Ulf Bodenstein.

„Wir fangen jetzt einmal ganz von vorne an. " sagte Gersteg langsam. „Und fangen mit dem Mord an Nandor Grossiecs an! Was wissen sie darüber?" „Nichts, das ist nicht meine Baustelle, ich habe damit nichts zu tun!" „Gut, dann geht's wieder in die Zelle zurück!" „Weichenberg hat die Italiener engagiert, aber das wissen sie doch längst. Die beiden Italiener, die sie festgenommen haben, werden Ihnen das doch schon erzählt haben!" „Was war mit Maria Sternhagen in Sommerhausen? Ihre DNA wurde dort an einer Flachzange festgestellt!" „Dazu sage ich nichts, ich sage jetzt überhaupt nichts mehr, ich will erst einen Anwalt!" Elsa Riesenzahn sagte dann zu Bodenstein, dass seine DNA auch auf dem Schlauchboot und einer Schaufel, auf der Blutspuren von Weichenberg waren, gefunden wurde. „Die Schlinge zieht sich zu und jetzt auch noch die Entführung, für die es mehrere Zeugen gibt. Wir werden Ihnen alles nachweisen. Jeden Mord und auch die Entführung. Wenn sie sich nicht äußern, dann kann es auch vor Gericht keine mildernden Umstände geben und bei drei Kapitalstraftaten werden sie, und auch ihr künftiger Anwalt, wohl über Sicherungsverwahrung nachdenken müssen! Wie alt sind sie jetzt? Moment: 47! Sie kommen dann frühestens mit 67 aus dem Knast. Die Welt hat sich dann wieder verändert, sie werden sich nicht mehr auskennen. Sie können, wenn sie sich kooperativ zeigen, mit der Hälfte rechnen, also 10 Jahre, bei guter Führung 8, aber wir brauchen dann die Wahrheit und zwar zügig. So, das war es jetzt erst einmal! Überlegen sie es sich. Haben sie einen bestimmten Anwalt im Kopf, den wir anrufen können oder brauchen sie einen Pflichtanwalt?"

Als Stein ins Präsidium zurückkam, klärten Gersteg und Riesenzahn ihn auf, was die erste Befragung mit Bodenstein ergeben hatte.

„Fakt ist, das Gottfried Meister irgendetwas mit der Sache zu tun hat. Nur was? Diese getötete Maria Sternhagen wohnte eine Zeitlang bei Gottfried Meister. Ich war nach dem mysteriösen Tod seiner Freundin Margoo ja öfters bei ihm in seinem Häuschen in Schwarzenau eingeladen. Das Haus hat er dann großzügiger Weise an den Bund Deutscher Kriminalbeamten überschreiben lassen, der dort den Pensionären günstige Übernachtungen und Aufenthalte anbietet. Da fällt mir ein, dass ich zum Pensionärs-Treffen 2018 zur Landesgartenschau eingeladen bin, das heute stattfindet. Ich verabschiede mich jetzt dann erstmal! Hab doch gewusst, dass was ist heute! Einmal, wenn man nicht auf seinen Terminer schaut. Kaffeetrinken um drei, kann ich gerade noch schaffen! Also: Servus zusammen und bis morgen dann!"

„Wird auch immer schussliger!" sagte Gersteg und fuhr fort mit seiner Einschätzung: „Ich gehe davon aus, dass es hier in diesen Fall um sehr viel Geld geht. Wir sollten uns überlegen, was Gottfried Meister damit zu tun hat?! Kilian hat recht mit der Einschätzung, dass es uns zur Lösung des komplexen Falles ein gewaltiges Stück näherbringen würde, wenn wir das wissen. Deshalb schlage ich vor, dass wir Gottfried Meister noch einmal genau durchleuchten und da machen wir uns drüber, Elsa! Bodenstein schmort erst einmal und wir konzentrieren uns jetzt mal auf die Verbindungen Preissler/Stöhr/ Kovacs – Meister."

Mark Hatterer kam vom Außentermin bei Kaltensondheim zurück und machte erst einmal Kaffeepause. Die auch Stein bei der Gartenschau in Würzburg mit den anderen Kriminalpensionären machte. Dabei traf er auch den ehemaligen Chef der Würzburger Gerichtsmedizin Gustl Ettenhauser, eigentlich ein Niederbayr. Aber seine Frau Greta war eine wackere Fränkin mit festen Wurzeln und wollte nicht nach Passau übersiedeln und stellte Ettenhauser damals vor die Wahl.

„Du Gustl, kannst du dich noch an den tödlichen Unfall bei Nordheim am Main vor zwei Jahren erinnern, da warst du doch noch nicht pensioniert?!" Ettenhauser schaute mit seinen melancholischen Bernhardineraugen Stein groß an und sagte dann: „Leise erinnere ich mich, aber das war kein Mord, wenn ich mich recht erinnere, dann war das ein tragischer Unfall, bei dem tragischerweise zwei junge Menschen ihr Leben lassen mussten!" „Und wieso wart ihr damals mit den Untersuchungen betraut?" „Das kann ich dir beim besten Willen nicht mehr genau sagen, aber ich weiß, dass ich mir ein paar Notizen gemacht habe und wenn ich mein Paperblanks wieder finde, schaue ich nach, was ich damals notierte, kann aber nicht wichtig gewesen sein. Die Tote wurde ja eingeäschert und die Urne nach Litauen gebracht. Was mit der männlichen Leiche gemacht wurde, weiß ich gar nicht mehr. Man wird älter Kilian, und das Gedächtnis lässt nach!" „Ich weiß!"

In der Bergstraße erklärte Zsa Manne und Preissler, dass Kilian von Stein einer der vier Fotografen beim Modelsharing im August in ihrem Luxusliner war. Sie habe ihn sofort erkannt, als sie zum Küchenfenster hinaussah.

Für den Fernbus von Prag nach Kassel hatte Gottfried 39.90 Euro bezahlt. Auf der Rückfahrt hatte er eine

Nasenschiene im Gesicht und er erhoffte sich von seiner Nasen- Verkleinerung eine weitere Veränderung seines Aussehens. Drei Stunden lag er mit Vollnarkose unter dem Messer von Chefarzt Miroslav Pilkas in einer Klinik in Prag. Zweitausend Euro hatte er hingelegt. In der Seniorenresidenz in Hessisch-Lichtenau ging er in seine Suite und nach sieben Tagen ließ er einen Facharzt kommen, der ihm den Verband mit der Nasenschiene abnahm. „Sieht gut aus, was haben sie machen lassen?" „Mich hat schon seit ewiger Zeit meine etwas zu lange Nase gestört!" Nachdem der Arzt gegangen war, rief er bei Karinna an, ob sie heute Zeit hätte. „Du warst schon lange nicht mehr hier, ich habe schon gedacht, du bist tot. Freilich habe ich Zeit für dich. Immer, das weißt du doch, mein kleiner Lyubimyy."

Manne wurde noch einmal ins Präsidium der Kriminalpolizei nach Würzburg in die Frankfurter Straße bestellt. Auf der Fahrt sah er links und rechts der Straße eifrige Landwirte, die ihren vertrockneten Mais ernteten und in jeder Gemeinde stand am Anfang und am Ende ein 6 qm großes Wahlplakat der SPD, auf der eine hübsche Frau abgebildet war. Innerlich fluchte er wie ein Stallknecht, weil er jetzt was anderes zu tun gehabt hätte, als nach Würzburg zu fahren und in einem muffigen Büro komische Fragen zu beantworten.

„Herr Stöhr, wie gut kennen sie Gottfried Meister?" läutete Kilian von Stein die Fragerunde ein. „Ich denke, sie haben ihn besser gekannt als ich, waren sie doch Stammgast bei seinen Modelsharings im letzten Jahr, so hat er es mir jedenfalls erzählt und auch bei dem Modelsharing im Luxus-Liner, wo dieser Ungar umgebracht wurde, waren sie dabei. Streiten sie das jetzt nur nicht ab!" Man merkte Stein an, dass ihm die Aussage unangenehm war, er schaute verlegen in die Runde seiner Mitarbeiter und sagte dann zu Manne: „Das ist wenig zielführend, was sie da sagen und es war auch nicht die Frage: also wie gut kannten sie ihn?" Jetzt legte Manne den Finger in die Wunde: „Ich habs Ihnen doch schon einmal gesagt: ich kannte ihn nur vom Womoplatz. Er trank da ab und zu einen Kaffee, und da erzählte er öfter mal von seinen hübschen Modellen und wer alles so zu seinen Veranstaltungen kam, sonst wüsste ich das doch auch nicht, von Ihnen, dass sie bei ihm Stammgast waren!" „Also gut, gehen sie bitte mit Herrn Hattinger ins Nebenzimmer, der wird die Aussage protokollieren und ihre Aussage von vorletzter Woche mit der Entführung können sie dann auch gleich unterschreiben. Herr Preissler, Frau Kovacs und Frau Werner müssten dann auch noch mal vorbeikommen, sagen sie das Ihnen bitte!" „Da können wir dann gleich die Bude schließen und einen Betriebs-

ausflug hierher machen, wo kann man dann den Ein-
kommensverlust geltend machen?" „Wieso, wer hat
denn da ein Einkommen von euch Lebenskünstlern?"
Gersteg schritt ein: „Jetzt reicht es Kilian, auf einem
Pferdehof hat man auch Einnahmen, ich denke, sie
werden so 90 Euro plus An- und Abfahrt bekommen!"
„Ich kann aber auch bei Ihnen vorbeikommen und die
Protokolle unterschreiben lassen, dazu müssten aber
alle drei in Frage kommenden Personen möglichst
dann auch zu Hause sein. Auch bei den Tagesmüttern
wird eine Befragung stattfinden, dann haben wir das
alles in einem Aufwisch." „Alles klar, kann ich jetzt
gehen, ich hatte jetzt heute ja auch Auslagen!" „Machen wir dann zusammen!" „Okay, dann schönen Tag
noch." Kilian von Stein, schmoll vor sich hin und verzog sich hinter seinen PC. Er sprach an diesem Tag
kein Wort mehr mit seinem Team.

Am nächsten Tag, Manne bediente noch eine Frau aus
Schweden im kompletten Jeans-Outfit, die sich die
letzten 12 Kaisersemmel einpacken ließ und dann
lachte, wie ihre Kronprinzessin Victoria. Er fuhr Richtung Zubringer- Nordbrücke und da die Ampel grün
war, auch gleich weiter auf derselben. Dann ein Rie-
sen-Schlag, sein Combo kippte auf die Seite um und
ihm wurde schwarz vor Augen.

Als er wieder sehen konnte, lag er verbunden in einem Krankenhausbett. Schlüsselbein gebrochen,

Gehirnerschütterung, Schädeltrauma. Die vor kurzem ausgekugelte Schulter wurde auch wieder eingerenkt, Prellungen am ganzen Körper und ein angebrochener linker Unterarm. Alles im Allem hatte er Glück gehabt, das sagten auch die Rettungssanitäter. Ein großer BMW SUV ist ihm voll in Höhe des linken hinteren Schwellers in die Seite geknallt und hat den Combo umgeworfen. Totalschaden.

Zsa saß auf einem Stuhl neben dem Krankenbett und gab ihm, nachdem er die Augen aufmachte, einen Kuss auf die verscharmarierte Stirn. Kratzer im ganzen Gesicht. „Wie lange war ich weg?" „Naja, fast 12 Stunden!" sagte Preissler. „Ich war schon beim Anwalt, er versucht jetzt bei der Versicherung des Verursachers eine Vorauszahlung zu bekommen!" Der Typ hatte 1,9 Promille und das um 9 Uhr in der Frühe. Seine Frau sei ihm abgehauen, gab er zu Protokoll. Preissler schnalzte mit der Zunge und sagte: „Das gibt ein fettes Schmerzensgeld!" „Und der Combo?" „Hinüber, Totalschaden!" „Scheiße!" „Jetzt ist gleich Visite, wir gehen, dann machs mal gut, Kleiner!"

Der Chefarzt sagte dann, dass er noch eine Woche die Gastfreundschaft des Krankenhauses in Anspruch nehmen müsste.

Zsa fragte Preissler sorgenvoll, wie es mit seinem Job weitergehen wird. Mehr aus Spaß sagte der: „Das kannst doch du solange machen, bis Manne wieder fit ist!" Zsa schaute ihn fragend an: „Meinst du das ernsthaft? Ich würde es mir zutrauen, ich war ja auch schon ein paarmal dabei, morgen früh frage ich mal in der Bäckerei nach, was die dazu sagen." Preissler bog bei der Einfahrt zur B8 links ab und fuhr Richtung Eisenbahnbrücke. „Wo fährst du hin?" „Pass auf, wir regeln das gleich, ob du morgen früh Manne auf dem Platz vertreten kannst."

Der Besitzer der Bäckerei war froh, dass sich Zsa meldete und stellte ihnen einen Citroën Berlingo zur Verfügung, mit dem sie morgen die Sachen abholen würden. „Hier ist noch die Kasse, die Manne im Combo hatte."

„Man muss nur mit der Leut red!" sagte Preissler, als sie wieder einstiegen.

Er ließ Zsa vor dem Haus von Manne aussteigen und fuhr die paar Meter in seine Garage.

Er wollte sich gerade ein kühles Dosenbierchen aus dem Kühlschrank holen, als er jemand auf der Terrasse sitzen sah.

Er fragte den Fremden, mit was er dienen könnte, merkte dabei aber irgendwie, dass er das Antlitz schon einmal gesehen hatte. „Du erkennst mich nicht?" „Jetzt, wo du es sagst, eigentlich nicht, aber deine Stimme habe ich schon einmal gehört. Was willst du hier und wer bist du?"

„Überleg doch nochmal scharf und lass uns ein paar Meter auf deinem Anwesen gehen. Eigentlich wollte ich zu deinem Nachbarn, aber der ist noch nicht zu Hause." Sie waren schon in der Höhe des Schweinstalls angekommen, als Preissler dem Fremden erklärte, was mit Manne passiert war und das der Combo im Arsch sei. „Das ist ärgerlich, dann besuche ich ihn im Krankenhaus. Danke für die Auskunft!" Gottfried schätzte, dass er etwa eine halbe Stunde brauchen würde, bis er im Krankenhaus ankommen würde, dann wäre es ungefähr 22 Uhr, das war ihm dann aber zu spät.

Durch das Pflaumengässchen lief er vor bis zur B8 und ging von dort in ein Hotel, das nicht weit entfernt war, um zu übernachten.

Zsa hatte sich frisch und chic gemacht und zog sich auch dementsprechend hübsch an. Am frühen Morgen um dreiviertel sieben war es jetzt Mitte September doch noch ziemlich dunkel und die Außentemperaturen ziemlich frisch, man konnte eine Weste vertragen.

Ein netter Verkäufer half ihr beim Einladen und übergab ihr auch die Kasse und die Zeitungen. 20 mit den vier Buchstaben und eine Mainpostille. Sie warf einen fragenden Blick auf die Titelseite der Vierbuchstaben-zeitung. Dort stand ganz groß „Meine Mutter hat mit Adolf Hitler geschlafen".

Nach dem Einräumen im Container war ihr ziemlich warm und sie zog ihre Weste aus und wartete auf die ersten Kunden. Es dauerte nicht lange und ein älterer Mann betrat den Laden. Seine Augen suchten aber nicht nach frischen Brötchen, sondern verweilten auf dem wundervollen Dekolleté von Zsa, das zu einem zauberhaften Vintage Dirndl gehörte. Sie bekam es vor ein paar Wochen von Manne geschenkt, weil sie zum Oktoberfest nach München fahren wollten. „Bitte noch einen Kaffee, ja mit Milch bitte!" Auch der nächste männliche Einkäufer verharrte auf den Brüsten von Zsa. Irgendwie schien es sich auf dem Platz rumge-sprochen zu haben, welch hübsche Frau heute die Bröt-chen verkauft. Immer mehr Männer strömten in den Container, manche kamen auch zwei- und dreimal. Nach einer Stunde war alles verkauft. „Sind sie mor-gen auch wieder da?" Fragte ein rüstiger Rentner. Das „Ja" von Zsa klang wie Musik in seinen Ohren.

Nur mit Missmut ging von Stein heute in sein Büro. Die Vernehmung von Manfred Stöhr hatte ihn in ein falsches Licht gestellt und er fragte sich, was sein Team jetzt über ihn dachte. Als er in sein Büro kam, hörte er ein befreiendes „Moin Chef, sie sollen einmal bei Herrn Gustl Ettenhauser anrufen, der will ihnen was sagen!". Es war die immer gutgelaunte Elsa Riesenzahn, die von Stein jetzt die nötige Heiterkeit für den Tag vermittelte.

„Also, pass mal auf Stein, wir haben damals in der Blutlache des männlichen Opfers einen Fußabdruck sicherstellen können. Es war Schuhgröße 44 und das Profil stammt von einem Nike Pegasus Laufschuh aus dem Jahr 1986, das habe ich aber jetzt erst rausbekommen, nachdem du mich darum gebeten hattest. Das heißt, dass der Abdruck nicht wie gedacht von einem der Einsatzkräfte stammen konnte, die waren alle jünger, das habe ich überprüfen lassen. Es muss also jemand dort gewesen sein, der mindestens 50 Jahre alt oder älter gewesen war und in dem frischen Blut rumgetappt ist."

„Bingo, danke Gustl!"

Zum Frühstück bestellte Gottfried Hüttenkäse. Was die Hotelleitung vor Schwierigkeiten stellte, denn das war zum Frühstück nicht vorgesehen. Okay, dann eben Philadelphia, auch kein Beinbruch. Im Fernsehen sah er gestern Abend in der Mediathek noch den Abschied von Hans Beimer aus der Lindenstraße an. Er stirbt zwischen seinen Frauen im Sonnenuntergang in Folge

1685. Eine 33-jährige Geschichte ging zu Ende. Zum Krankenhaus fuhr er mit dem Taxi.

„Guten Morgen Manne, wie geht's dir, was machst du denn für Sachen?" „Moin Markus, oder soll ich Gottfried sagen? Schön, dass du vorbeischaust!" „Nach was riecht es denn da so streng?" „Das kommt aus dem Nebenzimmer, da liegt ein syrischer Flüchtling im Einzelzimmer und die Frau von ihm darf das Essen kochen, das Kantinenessen aus dem Krankenhaus mag er nicht." „Na bravo, dein Auto ist kaputt hat Preissler gesagt?!" „Ja, Totalschaden, Zsa macht jetzt den Saisonverkauf im Container. Ihr gefällt es gut." Die Krankenschwester kam und Gottfried musste gehen. Hinter dem Ausgang stand ein Taxi. „Zum Wohnmobilplatz, bitte!" „Yes Sir!"

Zsa sah gut aus in ihrem Dirndl und strahlte Gottfried an. Sie erkannte ihn zuerst nicht. „Was machst du denn hier, hast du was an der Nase machen lassen?" „Wollte dich einmal besuchen, war gerade bei Manne." Zsa hatte bereits alles in den Berlingo eingeräumt und sagte zu Gottfried, dass er mitkommen solle. Sie zeigte ihn vorher eine Handvoll 50.- Euro Scheine und meinte zu Gottfried, dass er sicher wisse, was jetzt komme. Sie stiegen in ein großes Wohnmobil, ähnlich so groß wie ihr früherer Luxus-Liner. Drinnen warteten so 15 Männer mit Fotoapparaten und Smartphones bewaffnet und warteten darauf, dass Zsa ihre Möpse freilegte. Sie poste und drehte sich, es schien ihr so richtig Spaß zu machen. Nach einer Stunde war Schluss. Alle hatten ihre Fotos von ihr im Kasten. Sie bedankte sich und ging mit Gottfried aus dem Liner. „Du bist ja sowas von geschäftstüchtig, das waren jetzt 15 Camper und du hast 750 Euro in der Tasche." „Tja, Mannes Combo ist ja kaputt und mit dem Geld will ich ihn unterstützen für ein neues Auto." „Okay, kannst du mich wo hinfahren, nicht weit nach Hohenfeld zur Staustufe? Du kannst mich aber schon kurz nach der Einfahrt rauslassen." Eine Frau kam angerannt und schimpfte wie ein Rohrspatz: „Du Hure, du Nutte ich will die 50 Euro zurück!" Zsa beachtete sie gar nicht und sie stiegen ins Auto und fuhren davon. „Du hörst auf damit, Manne bekommt von mir ein neues Auto!" Zsa schluckte, sie hatte wieder Blut gelenkt, sie war sehr zeigefreudig und liebte die begehrenswerten Blicke der Fotografen. „Aber verkaufen kann ich doch noch bis Manne wieder fit ist?"

Beim VW Händler in Hohenfeld bestellte Gottfried einen VW Caddy Maxi Comfortline mit extra bequemen Sitzen 2,0 TDI 125PS in Adblue. „Bitte liefern sie ihn dann an diese Adresse aus und bestellen sie mir ein Taxi, ich möchte zur Bank fahren und das Geld holen." „Wir können das auch bargeldlos abwickeln!", sagte ein Augenaufschlaghäschen.

„Nur Bares ist Wahres!"

Dorina drückte auf, sie konnte ihn zwar nicht richtig erkennen, aber erahnen. „Ich muss schnell ein bisschen Geld holen." „Schlecht, alles zugewachsen!" „Mach ke Mäus!" „Also gut!" Nach gut einer Stunde sah man nicht mehr, dass am Hochbeet gewühlt wurde. „Hier hast du 500.- Euro für die Umstände. Kannst du mich nach Hohenfeld fahren?" „Ich kann dir ein Taxi bestellen!"

„Sie schon wieder!" Es war Jim, der ihn schon auf den Womoplatz gefahren hatte. Jim ist eine Institution in Kitzingen. Er kennt jeden und jeder kennt ihn.

„Wenn sie bitte hier unterschreiben und ihren Ausweis bräuchten wir noch. Hajo Betten, richtig?" „Ja, wann wird der Wagen geliefert. Meinen Ausweis habe ich nicht dabei.?" „Ich denke, morgen früh!" „Geben sie ihn bei Preissler ab, der wohnt nebenan, Herr Stöhr liegt noch im Krankenhaus, fahren sie mich bitte noch zum Bahnhof nach Würzburg!" sagte er bestimmt. Gottfried hatte 25.000.- Euro hingeblättert und das machte schon einen gewissen Eindruck im Autohaus.

Moyo Helfrich, der „Stift" ließ ihn am Würzburger Bahnhof raus und verabschiedete sich höflich. Gottfried gab ihm 20.- Euro Trinkgeld und lief Richtung Kaiserstraße davon.

Bei der Kriminalpolizei in der Frankfurter Straße war an diesen Morgen eine Besprechung angesetzt. Gersteg sollte aus seiner Sicht resümieren, was er sich vorstellen könnte. Irgendwie lag aber über der Soko eine dunkle Wolke, weil von Stein nicht von Anfang an mit offenen Karten gespielt hatte.

„Fangen wir im Oktober 2016 an. Es gab einen Unfall bei Nordheim am Main mit zwei Toten, Keith Palmer und Zinaida Vidanava. Palmer, ein deutschlandweit agierender vorbestrafter Gauner und Vidanava, eine Escort Dame aus Litauen. Nach der Aussage von Bodenstein soll in dem Auto ein sehr hoher Geldbetrag gewesen sein, der für eine verbrecherisch agierende Betrüger- Bande um die beiden Kitzinger bzw. Marktbreiter Leo Müller und Raymund Meier vorgesehen war. Müller hat den Liebhaber seiner Frau und seine Gemahlin erschossen, als er beide beim Sex erwischt hatte. Danach beging er Selbstmord. Raymund Meier ist verschwunden. Bodenstein meint, dass er ebenfalls von Müller ermordet wurde. Wir haben eine Fußspur gefunden, die darauf hindeutet, dass ein mindestens 52-Jähriger Mann mit Schuhgröße 44 am Unfallort weilte. Bodenstein hat die Tötung von Weichenberg und Maria Sternhagen zugegeben. Das Gericht wird entscheiden, ob es geplante Morde, Totschlag oder etwas anderes gewesen war. Jedenfalls hat, so Bodenstein, Maria Sternhagen ihm erzählt, dass sie bei Gottfried Meister einen Koffer voll mit 500 Euro Scheinen gesehen haben will." „Wie kommt Bodenstein darauf, dass die Maria Sternhagen das Geld bei Gottfried Meister gesehen haben will?" fragte Elsa Riesenzahn. Kilian von Stein meldete sich zu Wort: „Maria Sternhagen hatte eine Liebesbeziehung mit Gottfried Meister und wohnte zweitweise bei ihm in dem Haus, das er dem Bund Deutscher Kriminalbeamten gestiftet hatte. Sternhagen fing dann eine lesbische Beziehung mit Dorina Hochstett an. Die aber auch nicht sehr lange andauerte. Sie schrieben zusammen ein Buch über Urban Gardening und bekamen dafür auch einen Preis."

„Wir müssen auf jeden Fall einmal mit der Dorina Hochstett in Kitzingen sprechen. Sie wohnt in einem großzügigen Loft am Main, genau über der Kitzinger Kunsthalle und dann ist noch zu klären, wo Salvatore Fiscianelli abgelieben ist. Laut Aussage von Carlo Visentini und Pepino Ciprelli soll er an dem Tag seines Verschwindens Manfred Stöhr mit dem Motorad verfolgt haben."

Gersteg, der wieder sehr eigenwillig gekleidet war, weißes Hemd, mit bunter Fliege mit dazu passenden bunten Hosenträgern, meldete sich, um das mit Dorina Hochstett in Kitzingen zu übernehmen. Irgendwann werden seine Kollegen/innen entdecken, dass er sich als Influencer und Modeblogger nebenbei ein zweites berufliches Standbein aufgebaut hat.

Preissler war froh, dass Simone Werner wieder Reitstunden geben konnte. Er saß auf der Terrasse und putzte die MP7 von Heckler & Koch. Schon ein geiles Teil, dachte er sich im Stillen. Er ging zurück ins Haus stellte die MP in den Waffenschrank und ging in die Küche, um einen Espresso aufzusetzen. Er mochte seine Küche, die schlichte, einfache Einrichtung, wo alles nur auf das Nützliche und Praktische ausgerichtet war. Er hörte Zsa mit dem Berlingo vorfahren und er ging hinaus auf die Straße und fragte sie, ob sie einen Espresso mittrinken wolle.

Gottfried hatte sich in der Kaiserstraße bei einem Modediscounter einen Mantel, eine gefütterte Hose und warme Stiefel für den Winter gekauft. Dann ging er zum Bahnhof und fuhr zurück nach Fulda und dann weiter in seine Seniorenresidenz nach Hessisch Lichtenau. Bei einer Nürnberger Privatbank hatte er ein Konto eingerichtet. Ein Dauerauftrag regelte die Mietzahlungen an die Einrichtung, in der er seit kurzem lebte. Das große Fotostudio im Mainfrankenpark hat er an den Mieter und Betreiber verkauft. Die Ratenzahlungen wanderten ebenfalls auf sein Nürnberger

Konto. Sein Leben ist einsam geworden, durch das erneute Versteckspiel noch mehr. Das Essen schmeckte ihm nicht und er hat jetzt 30 Kilo abgenommen.

Am nächsten Morgen machte sich Zsa wieder auf den Weg zum Womoplatz. Als sie den Berlingo öffnete, waren bereits 10 Männer zur Stelle, die ihr beim Ausladen halfen. „Huh, ganz schön warm wieder!" Sie zog ihre Weste aus und ihr pralles Dekolleté kam zum Vorschein. Es fehlte nur noch, dass die lockeren Strandmänner Beifall klatschten. Frauen kamen fast keine mehr zum Einkaufen. Trotzdem war sie nach einer Stunde ausverkauft. „Machen sie noch die Peepshow?" fragte einer der Camper. „Warum nicht, wer will alles mitkommen und in was für einen Camper?" Ein älterer Herr mit Halbglatze zeigte ihr seinen Liner und Zsa kassierte ab. Zwanzig mal fünfzig sind tausend Euro. Es herrschte ein ziemliches Gedränge im Inneren des Fahrzeuges, einige Camper schupsten und prügelten sich um die besten Plätze, Teller gingen zu Bruch. Zsa gab ihr Bestes und nach gut einer Stunde wollte sie Schluss machen. Doch einer der Männer wollte sie aufhalten: „Was willst du dafür, wenn ich dich flachlegen kann?" Weiter kam er nicht, Zsa hatte ihn unter dem Grölen der anderen Teilnehmer eine gescheuert.

Als sie zu Hause ankam, sah sie einen blauen Caddy auf der Straße vor Preisslers Haus stehen. Sie legte sich erst einmal auf die Couch und schlief dann auch bald ein. So ein kurzes Nickerchen tut gut nach so einen anstrengenden Morgen. Mittlerweile war es 13 Uhr geworden und es klopfte am Küchenfenster. Zsa schreckte auf und hörte Preissler rufen, ob denn alles okay sei? "Wenn du wach bist, komm doch einmal rüber!" „Mach ich!"

„Hast du den blauen Caddy draußen gesehen? Der gehört Manne, ein Gönner hat ihm den geschenkt und ich denke, du weißt so gut wie ich, wer das war!"

„Ja, ich weiß. Wollen wir Manne besuchen und ich darf fahren?" „Okay, ich sage nur noch Simone Bescheid!"

Manne staunte Bauklötze und sagte zu den beiden, dass er froh ist, so einen Freund zu haben. „Die Bullen suchen ihn, anscheinend hat er etwas mit einem Verbrechen zu tun!" „Morgen werde ich ja entlassen." „Kannst du mich morgen um 10.30 Uhr abholen?" fragte er Zsa. Ohne zu zögern sagte sie zu. „Bocksbeutel sind keine mehr da, ich habe alle verkauft, soll ich welche besorgen?" „Klar, fahr mit Preissler zur Genossenschaft und holt dort 10 trockene Silvaner Kabinett und 10 Bacchus halbtrocken und wenn sie wieder haben: 10 Rotling, alles als Bocksbeutel."

Kriminalkommissar Eduard Gersteg, der kurz vor der Beförderung steht, wurde bei Dorina Hochstett vorstellig, er staunte über den Aufzug und die trendige Bude. Durch den Handkuss sammelte er bei der über 70-jährigen Grand Dame Punkte. Sie trug ein atemberaubend schönes Jersey-Kleid in „oil diyed"-Färbung, was ihr sehr gutstand. Die alte Dame hatte Stil, das merkte Gersteg sofort. Er hatte sich als Kriminalkommissar vorgestellt und er merkte dabei, dass die Frau überhaupt keine Regung zeigte. Was ihm anzeigte, dass sie entweder eine gute Schauspielerin ist oder dass sie nichts zu verbergen hat. „Möchten sie einen Tee mit mir trinken, wir könnten auf die Dachterrasse gehen, es ist so schön heute und nicht mehr so heiß!" „Ja gerne, soll ich beim Tragen helfen?" „Setzen sie sich oben hin, ich komme sofort nach!" An der Treppe hatte sie Gersteg schon wieder eingeholt, weil dieser gemächlich und zugleich neugierig durch die Wohnung streifte. „Ist der Neoros Schall ein Original da an der Wand?", „Ja, ist er! Hat mein verstorbener Mann noch gekauft. Abstraktion in blau. Ich glaube, es ist mittlerweile eine viertel Million Wert!"

„Nehmen sie bitte Platz. Zucker?" „Danke, ja, bitte." „Frau Hochstett, ich muss sie das jetzt fragen: kennen sie einen Gottfried Meister und wenn ja, kennen sie seinen Aufenthaltsort?"

„Herrn Meister kenne ich schon sehr lange, ich denke so etwa 15 Jahre, aber genau kann ich Ihnen das nicht sagen. Er hatte ja einmal ein Fotoatelier in der Falterstraße, da haben wir, also mein kürzlich verstorbener Mann, mein Sohn und meine Schwiegertochter einmal Bilder machen lassen. Ein Bild hängt unten im Loft. Wo er sich aufhält, kann ich Ihnen nicht sagen, so gut kenne ich ihn auch nicht. Ist er nicht tot? Seine Todesanzeige war doch vor kurzen in der Zeitung!"

„Das war eine Fake- Anzeige!" „Eine was?" Dorina stellte sich blöd. „Also, die Anzeige war eine Fälschung!" sagte Gersteg. „Wieso setzt man sowas in die Zeitung? Also ich weiß nichts darüber." „Sie hatten ja mit der vor wenigen Wochen getöteten Maria Sternhagen ein Verhältnis und diese war zuvor mit Gottfried Meister zusammen. Wissen sie da etwas über die Beziehung? Frau Sternhagen wird wohl das eine oder andere Mal etwas über ihre frühere Beziehung mit Ihnen gesprochen haben?" „Maria hat immer viel getratscht, ich mochte sie sehr. Zu mir sagte sie nur, dass Meister sie immer öfters angetätschelt hätte, was ihr nicht besonders gefiel." Maria räumte ganz ruhig das Teegeschirr ab und Gersteg genoss die Aussicht.

„Man könnte neidisch werden, wie toll sie wohnen!" „Ja, das hat alles mein Mann geplant und umgebaut.

Ich habe ihn sehr geliebt, obwohl wir auch unsere Krisen hatten. Am Ende bleibt aber immer nur das Positive übrig!" „Ja, da haben sie Recht!" „Schauen sie, hier ist das Foto, das wir bei Gottfried Meister machen ließen, da lebte noch seine Frau. Sie hat sich ja 2006 das Leben genommen. Ich weiß nicht wieso, ich habe mal gehört, dass Meister um sein ganzes Vermögen gebracht wurde. Aber ob das der Grund für ihren Suizid war, weiß ich nicht." Mein Mann buchte ihn dann öfters für unsere legendären Silvesterpartys, um von den Gästen und der Party mit dem Feuerwerk Bilder zu machen. Ja, war eine tolle Zeit." „Frau Hochstett, ich danke Ihnen für ihre Zeit und den leckeren Tee, ich fahr dann mit ihrem außergewöhnlichen Aufzug wieder hinunter." Dorina reichte ihm den Handrücken für einen Handkuss und Gersteg verstand! Endlich einmal ein Mann mit Manieren und Stil, dachte sie sich im Stillen.

Preissler fand, dass es heute ein verdammt schlechter Morgen war. Ein Bocksbeutel hätte auch gereicht. Er machte sich einen starken Kaffee und schmiss zwei Aspirin ein. Nach einer halben Stunde ging es ihm besser und er ging in den Stall, um auszumisten. Er begrüßte Simone und die ersten jungen Mädchen, die ihre Reitstunden absolvierten. Er hatte gar nicht mitbekommen, wie Zsa zum Womoplatz losgefahren war. Er ging zu seinen Sattelschweinen und ließ sie ins Gehege und mistete auch da den Stall aus. Von den 12 Schweinen wird er wohl demnächst zwei schlachten lassen. Früher hatte er alles selber gewurschtelt, aber das ist ihm zu viel geworden. Er kannte in Zeubelried einen Lohnmetzger, der das für ihn machte. Pro Sau kostete das 55.- Euro. Dafür musste er sich nicht um die Entsorgung der Schlachtabfälle kümmern und auch die Lebendbeschau erledigte der Tierarzt des Metzgers. Er war noch am Überlegen, ob er das Fleisch auch vakuumieren lassen sollte? Nach dem Duschen ging er zum neuen Caddy und fuhr zum Krankenhaus, um Manne abzuholen.

„Wow, was für ein geiles Teil, du weißt, von wem ich den bekommen habe?!" „Logo, kannst du fahren?" Am Unterarm hatte er einen Castverband aus Glasfaser und Polyester. Was ihn aber nicht davon abhielt, den Caddy selber zu steuern. „Komm, wir fahren zum Frido in die Römermühle und holen uns zur Feier des Tages ein paar Flaschen von seinem guten roten Bremser!" „Gute Idee, lass uns aber erst mal zu Zsa fahren, ich will mal schauen, wie es so läuft bei ihr!"

Als sie zum Platz kamen, stand zwar der Berlingo von Zsa vor dem Container, aber von Zsa keine Spur. Eine Frau kam vorbei: „Suchen sie ihre Hure, die ist da vorne in dem Liner und gibt ihre tägliche Peepshow. Widerlich!" „Weißt du, was da los ist?" Preissler zuckte mit den Schultern. „Schauen wir doch einfach mal nach!" Als sie die Tür des Liners aufmachten, drang ihnen sehr laute Musik entgegen „Willkommen im Dreck der Zeit, du bist nicht allein, Willkommen im Dreck der Zeit, du bist nicht allein…" Zsa tanzte dazu topless und die anderen Camper machten Fotos von ihr, tranken Bier und tobten. Preissler hielt Manne zurück. Zsa sah ängstlich zu den beiden hin und rannte zur Tür. "Es ist nicht so, wie es aussieht!" „Wie sieht es denn aus?" Maximilian Eichel, der Platzkontrolleur lief vorbei und spitzte die Ohren. Natürlich hatte er mitbekommen, was seit drei Tagen in dem Luxus-Liner abging. „Das Geld war für dein neues Auto gedacht, ich kann doch auch nicht ahnen, dass Gottfried dir schon ein neues Auto gekauft hat!" „Psst Feind hört mit!" flüsterte Preissler und schaute zu Eichel. „Komm, lass uns in die Bäckerei fahren und dein Auto abgeben, ab morgen fahre ich wieder selber!" „Ich fahre aber mit", sagte Zsa trotzig. Nachdem alles geregelt war und der Berlingo wieder an seinen Platz stand, fuhren sie zu dritt zur Römermühle und holten sich drei Flaschen roten Bremser beim Frido. „Der Ertrag heuer ist trotz der langen Hitzeperiode super, aber nur bei Weinstöcken, die älter als zehn Jahre sind und die entsprechenden Wurzeln ausgebildet haben. Gestern, der Bacchus den wir gelesen hatten, war mit 70 Öchsle gut dabei, aber die Rebsorten, die jetzt länger hängen können, werden hohe Öchslegrade erreichen, ich denke der Silvaner und der Spätburgunder werden über 100 Öchsle haben." „Wissenschaft für sich", sagte Preissler und stieg in den Caddy. Zsa und Manne hatten sich anscheinend wieder ausgesöhnt. Jedenfalls saßen sie auf den Rücksitzen und knutschten wie wild. Manne flüsterte Zsa ins Ohr: „Später ein bisschen Netflix und Chillen?" Zsa schaute ihn verstört an und fragte, was das sein soll: Netflix und chillen? Manne lachte und erwiderte, dass er es ihr später zeigen werde.

Preissler saß mit seinem Tablet auf der Terrasse und hörte lautes Stöhnen. Zufrieden rief er seine Mails ab. In einer der Mails stand ein kurioser Text. *Hallo Wolfgang, für einen Kino-Fantasy-Film suchen wir eine Frau mit kurzen grauen Haaren, Körpergröße um die 1,70 m und Konfektionsgröße 38 bis 42! Nachfolgend die Details, es soll 140,00 € für bis zu 10 Stunden und 45 Minuten (inkl. 45 Min Pause), danach 14 € pro Stunde geben. Deine Aufgabe: Double einer Darstellerin. Wenn Du selbst nicht ins Suchprofil passt und auch niemanden kennst, bedanken wir uns trotzdem fürs Lesen. Wir melden uns wieder mit neuen Anfragen.*

Es war die Anfrage einer Film Produktionsfirma, bei der Preissler als Kleindarsteller gelistet ist. Er hatte sich damals für den Film „Die drei Musketiere" bei der

Produktionsfirma angemeldet, als diese Kleindarsteller suchten. Neben vielen Würzburger Statisten, sind in den Hauptrollen Orlando Bloom, Christoph Waltz und Milla Jovovich zu sehen und er soll 80 Millionen Euro gekostet haben. Gedreht wurde auf der Festung, der Alten Mainbrücke und vor der Residenz. Die Kameras surrten vom 13. - 23. September 2010 und seit der Zeit bekommt er immer wieder einmal ein Angebot als Komparse oder Kleindarsteller.

Zur gleichen Zeit traten die Mitglieder der Soko Gotti, wie sie mittlerweile hieß, zusammen. „Gersteg, wie ist ihre derzeitige Einschätzung nach dem Besuch bei Frau Hochstett?" bellte Stein in die Runde. Gersteg war diesmal mit Kniebundhose und bunten Knie-strümpfen zum Dienst erschienen. Stein rätselte, ob das kleine Elefanten auf den Strümpfen waren? Gersteg holte dann aus: „Also, ich denke, dass Gott-fried Meister bei dem Unfall 2016 in Nordheim am Main einen großen Geldbetrag gefunden hatte und die-sen dann auch mitgenommen hatte. Das geht aus den Tatsachen hervor, dass er zum Unfallhergang in der Nähe war und dass seine kurzzeitige Geliebte Maria Sternhagen viel Geld in einem Koffer gesehen haben will. Auch seine großzügige Spende an den Bund Deutscher Kriminalbeamten zeigt doch, dass er viel Geld zur Verfügung hat oder hatte. Sicherlich kann er das auch im Lotto gewonnen haben. Das wichtigste sollte deshalb sein, Gottfried Meister zu finden und ihn zu befragen." „Danke für deine Ausführung. Ich schlage vor, dass wir noch einmal nach Kitzingen fahren und mit verschiedenen Leuten sprechen."

Stein teilte die Beamten ein: „Hatterer geht zum Womoplatz, Gersteg nochmal zu Frau Hochstett, Elsa sollte mal bei Ansgar Wegner vorbeischauen und ich werde diesen Preissler nochmal besuchen."

Elsa hatte Pech: Ansgar Wegner weilte immer noch in Thailand. Gersteg auch: Dorina Hochstett war mit ihren vier Freundinnen vom Club der Jugoslawen zum Heilbaden nach Bad Windsheim gefahren. Hatterer streifte auf dem Womoplatz herum und schnappte im Container bei einem Gespräch zwischen dem Platzwart Maximilian Eichel und dem Dauercamper German Sauer ein Wort auf, das ihm stutzig machte „Gottfried!" Hatterer fragte Eichel, ob er Gottfried Meister kennt, der blubberte dann, wer das wissen will? „Kriminalpolizei Würzburg!" prustete Hatterer heraus. Eichel versuchte es erst mit der alten Masche, dass Gottfried Meister doch tot sein soll. „Ja, habe ich auch in der Mainpostille gelesen", pflichtete German Sauer ihm zu. Jetzt platzte Hatterer der Kragen. „Ihr wisst so gut wie ich, dass das nicht stimmt! Also, wo steckt Meister? Wenn ihr nicht gleich etwas dazu sagt, bekommt ihre eine Vorladung nach Würzburg!" Eichel piepste, dass er heute Morgen bei einem Streit zwischen Manne und seiner neuen Freundin mitbekommen hat, dass Gottfried dem Manne ein neues Auto gekauft haben soll. „Aber beschwören kann ich das nicht! Ich kann mich auch verhört haben." Hatterer rief sofort bei Stein an, der ja auf den Weg zu Preissler war und die Nachricht mit großem Interesse aufnahm. „Wer hat das Auto gekauft, das draußen vor der Tür steht?" Preissler blinzelte aus dem Whirlpool heraus, „Was für ein Auto meinen sie, da stehen viele Autos rum?! Ich weiß nicht, auf was sie hinauswollen!" „Ich meine den blauen Caddy, der auf Manfred Stöhr zugelassen ist! Stöhr ist ja nicht da, sonst hätte ich ihn selber gefragt!" „Am besten fragen sie einmal bei dem Autohaus nach, wer der Gönner war, der das Auto kaufte und es Manne zur Verfügung gestellt hat. Ich weiß gar nicht ob es Manne gehört." „Das werde ich machen und zwar heute noch!" „Niemand hält sie auf, machen sie das, können sie mir bitte das blaue Handtuch reichen!" Stein war stocksauer, schieß Preissler das blaue Handtuch zu, ging zur Tür und weiter zu seinem Auto.

„Das Fahrzeug hat ein gewisser Hajo Betten gekauft und bar bezahlt: 25.000.- Euro. Wir haben es am folgenden Tag, also heute ausgeliefert."

Stein trommelte seine Truppe zusammen. Sie trafen sich beim Dönereck am Falterturm. Als Stein in seinen

„mit scharf und Knoblauchsoße Döner" biss, tropfte er sich das Hemd voll und rastete dann völlig aus. Er donnerte den Döner in die nächste Ecke, stand auf und marschierte zum Dienstwagen, den sie am Rosengarten abgestellt hatten. Die anderen drei kamen nach und nach dazu, nachdem sie ihren Döner gegessen hatten. Gersteg sagte zu Stein, dass er noch 5.50 Euro bekam und das Verhalten von ihm nicht besonders professionell gewesen war. „Scheiße, wir haben nix, rein gar nix. Fahndung auf jeden Fall nach Hajo Betten. Ich denke aber, dass es den überhaupt nicht gibt. Bevor wir fahren, muss ich nochmal auf das Örtliche da vorne." Gersteg bot seinen zwei Kollegen eine Zigarette an und Kilian von Stein stolzierte zur Toilette. Er belegte die Klobrille mit Papier aus dem Handtuchspender und setzte sich drauf. An der inneren Seite der Toilettentür fiel ihm dann dieser dumme Spruch auf:

„Sie lag im grünen Rasen und ich ließ mir einen blasen. Ich lud sie ein zum Tanz, da nahm sie meinen Schwanz."

Stein war eh schon bedient vom heutigen Tag. Mit dem Spruch an der Tür fiel seine Laune auf Zero. Auf der Rückfahrt besprachen sie sich, was sie am morgigen Tag machen würden. Es war abermals ein sehr heißer Tag mit fast 30° C geworden. Der Sommer gab so schnell nicht auf. Stein verspürte einen unheimlichen

Durst. „Lass uns rechts zum Discounter fahren, ich brauch was zu trinken!" Hatterer holte einen Six-Pack Wasser in hellgrünen Flaschen. „Leute, das war heute gar nix, lassen wir uns nicht entmutigen! Fahr los Gersteg!"

Gottfried Meister machte derweil eine Fahrt mit dem Ausflugsdampfer auf der Fulda von Kassel nach Hannoversch. Münden, er hatte dazu Karinna eingeladen, die sich richtig darüber freute. Sie genossen den Tag auf dem Schiff und um 18.30 Uhr waren sie wieder in Kassel. „Na, hat es dir gefallen?" fragte Gottfried die taffe Mitdreißigerin. „Wie lange willst du eigentlich das im Haus noch machen?" „Es war sehr schön! Ich mache das so lange, wie ich kann. Ich schicke das meiste Geld meiner Mutter, die auf meine 10-Jährige Tochter aufpasst. Sie wohnen in einem kleinen Dorf in der Nähe von Minsk. Es sind fast 1.500 km bis dorthin. Ich fahre 2 – 3 Mal im Jahr hin und besuche meine Kleine, es dauert 30 Stunden mit dem Bus und es kostet zwischen 30 – 80 Euro einfach, je nachdem, was ich für einen Bus in Berlin bekomme." Gottfried war beeindruckt von so viel Opferbereitschaft und fragte ruhig: „Waren deine Mutter und deine Tochter schon einmal in Deutschland und haben dich besucht?" „Nein! Sie bekommen kein Visum. Wer aus Belarus ausreisen will, braucht ein Visum oder er ist ein Leistungssportler. Und für die Ausstellung des Visums verlangt die deutsche Botschaft in Minsk einen Nachweis der "Rückkehrwilligkeit". Man braucht also einen festen Job. Am besten ist noch eine amtlich beglaubigte "Einladung" von Freunden aus dem "Westen". Und den Nachweis von genügend Geld zum Reisen. Die Nachweise zu erbringen fällt nicht leicht. Wer es geschafft hat, hängt dann noch stundenlang an der Grenze fest, die aktuell wahrscheinlich zu dem härtesten in Europa zählt. Wartezeit drei Stunden aufwärts. So ist das bei uns." „Mein Gott und wieso kannst du dann reisen?" „Weil ich jedes Jahr 4.000.- Euro an eine bestimmte Stelle bezahle, die es mir ermöglicht zu reisen." „Was ist das für eine Stelle?" „Was meinst du, was das ist? Die Weihnachtsbäckerei? Ich bin in Grodno geboren und eigentlich bin ich Polin, weil Grodno einmal zu Polen gehört hat. Geschichte, du verstehst? Hitler, Stalin! Jedenfalls ist es für polnisch stammende Weißrussen leichter, an ein Visum zu kommen. Dazu die 4.000.- Euro Devisen und man kann hier bei euch arbeiten. Aber da alles sehr viel kostet, muss man sich halt etwas suchen, das Geld bringt! Und was bleibt da schon viel übrig? Weißt du, wenn man als Frau jung und knackig ist, kann man als Aktmodel hier bei euch gut verdienen. Wenn man älter wird, macht man halt dann das, was ich gerade mache. Verstehst du das? Es ist ein scheiß Leben. Ich bin froh, dass in dem Haus, in dem ich arbeite, soweit alles okay ist. Ich muss dort auch bezahlen. Uladzi, dem das Haus gehört, verlangt im Monat 1.000.- Euro für das kleine Zimmer, dann habe ich noch nichts gegessen und getrunken. Im Winter die Heizung extra. Die Freier sehen immer nur ihre dicken Eier. Ich habe es manchmal so satt! Als Putzfrau würde ich mehr verdienen. Aber das dürfen wir nicht machen!" Gottfried runzelte die Stirn und wurde merklich nachdenklich. „Wieviel Geld würdest du brauchen, um deine Mutter und deine Tochter für immer nach Deutschland zu bekommen?" „Und dann? Deutschland ist zu teuer für uns. Soviel kann ich gar nicht verdienen!" Sag schon, wieviel würde es kosten?" „Weiß nicht? 30.000 oder vielleicht auch 40.000, da gibt es keinen Preis. Wenn die merken, dass ich 30.000 habe, wollen sie 50.000, weil sie denken, dass ich die dann auch noch auftreiben kann. Es ist ein Scheißspiel. Wahrscheinlich würden wir dann auch noch vom weißrussischen Geheimdienst hier in Deutschland überwacht werden!"

Gottfried lud Karinna noch zu einer Pizza ein. „Hast du eigentlich einen Zuhälter oder sowas?" „Nein, Gott sei Dank nicht. Uladzi lässt uns so arbeiten, wie wir wollen, du siehst ja, ich kann auch mit dir einen Tag verbringen. Das interessiert ihn nicht. Hauptsache die 1.000 Euro liegen jeden Monat bar auf dem Tisch. Er hat in dem Haus 30 Zimmer, die er vermietet, das sind

30.000.- Euro jeden Monat, die Hälfte davon unversteuert. Plus die Getränke, die er an die Freier verkauft." Die Pizza kommt. Karinna hatte eine mit Pilzen und Schinken bestellt und Gottfried eine Margarita. „Wie wäre es, wenn du einen Deutschen heiraten würdest? Könntest du dann deine Mutter (hast du auch einen Vater?) und deine Tochter nach Deutschland bekommen? Nur mal angenommen!" „Mein Vater ist schon lange tot! Der Geheimdienst, du verstehst? Sicher könnten meine Mutter und Tochter dann hier leben. Wieso, willst du mich heiraten?" Beide lachten und Gottfried ließ zwei Taxis bestellen, zahlte und gab Karinna 200 Euro.

Auch Zsa und Manne machten sich bei dem Wetter einen schönen Tag. Sie fuhren nach Nordheim am Main und genossen den Tag in den dort aufgestellten Strandkörben. Zsa bekam dann wieder dieses aufregende, prickelnde Gefühl und in ihrem Inneren diese wahnsinnige Erregung, die sie dann mit Manne an einer Bucht am Altmain erneut ausleben konnte.

Am nächsten Morgen stand um neun Uhr die Kriminalpolizei vor der Türe. Manne kam gerade vom Womoplatz. Er stieg voller Stolz aus seinem Metallic blauen Caddy. „Moin die Herren und Damen, was kann ich für sie tun?" „Woher kennen sie Hajo Bretten, wer ist das?" „Sie wissen, dass ich die Frage nicht beantworten muss und ich habe auch keine Lust dazu. Ich bin müde und möchte mich schlafen legen." „Ist Hajo Bretten Gottfried Meister? Verdammte Scheiße, ich kann sie auch für 48 Stunden einlochen! Wenn sie mir nicht gleich sagen, wer das ist!?" Stein rastete erneut aus, er stieß Manne, dass dieser hinfiel; vielleicht hat er sich auch hinfallen lassen. Jedenfalls lag er auf der Straße und schrie um Hilfe. Preissler und Zsa machten fast zur gleichen Zeit die Türen auf und Gersteg hielt Stein zurück und sagte dabei, dass es langsam reicht. Preissler schrie: „Das gibt eine saftige Dienstaufsichtsbeschwerde, sowas gibt's doch gar nicht. Prügelbulle!" Zsa hatte mit dem Handy Fotos gemacht. Elsa Riesenzahn ging zu Manne und reichte ihm die Hand und zog ihn hoch. „Tut uns leid, das hat Herr von Stein bestimmt nicht so gewollt." Hatterer und Gersteg verfrachteten derweil von Stein in das Dienstfahrzeug. Elsa ging zu Preissler und bat ihn, dass er von einer Beschwerde absehen sollte. „Ja mal schauen, muss mich erst beruhigen!" Zsa stürmte aus dem Haus und fragte Manne, ob alles in Ordnung sei? So wie es aussieht, ist er nicht auf seinen gebrochenen rechten Unterarm gefallen, nur das Schlüsselbein meldete sich mit einem stechenden Schmerz. „Ich glaube, ich muss nochmal ins Krankenhaus, mein Schlüsselbein tut mir so weh!" Verdammte Scheiße, dachte Elsa. Wenn das protokolliert wird, dann kann von Stein seinen Abschied einreichen. Unehrenhaft entlassen, sozusagen.

Manne schleppte sich auf Zsa gestützt ins Haus. Preissler rannte schimpfend hinterher. Die Kriminalbeamten drehten ihr Fahrzeug und fuhren davon. „Was war denn das wieder für eine Nummer, Stein?" fluchte Gersteg. „So wie ich den Preissler einschätze, wird der den Vorfall melden. Die Kleine hat ja auch noch Fotos mit ihrem Handy gemacht. Sie können doch nicht einen frisch aus dem Krankenhaus Entlassenen auf den Bürgersteig stoßen! Ich glaube, sie melden sich erst einmal krank und wir warten ab, was kommt!"

Gottfried hatte überlegt, was er machen wollte. Er war sich sicher, dass es eine gute Idee wäre, wenn er Karinna heiraten würde. Er wartete an der Bar, bis ihr Freier ging. Karinna hatte viele Stammfreier. Gottfried störte das wenig. „Halloo Markus", entgegnete Karinna, „willst du heute schon wieder?" „Nein, ich komme wegen etwas ganz anderem. Komm bitte einmal mit nach draußen. Ich möchte dir helfen: willst du mich heiraten?" verkündete er ungeduldig auf dem Weg nach draußen. Karinna schaute ihn mit großen Augen an: „Ich habe das gestern nur aus Spaß gesagt!" „Ja, das glaube ich dir, aber ich möchte, dass du deine Tochter und deine Mutter zu dir holen kannst. Ich habe so viel Geld, das ich bestimmt nicht alles bis zu meinem Tod ausgeben kann. Ich würde dir gerne helfen- ohne Hintergedanken. Was sagst du dazu? Ich bezahle dann aber nicht mehr! " kicherte er vor sich hin. „Was mache ich dann? Ich hänge dir doch dann auf der Tasche und habe kein eigenes Geld!" „Du könntest mir den Haushalt schmeißen, ich würde aus der Seniorenresidenz ausziehen und uns ein kleines Häuschen kaufen. Überlege es dir halt. Du kannst ja auch als Verkäuferin arbeiten. Es sind so viele Stellen frei, du kannst dir die Firma aussuchen und verdienst da sicherlich auch nicht schlecht. Deine Tochter bekommt eine ordentliche Ausbildung und für deine Mutti wäre auch gesorgt." „Komm mit nach oben." Gottfried setzte sich auf den ledergepolsterten spanischen Holzsessel und wartete dann doch voller Lust auf Karinnas warme Lippen.

Auf dem Weg von Karinna in die Seniorenresidenz rief er bei Manne an und erklärte ihm, dass es leicht sein kann, dass er ihn als Trauzeugen brauche. Dann wetterte Manne über die Geschichte von heute Morgen, dass ihn von Stein auf den Bürgersteig gestoßen hatte. „Der ist völlig durchgedreht. Er fragte mich, wer Hajo Bretten sei und ob du das bist. Ich habe natürlich nichts gesagt, dann hat er mich umgehauen und der Rest seiner Mannschaft hat ihn dann in ihr Dienstauto verfrachtet. Sie waren mit vier Leuten angerückt. Sie hatten noch die Tagesmütter verhört. Du bist jetzt der Gejagte! Bodenstein hat wohl gequatscht, um seinen Kopf irgendwie zu retten. Stein will dich unbedingt haben. Hast du irgendjemand umgebracht oder verschweigst du uns was?" „Quatsch, ich habe nichts Verbotenes getan. Ich werde Stein anrufen. Könnt ihr euch vorstellen, die Dienstaufsichtsbeschwerde nicht zu stellen? Ich könnte das Stein anbieten, aber nur unter der Voraussetzung, dass er mich dann in Ruhe lässt." „Meinst du, das klappt? Und vielen herzlichen Dank für das blaue Teil."

Am nächsten Morgen auf dem Womoplatz musste Manne daran denken, dass er jetzt nur noch einen guten Monat hier auf den Platz zu tun hat. Die Frau im blauen Bademantel holte wie jeden Tag ihre zwei Quarktaschen. „In eine extra Tüte bitte dann noch zwei Handgemachte und zwei Laugenbrezeln. Wir sind noch bis Sonntag hier!" Ein Mann kaufte sich eine anständige Zeitung und meinte nicht die mit den vier großen Buchstaben. Auf deren Titelseite stand, dass ein 72-jähriger Musikproduzent noch einmal Vater wird. Na toll, dachte Manne. Auch die nette Lehrerin ist wieder aus dem Urlaub zurück. Sie stammt aus Bremen und erklärte Manne, dass man nur einmal Moin sagt. Moin, Moin sagen die Touristen. „Na dann: Moin!" Ein

Sachse machte komische Witze, die Manne nicht verstand und bezahlte dann mit Dime und Nickel. Der letzten Kundin des Tages war das Brot zu hell. 70% Roggen und 30% Weizen mit Natursauerteig war ihr nicht dunkel genug. Ein seltener Gast betrat den Brötchencontainer, Kraenson George, einer der angesehensten Fotografen in der Gegend. Er hatte Aufnahmen am Main gemacht und holte sich bei Manne frische Brötchen und Kaffee.

Am nächsten Morgen fuhr Gottfried nach Hannover und von einer Telefonzelle am Hauptbahnhof rief er bei Stein an. Der war am Boden zerstört, weil er Zwangsurlaub machen sollte. Gottfried sagte zu ihm, dass er doch seine Rente genießen kann. Er bot ihm an, dass Preissler keine Meldung machen wird, wenn er in Ruhestand geht. „Ich überlege es mir Gottfried, aber sag mir, was die Italiener von dir wollten." „Keine Ahnung, ehrlich nicht!" „Und woher hast du das viele Geld?" „Erbschaft!" Gottfried wurde allmählich die ganze Tragweite der Geschichte bewusst. Irgendwie war er aber trotzdem froh, dass er die Kohle hatte. Er dachte daran, wie viele seiner Fotografen-Kollegen mittlerweile ihre Studios und Ateliers geschlossen hatten. Dann war das damals mit der Sportfotografie die richtige Entscheidung gewesen. Ein Pfleger der Senioren Residenz zeigte ihm sein neues Smartphone chinesischer Produktion, ein HW 20 und als er sah, was dieses Ding alles konnte, war er sprachlos. Drei Objektive, Nachtfotografie, schnelle Hardware mit Monster-Akku und günstiger Preis.

Am selben Tag am Abend lagen Zsa und Manne im Bett eng nebeneinander. Manne streichelte Zsa zärtlich. Sie fühlte eine starke Erregung und ein heißer Schauer des Verlangens überkam sie gierig und hemmungslos, dabei versanken beide losgelöst ineinander und liebten sich wild und leidenschaftlich wie noch nie zuvor. Danach flüsterten sie miteinander und sagten sich all das, was sich schwer Verliebte ebenso sagen.

Als Manne den Container, am nächsten Morgen, eingeräumt hatte, kommt eine Kundin und nimmt drei Stück Dinkel-Kokos-Kuchen, dazu ein Bauernbrot und einen Kaffee. Während sie mit einem Holzstäbchen Milch und Zucker einrührt, fragt sie Manne, wo die vielen Ausländer in Kitzingen herkämen. Manne zählte dann auf: Afghanistan, Eritrea, Syrien, Irak, Libyen, Nigeria, Ghana, Äthiopien und so weiter. „Sind aber sehr viele, besonderes vorne am Main."

Der Nächste beschwert sich über die zum Teil sehr alten Bücher im Tauschregal, wie zum Beispiel „Der Berg der Abenteuer" von Enid Blyton von 1952. Spendiert von der Gemeindebücherei Wiesenbronn mit der handgeschriebenen Registrierungsnummer 579. „Ja da sind zum Teil antiquarische Schätzchen dabei!", erklärte Manne.

Ein sehr leiser sprechender Mann erklärt Manne die Zukunft des Wohnmobils. Demnach hat der Preis für Diesel jetzt schon wieder kräftig angezogen. Viele Großstädte verbieten schon jetzt per Umweltplakette die Einfahrt in ihre Städte. Wer die neuen Schadstoffnormen nicht erfüllen kann, der bleibt draußen. Viele Camper nutzen ihre Fahrzeuge aber über Jahrzehnte, so wie er auch und da kann man die neusten Schadstoffnormen für das alte Fahrzeug nicht einhalten. Die Zukunft wird wohl in Autoreisezügen und Elektroantrieben liegen. Manne war baff und dachte kurz über seinen Job nach.

„Einen Kaffee bitte. Wir kommen gerade von einer Dänemarkrundreise mit dem Wohnmobil und wir waren auf der Råbjerg Mile - Die Wanderdüne und es war ganz wunderbar. Bei 26° sind wir bis ganz an die nördliche Spitze Dänemarks gefahren. Ich bekomme noch das eine Brot dort im Eck und das Baguette nehme ich auch noch mit." „Bitteschön: 6.80 machts!" „Sie sind aber sehr billig hier!" Manne hörte das gar nicht mehr, er musste an „Råbjerg Mile - Die Wanderdüne" denken, hört sich irgendwie an wie Ramona Wile – Die Wanderhure an. Im Radio dann die Blue Diamonds mit Ramona zum Abschied sag ich dir goodbye. Zufälle gibt's. Da war Manne dann aber der nachfolgende Titel, der Canned Heat Woodstock Boogie-Part one von 1969 viel lieber.

Der letzte Kunde von heute war ein Holländer, der nach Passau wollte und den ganzen Bestand an Körnerbrötchen aufkaufte.

Manne musste an letzte Nacht mit Zsa denken, es war so wunderschön gewesen. Er ließ den Caddy stehen und ging an den Main und setzte sich auf einen Düker-Markierungsstein. Eine Schwanenfamilie zieht mit ihren vier, schon ziemlich großen Nachwuchskindern, vorbei. Der Main roch herb und frisch und die Sonne wärmte ihm den Rücken. Ein Binnenschiff tuckerte durch den Brückenbogen der Alten Mainbrücke.

Er hatte die Zeit vergessen und fuhr nun aber los, zurück in die Falterstraße, um die Retoure auszuladen. Ein Reporter der Mainpostille watschelte vorbei, er ist auf den Weg zum Gericht. Manne dachte so für sich: „was für ein Scheißjob."

„Ich bin wieder da", rief Manne, als er die Türe mit seinen Hintern aufgestoßen hatte. In den Händen hielt er eine Sonnenliege, die zum Mitnehmen im Brötchencontainer abgestellt war. Zsa hielt einen Brief in ihren Händen, der heute Morgen vom Postboten zugestellt wurde. Sie musste für den Erhalt unterschreiben. Es handelte sich um einen Brief der Kunsthalle, die den Verkauf ihres Luxus-Liners bestätigte und eine Anfrage, wo das Geld hin überwiesen werden sollte. „Können wir es auf dein Konto überweisen lassen?" „Ich würde es mir an deiner Stelle bar auszahlen lassen. Banken werden immer unsicherer und irgendwann musst du Minuszinsen dafür bezahlen. Wir verstecken es irgendwo in der Garage beim Capri." Manne rief bei Dorothea Messingschlager-Fühler an und fragte sie, wann sie das Geld abholen könnten. Irgendwie hörte er ein komisches Stöhnen im Hintergrund. Egal. „Sie können morgen das Geld abholen!" „Danke."

Auch für Manne war ein Brief dabei. Es war eine Einladung zur Hochzeit von Markus Wolf, die Ende September in Bad Wilhelmshöhe stattfinden soll. „Wow, darf ich mit hin?" "Natürlich darfst du da mitkommen. Da können wir noch ein paar Tage für uns anhängen."

Felix von Stein bekam von seinem Dienstherrn die Aufforderung, seinen Dienst zu quittieren. Es wird ihm kein Nachteil bei der Pension entstehen, stand in dem lapidaren Schreiben. Widerwillig schmiss er den Brief in die Ablage. „Das wars dann!" dachte er und setzte sich an seinen veralteten PC, um sich nach einer Pauschalreise nach Kreta umzusehen.

Die Soko Gotti wurde aufgelöst. Die Anklageschrift gegen Ulf Bodenstein lautete auf schwere Körperverletzung mit Todesfolge und Todschlag. Die Staatsanwaltschaft beantragte 13 Jahre Haft.

Manne sagte in der Bäckerei Bescheid, dass er Ende September, Anfang Oktober eine Woche frei haben müsse.

Gottfried fing mit dem Planen seiner Hochzeit an. Er ließ sich mit dem Taxi zu einem Hotel in Bad Wilhelmshöhe fahren, wo er die Feier ausrichten lassen wollte. Kein Pfarrer, kein Festredner, nur Standesamt und eine kleine Feier mit den Trauzeugen. Mit dem Hotelmanager kam er überein, dass es keine Einschreibungen der Ausweise geben wird. Er zahlte dafür gerne 100 Euro mehr. Als Hochzeitsmenü hatte er folgende Zusammenstellung gewählt: Vorspeise: Büffelmozzarella mit halb getrockneten Strauchtomaten, Basilikum, Meersalz und ligurisches Olivenöl kaltgepresst.

Zweite Vorspeise: Lauwarme Tomaten-Rosmarin-Polentawürfel, Parmesanspäne, Rucola, rosa gebratener Landschweinrücken mit Thunfischsauce und Kapernäpfel, Schmorgemüse.

Zwischengang: Klare Tomatencremesuppe.

Hauptgang mit Fisch: Gebratenes Seelachsfilet mit leichter Hollandaise mit Kimchi-Wirsching und Kartoffelstampf. Hauptgang Fleisch: Langsam gebratenes Roastbeef mit Beilagen,

Dessert; Weißes Schokoladenmousse mit Früchte Kompott, Orangen-Ingwereis und Macadamia-Brownie

„Fein, fein!" „Wir sind da bei 120.- Euro pro Person plus Getränke und Übernachtung, wir wären Ihnen für eine Anzahlung von 1000.- Euro sehr dankbar." „Kein Problem." Gottfried machte seine Brieftasche auf und reichte zwei 500 Euro Scheine. „Bitte eine Quittung!" „Selbstverständlich, kommt sofort!"

So, das wäre jetzt erledigt. Jetzt musste er sich um Karinnas Mutter und Tochter kümmern und da kam jetzt doch sein alter Freund Freddy ins Spiel.

Er rief ihn an und erklärte ihm die Sachlage. „Alter Lüstling, wie alt ist die Kleine, da bist du ja doppelt so alt wie sie!" „Hast du ein Problem damit?" „Nein, überhaupt nicht, wieviel schulde ich dir eigentlich noch?" „Naja, so gut 60.000 Euro stehen da noch aus." „Also pass mal auf, wenn Oleg es schafft, die Tochter und die Mutti deiner Angebeteten aus Weißrussland heraus zu schleusen, wovon ich felsenfest ausgehe, dann sind meine Schulden bei dir getilgt. Deal?" „Nicht ganz." „Was passt denn nicht?" „Die Papiere musst du besorgen! Die Passbilder kann ich dir schicken." „Okay, aber dann ist Schluss!" „Der Weichenberg ist ja in Mainsondheim ersoffen, hast du das gewusst? Bodenstein hat ihn umgebracht!" „Echt jetzt?" Gottfried gab sich erstaunt.

Karinna war völlig durcheinander, als Gottfried ihr das alles erzählte. „Dann bin ich Deutsche und wo bringen wir meine Mama und meine Kleine Raschenka unter?" „Alles geregelt, sie schlafen jetzt erst einmal in einer Pension, solange ich noch kein Häuschen für uns habe. Ruf bei deiner Mutter an, dass sie sich Passbilder machen lassen sollen." Dann legten sie den Termin der Hochzeit auf den 29. September fest. Gottfried bestellte am nächsten Tag beim Standesamt in Kassel das Aufgebot. Ein Termin war noch frei: von 10 Uhr bis 10.30 Uhr.

Manne war wieder on the Road zum Womoplatz und verkaufte Brötchen und Wein wie jeden Tag. Um 8.15 Uhr bekam er den Anruf von Gottfried, der wie immer eine neue Karte in sein Handy eingelegt hatte, sodass Manne die Nummer erstmal nicht erkannte. 29. September, Kassel Standesamt 10 Uhr. „Okay, dann freu ich mich. Ich bring Zsa mit!" „No Problem!"

Jetzt begann auch die aufwendige Arbeit von Oleg Kaminski, um zwei Personen aus der Gegend von Minsk nach Polen und dann nach Deutschland zu bringen. Eine Woche Planung.

Für die Hinfahrt brauchte er fast 24 Stunden. In einem staatlichen Hotel schlief er dann acht Stunden. Nach einem, für seine Verhältnisse schlechten Essen machte er sich auf den Weg zu Oma und Enkelin.

Er hatte von Freddy 30.000 Euro in bar bekommen, um die nötigen Bestechungen vorzunehmen. Alleine der Kontaktmann in Minsk bekam 2.000 Euro, der wiederrum gab an der Passstelle 10.000 Euro für zwei Pässe mit Ausreisevisum aus. 5.000 Euro bekamen dann die Grenzbeamten am kleinen Grenzübergang von Pererow im Nationalpark Belaweschskaja nach Białowieża in Polen, der eigentlich nur für Fussgänger und Radfahrer gedacht war. Aber Oleg, der alte Fuchs, schaffte es in nicht einmal zwei Tagen um alles zu Regeln. Auch den polnischen Grenzbeamten legte er beim Grenzübertritt 2.000 Euro in die Pässe. Wichtig war, dass der weißrussische Ausreisestempel im Pass war, damit sie von Polen nach Deutschland einreisen konnten. Knapp 1200 km hatten sie jetzt noch vor sich und Oleg hatte 11.000 Euro übrig. Gut, er musste mit dem Tiguan noch zweimal tanken und zum Essen musste er die beiden auch einladen. Getränke hatte er an Bord.

Mama Anissimow war bei der ganzen Aktion nicht wohl zu Mute. So alles aufzugeben war für sie nicht leicht. In der alten Sowjetunion war sie als Jugendliche in der, noch von Lenin 1918 gegründeten, sowjetischen Jugendorganisation Komsomol einmal an der Ostsee, in einem Jugendlager in der Nähe von Kalingrad, gewesen. Den Rest ihres Lebens verbrachte sie dann in der Nähe von Minsk, in einem kleinen Dorf, in dem es kein fließendes Wasser und Strom nur stundenweise gab. Sie hatte ein paar Hühner und machte jedes Jahr ein Schwein fett. Seit zehn Jahren passte sie jetzt auf die kleine Raschenka auf, für die das alles ein großes Abenteuer darstellte. Als sie bei Hennersdorf die Polnisch-Deutsche Grenze überquerten, machten Omi und Enkelin große Augen, als sie die bunte Welt des Westens auf einem Autohof sahen. Oleg, der harte Hund war irgendwie gerührt von den großen Augen der Kleinen und da sie alle großen Hunger hatten, gingen sie in einen McDonalds, um etwas zu essen. Über Bautzen, Dresden und Leipzig ging es dann nach Kassel-Kaufungen in eine kleine Pension. Oleg trug noch die vier Koffer hinauf in die geräumige kleine Wohnung. Dann verabschiedete er sich und fuhr auf der A7 bis nach Enheim, wo in seinem, gut von der Außenwelt abgeschirmten Club, die Post abging. Nach zwei Wodka sah dann auch für ihn die Welt wieder viel besser aus.

Karinna besuchte gleich am nächsten Tag ihre Liebsten in Kaufungen und erklärte ihrer Mama was am 29. September passieren würde. Mama meinte dann, ob sie sich das gut überlegt hätte? „Ja, ich mache das ja auch für euch!" sagte Karinna mit einem hektischen, neugierig besorgten Blick. Ihr Handy läutete und Gottfried fragte, ob er vorbeikommen könne. Er wolle die beiden Ankömmlinge zusammen mit Karinna neu einkleiden und dabei auch gleich näher kennenlernen. „Meinst du, dass die beiden nackt gekommen sind?" „Nein, das nicht, ich meinte halt nur so." „Lass sie erst einmal richtig durchschnaufen und nächste Woche können wir das dann schon machen."

Am Nachmittag ging das Smartphone von Oleg. Freddy war dran und er fragte, ob alles geklappt hätte und ob ihm irgendetwas aufgefallen ist? „Nö, alles Paletti, die beiden sind jetzt in einer Pension in Kaufungen. Ich hatte Pipi in den Augen."

Manne, Zsa und Preissler sind von Ansgar, der wieder zurück aus Ungarn war, zum Pizzaessen eingeladen worden. Sie gingen in die neu eröffnete Pizzeria in der Nähe des Falterturms. Zsa fragte Ansgar, wo er in Ungarn war, da sie ja selber auch aus Ungarn stammte. „Budapest", war die lapidare Antwort. Sie verzog den Mund zu einem sarkastischen Lächeln. „Was nehme ich denn für Eine?" „Die Getränke bitte", sagte die junge Frau mit den üppigen Formen. Bis auf Preissler, der sich ein Hefeweizen bestellte, tranken alle Cola Light. „Zu essen?" Dreimal Spezial und einmal mit Pilzen und Schinken. Das Essen schmeckte allen und Manne fragte in die Runde, ob sie Gottfried etwas zur Hochzeit schenken sollten? „Was willst du ihm denn schenken, der hat doch alles!"

Freddy schickte Gottfried eine Telefonnummer, bei der er anrufen sollte, um die neuen Papiere für Mama und der kleinen Raschenka abzuholen. Er wählte dann auch gleich die angegebene Nummer. „Großmeier, ja bitte?" „Hier Markus Wolf, haben sie mit Friedrich Laue gesprochen, wegen den Papieren?" „Ja, er hat die 7.000 ja schon bezahlt. Ich brauche nur noch vier biometrische Passbilder von der Frau. Von der Kleinen brauchen wir nichts. Als Tochter Ihrer Zukünftigen ist sie ja automatisch eine Deutsche!" „Okay, wann können wir uns treffen?" „Nächste Woche am Donnerstag zum Kaffee am Womoplatz um 8 Uhr. Seien sie bitte pünktlich!"

Gottfried suchte die Sekte und Weine aus. Er nahm einen schönen Sekt zum fairen Preis aus Marokko, wie Margetshöchheim bei den Einheimischen genannt wird und zwar einen von einer Winzerin mit schöner Perlage und mit der knackigen Säure des Rieslings. Eine zweite Sorte brauchte es nicht. Passt scho. Als

Wein bevorzugte er einen Kitzinger Hofrat Silvaner Kabinett und ein roter Regent aus Hammelburg mit schöner Nase. Wieder was erledigt, dachte er im Stillen.

An diesem Wochenende war Stadtfest in Würzburg und vielleicht könnten sie ja zu viert hingehen? Er telefonierte mit Karinna, die nicht abgeneigt war. „Ruf morgen früh nochmal an! Hast du eigentlich einen Führerschein?" fragte Gottfried. „Ja, habe ich. Bin aber schon lange nicht mehr gefahren!"

Als Manne nach Hause kam, lag Zsa auf dem Bauch auf der großen Couch im Wohnzimmer. Manne setzte sich dazu und malte mit seinem Finger kleine Ringe auf ihren nackten Rücken. „Ich hätte morgen Bock nach Würzburg auf das Stadtfest zu fahren, hättest du Lust?" „Ja, warum nicht, dann komme ich auch mal hier raus." sagte Zsa vorwurfsvoll und verzog dabei belustigt den Mund.

Preissler war bei Sabine im Pferdestall und besprach mit ihr den Plan für nächste Woche. Morgen kommen nur drei Teenager, eine davon hat anscheinend Geburtstag und die haben drei Stunden gebucht. Nächste Woche kommt noch eine Frau Gabriele Spazierer-Laue mit ihren kleinen Sohn Leander. „Er ist erst elf. Vielleicht sollten wir uns noch ein Pony zulegen!" „Naja, der Sherif ist ja auch nicht so ein Riesenpferd!"

Mama Anissimow, Raschenka und Karinna hatten sich die neuen Sachen angezogen, die sie am Tag vorher gekauft hatten. Die beiden waren noch total geplättet von der großen Auswahl, die sie in einer großen Kasseler Mall vorgefunden hatten. Gottfried kam mit dem Taxi und um 8 Uhr saßen sie im Flixbus nach Würzburg, wo sie um 9.45 Uhr ankamen.

Genau um 9.40 Uhr stiegen Zsa und Manne am Bahnsteig sieben aus dem Abteil der Mainfrankenbahn. Um 9.55 Uhr trafen sich dann die zwei Gruppen an der Ampel zur Kaiserstraße. „So ein Zufall, ich lade euch zum Kaffeetrinken ein, da vorne im Cafe Kies." „Hey Alder, wie ging das jetzt zusammen. Sag mal, hast du was mit deinen Haaren machen lassen?" „Ich habe mir die Matte vorne ein bisschen verdichtet!" „Darf ich vorstellen, Karinna meine Zukünftige, Raschenka ihre Tochter und Mama Anissimow meine Schwiegermutter in spe." „Schön, ja bitte vier Kaffee und was will die Kleine? Eine Cola? Okay, für mich bitte noch eine Napoleon Schnitte. Möchtet ihr auch einen Kuchen? Also gut, dann noch einen Bienenstich- nein: zwei Bienenstich, einen Krapfen und dann noch: a- ja Burgunder ist das, ja dann bitte noch eine Burgunder."

Über eine Stunde quatschten die Fünf herum, wobei Karinna alles vom Russischen ins Deutsche übersetzen musste und umgekehrt, nur Zsa verstand auch noch ein bisschen russisch, aber auch nicht mehr viel, der Fall der Mauer war halt vor ihrer Zeit."

Draußen schauten sie einem Jonglierkünstler zu und staunten über sein Können. Mit der Straßenbahn, die heute nichts kostete, ging es weiter durch die ganze Stadt bis hinauf zum Heuchelhof, sie hatten gute Sitzplätze und Karinna und Zsa konnten sich ungestört unterhalten. Beide hatten ja so ungefähr denselben beruflichen Hintergrund, was sie beide selber auch schnell merkten.

Nach einer Stunde waren sie wieder in der Juliuspromenade angekommen. Es gab ein Eis für die Kleine und die Omi. Dann verabschiedeten sich die zwei Gruppen voneinander. Zsa und Manne zog es in die Semmelstraße, wo sie den vielen Bands zuhörten, die dort spielten. Gottfried und seine neue Familie gingen zum Kinderschminken in der Nähe des Stadttheaters.

In Kitzingen angekommen, fuhr Manne mit dem Capri zur Sparkasse, um Wechselgeld zu ziehen. Eine Nubierin, wahrscheinlich aus Äthiopien oder Eritrea, saß auf der Ruhebank und an ihren schweren Mutterbrüsten säugte ein Zwilling. Der Geldautomat war schon ganz rot angelaufen und weitere Kunden machten große Augen. „Was solls!" dachte sich Manne und wechselte seine Scheine gegen neue Kreuzerchen.

Am nächsten Morgen öffnete Gottfried die mittlere Schublade seines Shabby-Vintage-Schränkchens in zartem Weiß, an den Kanten himmelblaugetönt gestrichen. Von den bunten Kompressionsstrümpfen suchte er sich die roten heraus. Er fuhr mit dem Taxi in die Kasseler Innenstadt zu einem Immobilienbüro und beauftragte es mit der Suche nach einem Häuschen in Kitzingen oder Peripherie. „Sie hören von uns!"

Die Tage vergingen, der Sommer blieb. 32° C hatte es am Dienstag nochmal. Auch am Mittwoch war es nochmal richtig warm, es wird einen Jahrhundertwein geben. Zumindest bei den späten Sorten, hatte ja Frido schon so prophezeit.

Am Donnerstagmorgen traf Gottfried, wie besprochen am Womoplatz auf Werner Großmeier. Es wurden zwei Kuverts getauscht und dann fragte Großmeier zum großen Erstaunen von Gottfried, ob er jemanden kennen könnte, der Auftragsmorde durchführt. „Eigentlich nicht. Probleme mit der Gattin?" „Große!" „Okay. Good Luck trotzdem!" „Danke!" Die Frage von Großmeier stimmte Gottfried nachdenklich, hatte er mittlerweile so einen schlechten Ruf.

Danach ließ er sich mit dem Taxi in die Bergstraße zu Preissler fahren, der ihn fast nicht mehr in seinem feinen Zwirn erkannte. Von der Terrasse konnten sie gut sehen, wie Gabriele Spazierer-Laue und ihr kleiner

Sohn Leander eine erneute Reitstunde hinter sich brachten. Ihre kleine Tochter Margoo hatte sie bei Lundi, ihrer Tagesmutter abgegeben. Lundi ist jetzt auch als dritte Tagesmutter ins „Weidenkörbchen" eingezogen. Deshalb war es für Gabriele ganz angenehm, wenn sie mit ihren Leander zur Reitstunde ging. Sie war von der Art der Reitstunden, wie sie Simone Werner abhielt, begeistert und auch ihr kleiner 11-jähriger Sohn Leander fragte immer wieder nach Sherif. Nach der Reitstunde kam sie zu Preissler und Gottfried auf die Terrasse, um den Vertrag zu unterzeichnen. Gottfried kam es so vor, als ob sie ihn erkannte. Immerhin war seine verstorbene Geliebte schließlich die Taufpatin der kleinen Margoo gewesen. Aber irgendwie konnte das nicht sein, er dachte nach, was er schon alles an seinem Aussehen verändert hatte. Dreißig Kilo Gewicht reduziert, kurze gefärbte Meckifrisur, wie auch sein glattrasiertes Gesicht sowie die Brille mit dem Fensterglas. Die Eigenhaartransplantation ist sehr lohnintensiv in Deutschland. Deshalb hat er dies wieder in Prag in der Klinik machen lassen, in der er schon seine Nase verkleinern ließ. Und auch sein Style mit den teureren Klamotten trug zu seinem neuen Erscheinungsbild bei. Außerdem lag das letzte Treffen mit ihr und ihrem Freddy schon einige Jahre zurück.

Manne fuhr ihn mit dem neuen Caddy nach Würzburg zum Bahnhof. „Läuft gut das Teil, bin total zufrieden."

„So soll es sein, das freut mich, dass dir die Karre gefällt!" Erwiderte Gottfried etwas abgelenkt.

Die Woche plättscherte so dahin. Von Stein schrieb von Agios Nikolaos eine Postkarte an seine alte Dienststelle, deren Mitglieder sich gerade mit dem Verschwinden einer Frau aus Kitzingen herumschlagen mussten. Gottfried unternahm jetzt an den Tagen bis zur standesamtlichen Trauung viel mit seiner neuen Familie. Am Donnerstag waren sie sogar in Hamburg und machten das Miniatur Wunderland unsicher. Zweieinhalb Stunden hin und auch solange wieder zurück haben sich gelohnt, denn bei herrlichem Wetter machten sie im Hafen eine ausgiebige Hafenrundfahrt. So langsam schöpfte auch Mama Anissimow Vertrauen in die ganze Geschichte. Karinna hatte ihre Anwesenheit in dem „sündigen" Haus beendet und wohnte jetzt auch in Kaufungen.

Für das Standesamt hatte sie sich ein typisches A-Linien Kleid mit feminier Silhouette und hochwertigen Allover Spitzenbesatz kaufen lassen. Es sah sehr romantisch aus, ein zeitloser Klassiker in Schwarz und Hellblau. Dazu eine farblich passende Weste und schwarze Schuhe, in denen man gut laufen konnte. Gottfried kam im schlichten, leicht blau schimmernden Anzug. Der Standesbeamte mit seinem kantigen, fahlen Gesicht schaute mit dunkelgrünen Augen in die

Gesichter von Gottfried und Karinna. „Was denkt er nur?" dachte Gottfried. "Wollen Sie, Herr Markus Wolf mit Ihrer hier anwesenden Verlobten, Frau Karinna Anissimow, die Ehe eingehen? - Dann antworten Sie bitte mit: Ja!" „Ja." „Nun meine Frage auch an Sie, Frau Anissimow - wollen auch Sie mit Herrn Markus Wolf die Ehe eingehen? - Dann antworten Sie bitte ebenfalls mit: Ja!" „Ja." „Sie sind jetzt laut Kraft des Gesetzes Mann und Frau. Sie können jetzt die Ringe tauschen und hier noch die Niederschrift unterschreiben. Frau Anissimow, sie unterschreiben bitte schon mit Wolf und bitte auch die Trauzeugen Manfred Stöhr und Dorina Hochstett." Da es in dem Standesamt nicht klar geregelt war, ob fotografiert werden darf, verzichteten sie darauf, einen Fotografen zu engagieren. Im Infoschreiben des Standesamtes hieß es: Eine Veröffentlichung im Internet (z.B. auf YouTube) oder eine Verbreitung über die sogenannten sozialen Netzwerke ist aus urheberrechtlichen Gründen und Verletzung des Persönlichkeitsrechts zumindest des Standesbeamten grundsätzlich nicht gestattet. Die DSVGO hatte nun auch die Ämter erreicht.

Karinna Wolf hörte sich gut an, fand sie! In der „Stretch-Limo" ging es ins Hotel zum Feiern. Da weiter keine Gäste geladen waren, passten alle Beteiligte in das Hochzeitsauto. Karinna schritt, mit dem ihr angeborenen Sinn für Würde und Stolz, neben Gottfried.

Der schwebte irgendwie so dahin, bis er wieder imstande war, seine Gedanken auf das zu richten, was gerade im Moment passierte. Zsa flüsterte Manne ins Ohr, dass sie auch einmal so heiraten wolle. Das Essen war ausgezeichnet. Gottfried erzählte, dass sie bald zu viert nach Kitzingen oder in die nähere Umgebung ziehen werden. Reden wurden keine geschwungen und so war das Hochzeitsfest um 23 Uhr mit der weißen Schokoladenmouse beendet.

Man verabschiedete sich. Gottfried fuhr mit seinem neu gewonnenen Clan in die Pension in Kaufungen und dann zu zweit weiter zur Senioren Residenz nach Hessisch Lichtenau. Die Hochzeitnacht verlief so wie immer, wenn sie Sex zusammen hatten, nur das er ab jetzt nicht mehr bezahlen musste. Karinna schmiegte sich an ihn. Sie mochte seinen Geruch aus Meer, Schiff und Sandelholz und fühlte sich geborgen, irgendwie war sie glücklich mit ihrem neuen Leben. Sie war dankbar.

Manne und Zsa machten in dem Hotel, das Gottfried für sie gebucht hatte, dasselbe wie sonst auch und schliefen dann auch ziemlich bald ein.

Am Morgen wollten sie, vor dem Frühstück, erst eine Runde joggen. Im nahegelegenen Wald kamen ihnen zwei Läufer entgegen, deren Schritt, die Atmung und auch die Bewegung der Ellenbogen unisono gingen.

Dazu hatten die beiden auch noch die gleichen Laufanzüge an. Irgendwie sahen die aus, wie vom Discounter. Als die beiden näher kamen, erkannte man, dass es Mann und Frau im älteren Semester waren. Nach einer halben Stunde laufen, duschten sich dann die beiden und das Einseifen bereitete Ihnen wieder höllischen Spaß.

Noch während des opulenten Frühstücks bekam Manne einen Anruf. Seine Mine verfinsterte sich. „Was los?" fragte Zsa. Er schüttete sich den Kaffee rein und saute sich dabei das frische T-Shirt ein. „Scheiße!" rief er laut. „Ich zieh mich schnell um!" Als er frisch umgezogen wieder zum Frühstückstisch kam, war Zsa nicht da. Er holte sich am Büffet noch was Fruchtiges, in Form von Blutorangensaft und einem Apfel. Er wurde unruhig. „So eine verfickte Scheiße!" dachte er und brachte das Gepäck hinaus in den Caddy. Zsa stand vor einer Litfaßsäule auf der anderen Straßenseite. Ihr Gesicht hatte sie in die Sonne gedreht. „Alles wieder okay bei dir?" „Nichts ist okay. Sie haben gestern und heute keine Vertretung geschickt. Die Stadtinfo hat bei Preissler angerufen. Keine Leute, haben sie in der Bäckerei gesagt. Wir müssen zurück!" „Du musst zurück!" „Was soll das heißen, fährst du nicht mit zurück? Was ist auf einmal los? Habe ich was falsch gemacht?" „Nein, alles okay. Meine Narbe an der Wange ist gut verheilt, man sieht überhaupt nichts mehr, wenn ich es geschickt überschminke und darum möchte ich wieder als Aktmodell arbeiten. In einer halben Stunde kommt ein Fotograf, der mich für vier Stunden gebucht hat. Ich komme mit der Bahn nach." „Na toll und wie lange weißt du das schon?" „Seit vorgestern und ehrlich gesagt, ich hatte vergessen, es dir zu sagen. Tut mir auch leid. Eigentlich wollten wir ja die ganze Woche bleiben, aber du musst ja wieder zu deinem scheiß Wohnmobilstellplatz!" Manne schaute ziemlich betrübt aus der Wäsche und sagte dann: „Okay, dann melde dich halt, wenn du wieder im Anflug bist. Ich fahre dann mal los. Machs gut und pass auf dich auf! Ich habe ein ganz komisches Gefühl im Bauch." Sie winkte ihm nach und merkte erst jetzt, auf was sie sich eingelassen hatte und wie sehr sie Manne mochte.

Gottfried bekam einen Anruf von dem Immobilien-Makler, den er beauftragt hatte. Das Haus, das er gefunden hat, ist sehr schön. Ruhige Lage am Ende einer Sackgasse direkt am Wald. Die Villa soll 750.000 Euro kosten, alles inklusive. Wenn es geht, soll er heute noch vorbeikommen. Gottfried rechnete nach und kam zum Ergebnis, dass er noch 3,8 Millionen Euro besaß. Karinna war unterwegs nach Kaufungen, um ihre Mutti und Tochter zu besuchen. Gute Gelegenheit, um das Geld abzuzählen und in einen Umschlag zu stecken. Die benötigen1.500 Fünfhundert-Euro-Scheine waren immerhin ein 15 cm dicker Stapel. Aus diesem Grund entschied sich Gottfried, das kleine Köfferchen zu nehmen, das er vor kurzem in Hamburg gekauft hatte. Er rief bei Karinna an. Sie war sogar irgendwie happy, dass sie den Tag mit ihren Liebsten verbringen konnte. Sein Barvermögen schrumpfte dagegen auf 3 Millionen Euro.

Der Makler holte Gottfried um 13.30 Uhr am Busbahnhof in Würzburg ab. Der dicke BMW schaukelte beide nach Kitzingen in die Finkenstraße. Nach ausgiebiger Besichtigung sagte Gottfried: Ja zum Makler. „Sehr schön, das nehme ich, nur über den Preis sollten wir noch einmal reden." „Machen sie mir bis heute Abend ein neues Angebot! Können sie mich noch zum Amtsgericht mitnehmen?" Von dort war es ein guter Kilometer bis zum Haus von Manne. „Hallo! Was los, warum so betrübt?" „Ach, Zsa ist in Kassel mit einem Fotografen unterwegs, der Aktbilder von ihr machen will. Anscheinend hat er ihr ein Angebot gemacht, zu dem sie nicht nein sagen konnte!" „Kann ich bei dir heute Nacht pennen?" „Klar, ich muss halt um 5 Uhr aufstehen und du musst entweder hier auf dem Sofa schlafen oder bei mir im Doppelbett, wo es gemütlicher wäre. Man liegt halt besser." Gottfried entschied sich für die ungemütlichere Variante.

Als Zsa die Augen wieder aufschlug, hing sie irgendwie gefesselt an einem Seil. Die Handgelenke waren hinter ihrem Rücken zusammengebunden und mit dem Seil, das an der Decke stabil befestigt war, nach oben gezogen worden. Ihre Füße standen mit einer Spreizstange auseinander gezogen auf dem Boden. „Mashallah, Süße, bist du wieder unter den Lebenden?" „Mach mich sofort los, du perverse Sau!" „Na, na, na, wer wird denn gleich so aufbrausend sein? Wir hatten 500 Euro ausgemacht, die du auch bekommst, wenn die vier Stunden vorbei sind. Jetzt mache ich erst einmal schöne Bilder von dir." Nach und nach riss der Mann Zsa die Klamotten vom Leib, bis sie völlig nackt und hilflos in den Seilen hing. Nach den ersten Verbalattacken von Zsa legte ihr der Mann einen Mundknebel mit einem roten Gummiball an. Ab und zu hielt er ihr die Nase zu, so dass sie fast keine Luft mehr bekam. Nach drei Stunden löste er ihre Fesseln, so dass sie etwas trinken konnte. Völlig kraftlos ließ sie es geschehen, dass er sie in die Frogtie Stellung beförderte und dabei ihre Beine mit den Fußgelenken an den Oberschenkel fesselte, wodurch sie in eine Art Froschposition kam. Ihre Handgelenke wiederum fixierte der Fotograf außen an den Beinfesselungen der jeweiligen Seite. Auch in dieser Position machte der Fotograf viele Bilder von ihr. Von allen Seiten, von oben und auch im Liegen. „Wasser, bitte." röchelte Zsa. Nach dem ersten Schluck wirkten in ihrem geschwächten Körper bereits die K.o. Tropfen.

Als sie erneut wieder aufwachte, lag sie mehr schlecht als recht angezogen auf einem kleinen Platz in einem Waldstück. Wasser plättscherte in der Nähe. Sie hatte keine Fesseln mehr an Füßen und Händen. Ein kleiner Zettel steckte mit dem Geld im BH. „Du warst wunderbar. Danke!" Als sie nachzählte waren es 750 Euro. „War es das wert?" dachte sie. Mit dem alten Handy, das neben ihr lag, rief sie Manne an. „Wie soll ich dich finden?" „Pass auf, da steht noch was hinten auf dem Zettel, sieht so aus, als ob es Koordinaten sind!" „Ließ vor!" „51°17'37.8"N 9°29'45.3"E." „Ich mach mich gleich auf den Weg, mach dir keine Sorgen, ich bin bald da!" Manne stürmte aus dem Haus, rannte zum Caddy, drehte den Zündschlüssel. Dann stand plötzlich Gottfried im Schlafanzug vor dem Auto. „Was ist los?" „Ich muss Zsa in Kassel abholen!" „Mitten in der Nacht?" „Siehst doch, geh weg da vorne, ich muss los!" Mit durchdrehenden Reifen fuhr er ab. Im Radio hörte er vom Hurrikan „Florence" und vom Taifun "Mangkhut", beide richteten schwerste Schäden in den jeweiligen Regionen an. Dann folgte Musik im Radio Tight Fit mit The Lion Sleeps Tonight. Es war wenig Verkehr auf der A7 und nach zwei Stunden war er in

Kassel. Es war gar nicht so einfach, Zsa in den Fulda-
auen zu finden. Über eine Stunde brauchte Manne
dazu. Dann große Umarmung und unendlich viele Tränen. Es war zwei Uhr nachts und um dreiviertel fünf
waren sie wieder in Kitzingen. Manne wollte natürlich
wissen, was los war und Zsa erzählte ihm schluchzend
die ganze Geschichte. „So eine Sau, wenn ich den er-
wische!" It's Raining Men - Weather Girls im Autoradio. Manne musste an das Konzert der beiden Damen
in einem Kitzinger Autohaus denken. Beide wurden
mit einem Kran auf die Bühne gehievt. War schon lus-
tig damals. Er hörte Zsa sagen: „Du machst gar nichts!
Es ist so, wie es ist. Ich bin um eine Erfahrung und 750
Euro reicher." „Naja, du kannst mir gleich 50 Euro für
den Sprit geben."

Am Morgen rief der Makler an und entschuldigte sich
bei Gottfried, dass er es am Abend nicht mehr geschafft hatte. „Um zehn wollte ich dann auch nicht
mehr anrufen! Also Herr Wolf, ich kann Ihnen die
freudige Mitteilung machen, dass der Preis jetzt unter
700.000 liegt. Genau 695.000 Euro. Wenn wir heute
zum Notar gehen und sie eine Bankbürgschaft vorlegen können. Termin wäre um 11 Uhr. Könnten sie das
Einrichten?" „690.000 und es lässt sich einrichten. Ich
bin dann um 11 Uhr beim Notariat in der Frieden-
straße." „Perfekt!" Gottfried sah es förmlich vor sich,

wie sich der Verkäufer die Hände rieb. Notar und Immobilienmakler hatten bereits Platz genommen, als Gottfried sich dazu gesellte. „Bitte die Bankbürgschaft!" „Wer zählt nach? Hier sind 1380 Fünfhundert-Euro-Scheine." Der Notar schaute auf die Uhr. Gottfried hatte vor der Eingangstüre ein Bag mit Golfschlägern gesehen. „Egal, da müssen die Jungs jetzt durch!" dachte er sich. Eine Stunde brauchten die beiden zum Zählen des Geldes und der Notar rief nach einer dreiviertel Stunde eine Sekretärin herein, gab ihr den Autoschlüssel und bat sie demonstrativ darum, seine Golfschläger in den Panamera zu legen. Nach einer weiteren dreiviertel Stunde war Gottfried alias Markus Wolf stolzer Besitzer einer schönen teilmöblierten Villa am Waldrand mit schönem Swimmingpool.

Über seinen Auszug aus der Seniorenresidenz war die Geschäftsleitung alles andere als erfreut. Aber sie mussten ihn gehen lassen, da er ja noch in der dreimonatigen Probezeit war.

Die wenigen Habseligkeiten der Vier waren mit einem VW Transporter relativ problemlos und schnell nach Kitzingen gebracht worden. Schön war es, dass auch noch Platz für sie selber war.

Nachdem sie alles ausgeladen hatten, folgte der erste Rundgang durchs Haus. Mama Anissimow gab ihren Schwiegersohn einen dicken Kuss. Gottfried hätte auch ihr Mann sein können. War sie doch mit ihren vierundsechzig fünf Jahre jünger als Gottfried. Die kleine Raschenka mussten sie morgen in der Schule anmelden und auch sonst war noch einiges zu erledigen.

Manne musste einsehen, dass er Zsa nicht an der kurzen Leine führen kann. Zsa wiederum merkte, dass sie ohne Manne auch nicht so recht weiterkam und sie mochte ihn halt sehr.

Bei einem gemeinsamen Spaziergang einige Tage später, machte Manne den Vorschlag, für Zsa ein kleines Home Studio einzurichten. Ansgar kam mit seinem Roller. "Was machst du denn hier?" „Nix zu tun. Ich hatte einen Schlaganfall, der dann doch keiner war. Lange Geschichte. Brauch jetzt Ruhe und einen Kaffee." Dann kam eine rundliche Frau dazu. „Hömma, ich möchte ihr Briefing nicht stören, könnte ich aber bitte sechs frische Semmeln bekommen? Wissen sie, wir haben eine richtige Odyssee hinter uns. Wir sind ja aus Dooatmund! Gestartet sind wir Richtung Bad Kreuznach, schlechtes Wetter in Füssen gemeldet, wo wir hinwollten. Vatta sagte, dann Richtung Sylt mit

Übernachtungstop in Lüneburg. Regen in Sylt am Morgen. Gut, auch egal, dann sind wir bis hierher nach Kitzingen gefahren und hier ist das herrlichste Wetter und auch sonst alles schickobello. Wir werden jetzt bis zum Wochenende bleiben. Woll!" Ansgar bekam den Mund nicht mehr zu und sein Kaffee war auch schon fast kalt geworden. Eine hübsche junge Holländerin im Game Of Thrones Wappen T-Shirt kaufte sich zwei leckere Quarktaschen. Ein älterer Mann fragt: „Haben sie auch Gelbwurst?" Ansgar und Manne mussten herzhaft lachen. „Also nicht?"

Zur gleichen Zeit las Gottfried in seinem neuen Heim die Zeitung. Er saß auf der Terrasse und trank nebenbei seinen Frühstückskaffee. Bayern München gewann in Porto. Seehofer steht erneut in der Kritik. Irgendwie macht er alles, um Söder die Bayernwahl zu versauen. Egal, Gottfried interessierte sich nicht mehr so sehr für Politik. Im Lokalteil die Meldung, dass eine Ines Großmeier vermisst wird. Er überlegte, was ihm da gefährlich werden könnte.

Karinna und ihre Mutter versuchten mit Raschenka einen guten Weg von Etwashausen in die Realschule zu finden. Am nächsten Tag soll die Kleine schon zu ihrem ersten Unterrichtstag antreten. Ansgar verabschiedete sich und Manne hörte eine Stimme, die ihm bekannt vorkam. „Bitte zehn Brötchen und vier Brezeln!" „Sind sie es wirklich?" Es war der Radio- und Fernsehmoderator Hans Meiser, der mit seinen Enkeln im großen Liner unterwegs war.

Zur gleichen Zeit liegen sechs Rumäninnen auf einem Zucchini Ernteflieger und pflücken die mittelgroßen Kürbisse für eine Gärtnerei aus Albertshofen. Plötzlich schreit eine der Saisonarbeiterinnen auf, in ihrer Zeile liegt eine abgetrennte Hand! Der Fahrer des Erntefliegers bekam den Schrei nicht mit und fährt darum auch weiter. Es war die Hand einer Frau. Ilena, die Erntehelferin sah, dass an der Hand drei Goldringe steckten.

Dauercamper German Sauer kam in den Brötchencontainer gestürmt: „Hast du ihn gesehen?" „Wen denn?" „Na den Meiser, der ist gerade rausgefahren!" Das war wieder typisch für German, dachte Manne, erst Bescheid sagen, wenn das Thema schon beendet ist. „Ach so, der Meiser, ja, der hat Brötchen geholt und ich durfte ein Foto von ihm machen!" Manne lachte innerlich und German Sauer nahm seine Feuchttücher und latschte Richtung Toiletten. „Moin", sagte ein Mann, der ihm ebenfalls bekannt vorkam. Dann fiel der Groschen. „Wie wars in Kroatien?" „Traumhaft, tolles Segelrevier. Wir hatten einen schönen Liegeplatz in

Drage. Die Jadranska Magistrala geht da zwar wenige hundert Meter vorbei. Das störte uns aber nicht, weil wir fast die ganze Zeit auf dem herrlichen Meer segelten. Die sechs Wochen gingen viel zu schnell vorbei."

Den Nachmittag verbrachten Zsa und Manne im Kino, bei der Preview von einem Film, in dem es darum geht, wie eine Familie mit einem Heißluftballon aus der damaligen DDR in den Westen flüchtet.

Von ihrer Gemeinschaftsunterkunft zum Zucchiniacker waren es ungefähr zwei Kilometer. Ilena nahm für ihren Fußmarsch eine große Stablampe mit, die neben der Eingangstür ihren festen Platz hatte. Das Dorf lag völlig im Dunkeln, die Straßenbeleuchtung war ausgeschaltet, nur das bläuliche Briefkastenlicht im Eingangsbereich des Golfclubs konnte man sehen. Sonst stockdunkle Nacht bei Neumond. Ilona hörte alle möglichen Geräusche und hatte Angst. Sie stellte sich in die Kurve des Radweges, da wo er Richtung Albertshofen abknickt, hin und lauschte in die Dunkelheit. In der Ferne hörte sie die Fahrzeuge auf der großen Autobahnbrücke vorbei rauschen. Der Zucchiniacker war ungefähr vier Hektar groß. Sie machte die Augen zu und versuchte sich vorzustellen, wo sie die Hand gesehen hatte. Sie wusste, dass es ziemlich am

Anfang des großen Feldes war, ziemlich genau im vorderen Drittel. Sie lief los, den Lichtkegel der Stablampe auf den Boden gerichtet. Nach gut einer Stunde sah sie etwas glitzern. Sie hatte die Hand mit den Ringen gefunden. Sie hob sie auf und versuchte die Ringe abzustreifen. Es gelang ihr nur unter Aufwendung ihrer ganzen Kraft. Sie steckte die Ringe ein und nahm die Hand mit. Am nahen Mainufer schmiss sie die Hand in den Fluss. Sie machte die Lampe aus und setzte sich auf einen Baumstumpf und steckte sich eine Beruhigungszigarette an. Gerade, als sie zurück in die Unterkunft gehen wollte, sah sie die Lichter eines Autos auf sie zukommen. In Höhe des Zucchiniackers kam der Wagen zum Stehen. Es war ein rosafarbener E-Smart. Der Fahrer oder die Fahrerin stieg aus und leuchtete mit einer Lampe auf den Boden des Feldes, so wie es Ilena vorher auch gemacht hatte. Sie bekam einen kleinen Schock und versuchte sich, möglichst ungesehen, aus dem Staub zu machen, was ihr auch gelang. Um zwei Uhr lag sie wieder in ihrem Bett in ihrem Zimmer in der Gemeinschaftsunterkunft der Saisonarbeiter/innen.

„Die Frau vom Großmeier ist ja verschwunden. Naja, die war ja schon ein bisschen crazy. Hast du des auch mal mitgekriegt, wenn sie ihren Rock hochgehoben hat?" fragte German Sauer mit den Feuchttüchern in der Hand. „Herbe Sache und die ist jetzt verschwunden?", „Ja, liest du keine Zeitung? Geh, mach mir eine Tüte mit fünf Handgemachten. Ich zahl sie gleich und hol sie dann danach ab." Lachend hielt er seine Feuchttücher in die Höhe mit voller Vorfreude auf seinen Morgenschiss. Ein Ossi aus Thüringen, der seinen Lebensabend in Herford verbringt, kauft ein paar Milchhörnchen. Er ist redselig und labbert über Thüringer Klöße, die er am Wochenende essen wird. Seine Mutter hat am Samstag und seine Schwester am Sonntag Geburtstag und da gibt es dann immer Thüringer Klöße. Ein junger Mann zeigt seine Karte, Lebensmittelkontrolle Kevin Müller stand drauf. Er schaute sich eine Weile um. Seine Stimme klang hart. „Bis auf den Umstand, dass bei der nächsten Kontrolle eine Gebäckzange zum Interieur gehören sollte, ist alles okay!" „Alles klar, wird erledigt!" Eine ältere Frau aus Roth in Mittelfranken bricht in einem wahren Überschwang aus, als sie ihre Bestellung ansagt. „Ich habe noch nie so gute Mehrkornbrötchen gegessen!" „Danke, das freut mich!" Dann kommt ein neuer Kunde: „Endlich Brötchen, ich komme gerade aus Kroatien und die Brötchen dort haben mir nicht geschmeckt. Ich fahre seit 40 Jahren auf den Balkan. Früher halt Jugoslawien und jetzt halt Kroatien oder Montenegro. Ich bin mal, da habe ich noch studiert, in 17

Stunden vom Sauerland darunter gefahren. Mit meinem R5, klein aber gemein. Mutti hat mir fünf Schnitzel gebraten und einen Eimer Kartoffelsalat auf den Beifahrersitz gestellt." Er lacht kräftig. „Das waren halt noch geile Zeiten."

Ilena musste heute nur am Vormittag auf dem Flieger liegen. Die Zucchini waren abgeerntet. Sie hoffte, dass sie noch einen Anschluss Job als Saisonarbeiterin bei der Weinlese auf irgendeinem Weingut ergattern kann. Sie setzte sich auf ihr Bett und kramte den kleinen Plastikbeutel mit Ringen hervor. Es war ein hellglänzender silberner Brillantring, ein alter Goldring mit einer schwarzen Kamee, die einen Römerkopf zeigte und da war auch noch ein völlig verkitschter, bunter Ring. Jedenfalls in den Augen von Ilena. Er war zwar relativ schwer. Sie konnte sich aber nicht vorstellen, dass es sich um ein ca. 50.000 Euro handgefertigtes Schmuckstück aus dem Hause Duccelleti handelte. Der Ring bestand aus 18-karätigem Gelb- und Weißgold mit kunstvoller Filigranarbeit mit einem auffälligen Spinell von 3,02 Karat, der mittig in einer wunderschönen gravierten Fassung döst, umrahmt von Smaragden im Brillantschliff von 2,29 Karat, sowie funkelnde Diamanten von 1,57 Karat. Sie legte den Ring in ihre rechte Mittelhand und wog ihn rauf und runter. Ziemliches Gewicht, vielleicht ist er doch wertvoll!

Der Herbst hat sich mit strömenden Regen und nur noch 12°C schon einmal angemeldet. In der Nacht von Sonntag auf Montag soll es einen schweren Sturm geben. Manne hat sich eine Wollmütze und einen dicken Anorak zum Verkauf angezogen. Komischerweise ist der Platz noch sehr gut besucht. Ein Mann aus Lübeck macht sich Sorgen, weil er vergessen hat, zu Hause in der Hansestadt seinen Sonnenschirm einzuziehen. Manne lacht und sagt zu dem Mann, dass er wahrscheinlich nicht mehr da sein wird, wenn er wieder nach Lübeck zurückkommt. Der Mann schaut ihn beim Hinausgehen böse an. Es soll den ganzen Tag regnen und die Temperaturen sollen nicht weiter ansteigen. Manne nimmt sich vor, wenn er nach Hause kommt, die Heizung einzuschalten. Beim Zusammenräumen kam noch ein Mann in kurzer Lederhose, mit Trachtenjanker und Haferlschuhe. „Moin. Brezen brauche ich. War gestern bei der Eröffnung vom Oktoberfest und bin heute Nacht die 300 km durchgefahren. War schon ein Erlebnis. Dieser festliche Auftakt zum offiziellen Oktoberfestbeginn mit dem Einzug der Wiesnwirte und Brauereien. Blumengeschmückte Kutschen mit den Wirten der Oktoberfesthallen, die bunten Festwagen mit Maßkrug schwenkenden Kellnerinnen. Dann die Musikkapellen der Festzelte und die prunkvollen Pferde-Prachtgespanne der Münchner Brauereien, mit Girlanden umkränzten Bierfässern. Das war schon ein Erlebnis. Meine Frau und ich haben dann nur eine Maß getrunken und sind dann losgefahren. Wir müssen heute noch bis Norden fahren und wollen nicht in den Sturm kommen. Kennen sie Norden? Da können sie mit den Fähren schön auf die vorgelagerten Nordfriesischen Inseln kommen. Naja, genug gequatscht. Verzeihen sie den Aufzug, aber wir sind die totalen Oberbayern- Fans. Was machts?" „Sieben Brezen und die vier Topfenstrudel: 11.40! Ja, dann gute Fahrt!" „Danke." Als Manne seine weinigen Retouren und die leeren Körbe eingeladen hatte, fährt ein Luxus-Liner mit dem Kennzeichen NOR am Anfang vorbei. Eine hübsche Frau im tiefdekolletierten Dirndl winkte vom Beifahrersitz mit einer angebissenen Brezen.

Es ist kälter geworden und der Regen stärker. Gegen Nachmittag lockerte die Bewölkung auf. Doch dann verschwand plötzlich die Sonne und es sah so aus, als ginge die Welt unter. Der Wetterbericht hatte für den frühen Abend einen schweren Sturm angekündigt. Er entwurzelte Bäume, deckte Dächer ab. In Stadelschwarzach fiel die Kirchturmspitze herunter. Strommasten knickten um wie Streichhölzer, Dächer wurden abgedeckt und in Ebrach erschlug ein herabgefallener Ast eine ältere Frau. Kitzingen kam mit einem blauen Auge davon. Am nächsten Morgen kam eine Frau mit zwei großen Pudeln, einem Braunen und einem Schwarzen, in den Container. Sie und Manne sprachen über den abgeflauten Sturm und was „Fabienne" für Schäden angerichtet hatte. „Ach, ich war früher Weltumseglerin und der Sturm gestern war für mich kein Drama. Ich dachte noch, gut, dass du jetzt keinen Anker hieven musst."

Am nächsten Morgen konnte er nur die grünen Ziffern des Digital Radio Weckers erkennen. Sie waren beim Aufwachen die einzige Lichtquelle. Das Geräusch, durch das Manne geweckt wurde, hörte er nicht mehr. Nur noch das gleichmäßige Schnaufen von Zsa neben ihm im Doppelbett. Sie war aufgedeckt und ihr Nachthemd war über ihren wunderschönen Po gerutscht. Es war zwei Uhr und er konnte noch einmal gut einschlafen.

Seine erste Kundin auf dem Womoplatz war die Pudelfrau von gestern. Sie möchte mit ihrem Mann noch bis Samstag zum „Gemütlichen Beisammensein", wie es auf dem Einladungsplakat heißt, bleiben. Freibier und Brezen, gestiftet durch die Touristikinfo, ziehen halt immer, es ist ja auch Wiesnzeit. „So wie gestern, die Handgemachten schmecken ja auch vorzüglich. Selten so gute Brötchen gegessen!" „Bitteschön."

Trotz des sonnigen Nachmittags, hatte es nur noch 3° C am Morgen. Es standen trotzdem noch viele Camper auf dem Platz. Viele von Ihnen folgten den Handzetteln, die am Morgen unter ihren Scheibenwischer hingen, ins Kitzinger Sole-Hallenbad mit seiner schönen Blockhaus-Saunalandschaft.

Die Garnelen bestellten Kaffee und Plunderschnecken. Manne nennt die beiden Malermeister im Stillen so, weil sie im Vergleich zu anderen Menschen längere Hälse haben. Ihr großes Business ist zur Zeit der Betonlook, wie sie Manne erzählen. Ihre Werbebotschaft auf dem mitgebrachten Prospekt lautet: „Betonraum: Wir verlegen Böden mit Persönlichkeit! Unsere Betonböden sind mineralische Boden- und Wandoberflächen, die für höchste Ansprüche entworfen werden. Sie stehen für hohe Belastbarkeit, Beständigkeit und unendliche Gestaltungsvielfalt. Sie machen glücklich und sind fugenlos und einfach zu pflegen. Auch für Möbel und Bäder geeignet." „Ja, dann gutes Geschäft weiterhin für euch Zwei!"

Gottfried las am Morgen in den Todesanzeigen die Nachricht vom Tode Gustavs. Er kannte ihn noch von früher, als er noch Backwaren ausgefahren hatte. Gustav machte dasselbe mit Zeitungspaketen. Jetzt war er tot. Er wurde nur 69 Jahre alt. Die Beerdigung ist für Donnerstag im Friedwald auf dem Schwanberg angesetzt. Weiter hinten, in der Zeitung, ein Bild von der Stadelschwarzacher Kirche ohne Kirchturmspitze, die der Sturm weggeweht hatte. Im Polizeibericht dann die Meldung von der A7. Ein SUV-Fahrer ist mit seinem 150.000 Euro teuren Maserati gegen eine Betonschutzwand geknallt. Der Fahrer wurde nicht verletzt, der Wagen aber erheblich beschädigt. Gegen 20.20 Uhr geriet der 76-jährige Mann etwa vier Kilometer nach der Anschlussstelle Marktbreit in Richtung Ulm ohne fremde Beteiligung ins Schleudern und prallte seitlich gegen die Fahrbahntrennung aus Beton. Dabei wurde die gesamte linke Fahrzeugseite erheblich deformiert. Der Fahrer konnte wegen der klemmenden Fahrertür nicht selbständig aussteigen. Mitglieder der Freiwilligen Feuerwehr Marktbreit befreiten ihn. Er wurde vorsorglich zur Untersuchung in ein Krankenhaus gebracht. Der 430 PS starke Geländewagen musste abgeschleppt werden. Während der Rettungs- und Bergungsmaßnahmen war die zweispurige Autobahn in Richtung Ulm gesperrt. Wieso musste Gottfried jetzt an Oleg Kamininski und seinen Escort- Service in Enheim denken? Er hatte Oleg noch in guter Erinnerung und musste oft an die „Befreiung" von Freddy denken. Wie professionell Oleg da vorgegangen ist. Spaßig waren auch immer die kleinen Sätze die Oleg von sich gab. „Schlaf gut …, wenn du kannst!"

Ilena Ajutor, die Erntehelferin, rief bei Zsa an. Sie fragte, ob sie vorbei kommen könnte. Sie wollte ihr etwas zeigen. „Wenn du morgen Zeit hast, komm halt vorbei, so um 16 Uhr. Geht auch später, ruf vorher mal an!" „Mach ich!"

Eine Blondine im besten Alter war die erste Kundin am Morgen. „Bitte zwei Handmade. Wie lange sind sie denn hier?" Manne deutete auf das Schild mit den Geschäftszeiten. „Ah, bis 8.45 Uhr, da hätte ich mich ja nicht so beeilen müssen." „Ja, dann gute Zeit!" lachte Manne die Frau an. „Ja, die habe ich ja jetzt. Wenn sie wollen, können sie ja mal vorbei kommen. Ich hätte auch Zeit für Sie. Schön warm bei mir im Camper!" Wie sie das hauchte, schaute sie ihn mit einem reizvollen Augenaufschlag an. "Gehts morgen auch noch?" Weg war sie. Die Zeitung mit vier Buchstaben titel: "Kann Merkel noch Kanzler?" Ein Mann aus Alsfeld mit interessant rasiertem Kinnbärtchen will zu einer Senioren-Betriebsfeier einer großen Autozulieferfirma bei München fahren. „Gehts dann auch auf die Wiesn?" fragte Manne. „12 Euro die Mass. Da bekomme ich bei uns zwei Kästen dafür!" Er geht lachend hinaus.

Die Außentemperaturen am Morgen sind auf 2° C zurück gegangen. Im Container ist es eiskalt. Manne will früher Schluß machen. Er ist durchgefroren, sein Rücken schmerzt. Als letzter Kunde kommt ein „Politprofi", der erklärt, dass Frau Merkel jetzt aufpassen muss, dass sie den richtigen Moment für ihren Abgang findet. „Früher hat sie Leute wie Merz, Röttgen und Karl-Theodor zu Guttenberg abgesägt, ich bin mir sicher, dass sie es war, die die Lunte beim Freiherrn gelegt hatte. Politik halt. Schönen Tag!"

Am Nachmittag kam irgendwann Ilena vorbei. Als Zsa die Tür öffnete, schaute die rumänische Erntehelferin ängstlich nach links und rechts. Ihr vorsichtiges, mißtrauisches Gesicht ließ keine Rückschlüsse zu.

Manne hatte Preissler zum Kaffeetrinken eingeladen und so saßen sie nun zu viert am Küchentisch.

Ilena tuschelte Zsa ins Ohr, ob sie unter vier Augen reden könnten.

Manne hörte das und polterte heraus, dass sie keine Geheimnisse voreinander hätten.

Zsa nickte sie an und nahm sie in den Arm. Zögerlich zog sie die kleine Plastiktüte aus ihrer alten Handtasche, die schon bessere Zeiten erlebt haben muß. „Bitteschön, habe ich gefunden. Wo kann ich verkaufen?" „Keine Ahnung!" sagte Manne. Preissler nahm den schweren großen bunten Ring in die Hand und wiegte ihn in seiner Hand.

„Wo hast du die Ringe her?" „Gefunden!" Preissler nahm den Brilliantring und zeigte in die Innenseite, „Das ist Blut, du sagst uns jetzt die ganze Wahrheit, oder ich rufe die Polizei!" Preissler blöffte und hatte damit Erfolg.

Aus Ilena sprudelte es wie aus einem Wasserfall und sie erzählte alles haargenau, wie sie es erlebt hatte. Mit dem Ernteflieger, der abgetrennten Hand und dem rosafarbenen E-Smart.

„Wie helfen dir und wir müssen dann Kriegsrat halten, wie wir die Sachen versilbern können!" sagte Preissler.

Manne machte den Vorschlag, Gottfried mit einzuweihen. Preissler wählte Gottfrieds Nummer und reichte das Smartphone an Manne weiter. „Meister hier. Mit was kann ich dienen." „Hallo Gottfried, Manne hier, wir bräuchten einmal deine Hilfe." „Um was geht es denn?" „Das möchte ich am Telefon nicht sagen!" „Wenn du jetzt Zeit hast, komm vorbei, wenn nicht, dann lade ich dich zu einem Kaffee morgen früh ein!" „Okay, dann bis morgen früh!"

Die Blondine vom Vortag war wieder die erste Kundin am Morgen. „Bitte vier Handmade." „Bitteschön, dann hat sich mein Besuch heute anscheinend erledigt!" knurrte Manne. Er wäre eh nicht hingegangen. „Hat sich so ergeben. Trotzdem danke. Vielleicht war es auch besser so für dich!" grinste sie furchteinflösend.

Kurz nach halb kam Gottfried an und ließ sich einen Kaffee in den Becher schütten und knurrte Manne an, was er denn wolle. Er hatte wenig Zeit und Stress mit seinen drei Frauen. „Komm mal her und schau dir das an." Gottfried setzte sich hinter die Theke und schaute auf dem Ring. Er wiegte ihn und meinte dann, dass er den Ring schon einmal irgendwo gesehen hätte. Er wisse nur nicht genau wo. „Steck wieder ein, also ich schätze mal, dass der über 30.000 Euro wert ist!" „So viel?" Manne steckte das Schmucksäckchen wieder ein.

Beide gingen sie dann vor den Eingang des Containers, Gottfried steckte sich eine an. Dann sahen sie, wie Dauercamper German Sauer aus dem Luxus-Liner der Blondine hüpfte. Er hielt beide Hände über seinen Hosenladen und hüpfte an Ihnen schreiend vorbei in Richtung seines Campers. „Mein lieber Freund und Kupferstecher, was ist denn mit dem los?!" Seine Feuchttücher flogen fast im selben Momet aus dem Luxus-Liner der Blondine, der rechts neben dem Container stand.

Irgendwann wird German den Mut aufbringen und es Manne erzählen, was die Blondine mit ihm gemacht hatte. Manne wird dann froh sein, dass er nicht zu der Dame in deren Wohnmobil gestiegen ist.

Gottfried wusste jetzt, woher er den Ring kannte. „Was für ein Auto hat sie gesehen, einen pinkenen E-Smart?"

„Ja hat sie gesagt, also pinkenen Smart halt!"

„Das hat sie gesagt?"

Gottfried dachte so im Stillen, wo Großmeister wohl die restlichen Körperteile hingebracht hat. Er selber hatte für solche Arbeiten ja eine gewisse Erfahrung.

Er wollte sich aber nicht einmischen in die Mordgeschichte. Er fragte Manne, ob er mit ihm zu einen Juwelier gehen soll, um das Teil zu verkaufen.

„Können wir machen, nur heute nicht!"

Das Haus war leer. Er ging zu Preissler über die gemeinsame Terrasse. Auch er war ausgeflogen.

Manne konnte nicht wissen, das Zsa und Preissler bei den Tagesmüttern waren und den süßen „Neuzugang" begutachteten.

Auf dem Rückweg deutete Preissler an, dass er noch einen Helfer oder eine Helferin einstellen möchte. Für Simone Werner ist Reitunterricht und Stallarbeit zuviel geworden. „Frag doch mal bitte die Ilena, ob sie nach der Saisonarbeit bei mir anfangen möchte!"

Dass es nochmal so ein herrlicher Tag, mit Temperaturen um 25° C geworden ist, war für Ende

September nicht ungewöhnlich: „Altweibersommer"
halt.

Preissler war kurz nach dem Krieg geboren worden.
Sein Schulweg führte noch durch die Ruinen der durch
den Bombenangriff völlig zerstörten Stadt. Im
baufälligen Schulhaus war die Prügelstrafe an der
Tagesordnung. Mit 14 Jahren trat er eine Lehre auf
dem Bau an. Er arbeitete sich hoch und übenahm 1970
die Baufirma, in der er gelernt hatte. Er führte sie durch
schwierige Zeiten. Nach der Grenzöffnung 1989
gründete er eine Filiale in Erfurt und machte in der Zeit
bis 2000 einen jährlichen Umsatz von mehreren
Millionen Mark. Im Jahr 2010 verkaufte er die gesamte
Firma. Er zog sich dann auf sein Grundstück zurück.
Kinder hatte er keine und er war nie verheiratet. Über
Affären konnte auch niemand etwas wissen. Es gab
keine. Selbst seine wenigen Freunde haben nie
erfahren, dass er einmal im Monat zu einem Grab nach
Eibelstadt fährt.

Um Manne kümmerte er sich, seit dessen Eltern nicht
mehr auf der Welt waren.

Auf seinem riesigen Grundstück, gesäumt von großen
alten Bäumen, waren die großen Rasenflächen längst
zu einer Wiese geworden. Er züchtete Sattelschweine,
hatte mittlerweile ein kleines Gestüt mit 3 Pferden und
einem Pony. Der Reitlehrerin gefiel es sehr gut bei

ihm. Mit Ilena würde er gerne eine zweite Mitarbeiterin einstellen. Sie war ihm symatisch und hatte noch den gewissen Stallgeruch an sich, den er schätzte.

Gottfried, der wieder etwas an Gewicht zugelegt hatte, fuhr mit seiner Familie zum Kaffeetrinken. Seine Familie sagte Markus zu ihm und auch auf dem Klingelschild stand Wolf. Er hatte eine Einladung von Preissler, wie auch Ilena, Manne und Zsa.

Ansgar, der auch eingeladen war, hielt sich in Thailand bei Thao seiner Geliebten auf. Preissler wollte seinen 72. Geburtstag feiern. Manne und Simone wussten das natürlich. Aber Gottfried nicht. „Mach dir nichts draus. Geschenke brauche ich keine mehr, möchte deine kleine Raschenka einmal mit dem Pony reiten?" Natürlich wollte sie.

Bei der Gelegenheit fragte Preissler Ilena, ob sie gerne bei ihm arbeiten würde. Die Saisonarbeit sei ja bald vorbei. Noch ein bisschen Weinlese. Ilenas Augenlieder fingen das Flackern an und ihre Augen funkelten. „Natürlich fange ich gerne bei Ihnen an!"

„Sag einfach Preissler zu mir, wie die anderen auch und das Sie kannst du dir auch schenken." Verlegen schaute Ilena auf den Boden und wackelte mit den verschlossenen Händen hin und her.

Es klingelte, Moyo Helfrich, der Auszubildende aus dem Autohaus brachte einen Strauß Blumen vorbei. Hela Walter und Waltraut Weltner, die beiden Tagesmütter kamen ebenfalls abwechselnd vorbei und gratulierten.

Mama Anissimow schmeckte die Geburtstagstorte.

Manne erzählte vom Rezept des Wiener Hofzuckerkonditormeisters Bernhard Schmidt.

Postzusteller Walter Mörterl wurde versetzt und brachte jetzt die Post in die Bergstraße und besonders viele heute in die Nummer 20b. Als die gesamte Entourage beisammen war, der Kaffee getrunken und die Torte verspeist war, hielt Wolle Preissler eine kleine Dankesrede. Danach stromerten die Gäste über das große Anwesen.

Nur Ilena war geblieben und räumte den Kaffeetisch ab. Preissler wusste mittlerweile auch, wem die Ringe gehörten und um Schwierigkeiten aus dem Wege zu gehen, sagte er zu Ilena, dass er ihr 40.000 Euro für die Ringe geben würde. Die fiel ihm um den Hals und der Deal war perfekt.

Am nächsten Morgen las er in der Zeitung, dass es von Ines Großmeier immer noch keine Spur gibt. Sie wäre ab und zu desorientiert gewesen und die Polizei geht jeder Spur nach.

Es war frisch am Morgen. Nachdem Manne den Laden eingeräumt hatte, las er in der Zeitung, dass der Bundesaußenminister im New Yorker Central Park mit einem Rennrad unterwegs gewesen ist. Politiker müsste man sein.

Eine Frau im mittleren Alter betritt den Container. Sie hat nur einen kurzen Rock und keine Strümpfe an, obenrum trug sie nur ein T-Shirt. „Nicht ein bisschen kalt heute Morgen?“ „Iwo, ich habe noch die Hitze von Italien. Schauen sie mal her“, sie zückte ihr Smartphone, „sie wissen gar nicht, wie schön sie es hier in Kitzingen haben!“ Manne wusste das schon, stellte sich aber staunend. „Ich hätte gerne zweimal To go in die Tassen hier. Dazu noch eine Quarktasche und eine Mohnschnecke!“

Eine ältere Frau mit komischem Blick möchte das Buttercroissant nicht zu den drei Brötchen gepackt haben. „Packen sie das Croissant bitte separat ein!“ Manne ließ sich zur Bemerkung hinreißen, dass dadurch der Müllberg auch nicht kleiner werde.

Ein extrem dicker Mann kam herein und gab eine üppige Bestellung auf. „Für mein Schätzle“, sagte er. Sie stand draußen vor der Tür mit einem kleinen Waldi an der Leine. Beim Hinausgehen sagte er ganz laut zu seinem Schätzle: „Trinken wir vorher oder nachher Kaffee?" und klopfte ihr dabei auf ihren Hintern. Manne fragte sich, wie die Frau unter so einem Gewicht einen Orgasmus bekommen kann.

Ein schottischer Kunde erzählt, dass er aus Lockerbie stamme. Der Ort erlangte durch den Bombenanschlag auf eine US-Amerikanische Boing 747-121 am 21.Dezember 1988 zu trauriger Berühmtheit. Libyens Machthaber Gaddafi soll den Auftrag erteilt haben, bei dem 270 Menschen sterben mussten. Der Schotte kauft alle Donuts und zwei Baguettes.

Danach kam German Sauer. Manne war so gut wie ausverkauft.

Sauer fing mit stockender Stimme das Erzählen an. Die Blondine hätte ihn mit ihren körperlichen Reizen verführt. Sie hätte ein Korsett angezogen, das ihren strammen Busen nicht bedeckte und unten herum sei auch alles zu sehen gewesen. Sie habe ihn gefragt, ob er einmal was ganz Außergewöhnliches erleben möchte. Also gut, habe er gesagt. Dann habe sie ihn mit Lederhandschellen und speziellen Stäben so fixiert, dass er breitbeinig vor ihr mehr hing als saß. Dann zog sie ihm seine Hose herunter und hat an seinem Penis gelutscht. Als der steif war, fixierte sie sein bestes Stück noch oben und klebte ihn mit Gaffaband an seinen Körper.

Dann ging sie hinter ihm in das Küchenabteil des Lu-xus-Liners. Es hatte die ganze Zeit schon irgendwie verbrannt gerochen. Sie kam mit einem vorne glühen-den Stab zurück und brannte ihm unter höllischen Schmerzen ein großes A auf seinen Hodensack. Er konnte nicht schreien, weil er mit einem roten Plastik-ball geknebelt war. Er wäre fast ohnmächtig geworden. Sie hätte überhaupt nichts gesagt. Mit Eis hatte sie dann seinen Hodensack gekühlt. Als sie ihn losge-macht hatte, zog er sich an und sprang aus dem Bus. „Die war total irre!" „Und jetzt hast du noch Schmer-zen?" „Fast nicht mehr! In meiner Hose fand ich eine Heilsalbe. Sie muss die wohl hineingesteckt haben. Ja, so war das." Manne kam es so vor, als ob German ein klein wenig stolz auf sein Branding war, als er nach der erregten Erzählung von Dannen zog. Sein Lieblings-sender brachte Evil Ways von Santana.

Kurzer Traum zurück in die Jugendzeit.

Auf der indonesischen Insel Sulawesi gab es einen ge-waltigen Tsunami mit Hunderten von Toten.

Die Regierung überlegt immer noch, wie sie Diesel-fahrverbote für ihre Bürger umgehen kann.

Auf der Heimfahrt besorgt er noch eine Salbe für Preiss-lers rechtes Knie.

Nach dem Umziehen setzt er sich in seinen Caddy und fährt zum Schwanberg hoch.

Im Friedwald wird Gustav beerdigt. Die Urne mit seiner Asche versinkt in einem Loch. Nach einer kurzen Zeremonie streut die Schwester der Glaubensgemeinschaft Herbstlaub über die Grabstelle.

Simone, Zsa und Ilena trafen sich zum Mädels- Abend in einer Burger Bar am Marktplatz. Für das Taxi legten sie zusammen. Simone erzählte von einer Bekanntschaft, die sie nach kurzer Zeit wieder beendete. Der Typ wäre ihr zu dünnlippig gewesen, es kam ihr so vor, als ob sie ihn beim Küssen verschlingen würde. Alle drei lachten, wenn auch Ilena nicht gleich alles verstand. Simone straffte die Schultern und rief die Bedienung. Zsa und Ilena nahmen den Clint Eastwood Burger mit 125 g Beef, Cheese, Bacon und BBQ. Simone bestellte einen Veggie Burger. Dazu Cola Light für alle drei. Als sich Zsa später in der Toilette frischmacht, stellt sie fest, dass die Narbe an ihrer linken Wange sehr gut verheilt war. Mit Grauen denkt sie zurück an das Geschehene im Juni.

Manne hörte nicht, als Zsa nach Hause kam. Um 6 Uhr klingelte sein Wecker.

Die Liebhaberin der leckeren Kornspitz- Stangen kaufte den gesamten Vorrat auf. „Wir können in unsere Gefriertruhe noch was reinpacken! Heute geht's zur

Oiden Wiesn nach München, dann ein paar Tage nach Bad Dürrheim zum Relaxen, bevor wir dann zur Cote d Azur aufbrechen, wo wir ein Weilchen bleiben werden."

„Ja, dann viel Spaß und gute Fahrt!" Grad neidisch könnte man werden, dachte sich Manne im Stillen.

Dann kommt ein Ehepaar aus Osnabrück in den Container und versorgte sich mit dem Wichtigsten: Kaffee, Zeitung und frische Brötchen. Der Mann, des fränkischen nicht mächtig, versteht nicht was dreiviertel neun für eine Uhrzeit ist.

Andere Stammkunden erkundigen sich danach, wie lange die Brötchensaison noch auf dem Platz andauert.

Es ist windig und auch ziemlich kühl geworden. Blätter tanzen im Wind.

Ein Ehepaar aus Brandenburg will nach Füssen zu den Königsschlössern.

Manne will heim zu Zsa.

Er nahm ihre Hand und streichelte jeden einzelnen Finger. Dann folgte ein tiefer Blick in die Augen.

Im Bad setzte sich Manne auf den Wannenrand und kraulte Zsas Rücken. Das Telefon klingelte. Manne stürmte die Treppe hinab. Es war Preissler, der nach der Heilsalbe für sein rechtes Knie verlangte. Als er vom Nachbarn wieder zurück ins Bad kam, hörte er nur noch ein Gluckern im Auslauf der Wanne. Preissler hielt ihn zu lange auf.

Zsas Kleid drehte sich mit ihr und Manne pfiff durch die Zähne. Wie hübsch sie nur war.

Draußen war es schon dunkel.

„Kannst du mir heute einmal erklären, wie der Caddy funktioniert?" „Gleich?" „Warum nicht?"

Als sie im Caddy saßen und Manne Zsa erklärte, was wichtig war, sahen sie plötzlich den Schatten eines Kopfes, der auf den beschlagenen Fenstern zum Vorschein kam. Manne riss die Türe auf und sah Moyo Helfrich. Er packte ihn und er fing zu heulen. Sein Hosenstall stand offen und er jammerte: „Ich dachte, ihr vögelt da drin!" „Mein Gott, verpiss dich!"

Auch am Morgen ist es jetzt, Anfang Oktober, noch stockdunkel, als Manne voll beladen über die Nordbrücke fährt. Ein Tag vor dem Tag der Deutschen Einheit sollte der Platz noch voll sein. Es war die bisher kälteste Nacht des Spätjahres, trotzdem kam Babett, eine treue Kundin aus Etwashausen auf dem Rad angefahren. „Moin!" Sie erzählt entschuldigend, dass sie die vergangene Woche in Südtirol war. „Wie wars?" Dann fing sie das Erzählen an. Manne merkte, dass sie nur auf dieses Stichwort gewartet hatte. Die Wiesen seien noch so schön grün gewesen und der Mais stand 2 Meter hoch. „Die bewässern viel, überall sieht man die Klopfer!" Die Drei Zinnen würden bröckeln und die Schützenstellungen des ersten Weltkriegs verfallen auch immer mehr. Ihr Opa war ja auch im ersten Weltkrieg gewesen und hat in der Schlacht an der Somme den linken Arm verloren. Babett kam vom einen zum anderen, sie hörte gar nicht mehr auf. Ihr Vater sei ein 28iger gewesen und musste nicht mehr in den Krieg ziehen. Aber mit dem Pferdefuhrwerk sei er jeden Donnerstag von Mainstockheim zum Säulesmarkt nach Kitzingen gefahren, wo er Milch verkauft hat. Er brachte ihr dann immer einen Kipf und eine Blockschokolade mit. Wenn nicht ein neuer Kunde gekommen wäre, würde sie wahrscheinlich jetzt noch beim Erzählen vom Phantomschmerz ihres Opas und den Gärtnern in Etwashausen. Manne hörte ihr gern zu, er mochte die alten Geschichten.

In der Zeitung mit dem roten Viereck auf dem Titel, stand, dass die Ermittler im Fall Ines Großmeier jetzt den Verdacht hätten, dass sie einem Verbrechen zum Opfer gefallen sei. Es hätte mehrere Gründe gegeben, in der Gegend zwischen Mainsondheim und Albertshofen zu suchen. Mithilfe von Bodenradar hätten Geophysiker eine Bodenanomalie in der Nähe des Golfplatzes festgestellt. Zusätzlich habe Ultraschall die

Vermutung bestätigt, dass sich im Boden ein Störkörper befinden müsse. Vorher hat ein speziell trainierter Archäologiehund an der Stelle angeschlagen. Gefunden wurde aber nur ein großer Betonblock, der, so schätzen die Ermittler, von der alten Eisenbahnbrücke über den Main stammt. Sie wurde im April 1945 von den Nazis zerstört. Gottfried tagträumte vom gestrigen Abend mit seiner Zsa, als ein Wohnmobil vorbeifuhr, angestrichen im Kölner Putengrün.

Gottfried kam zum Kaffeetrinken vorbei. „Na, wie läuft es mit deiner Weiberwirtschaft?" „Gut, besser als gedacht, habe gerade die Kleine in die Schule gefahren!" „Das ist doch schön. Gerade in der Zeitung gelesen, dass die Bullerei ziemlichen Aufwand betreibt, um eine Leiche zu finden." „Ja habe ich auch gelesen!"

Am Tag der Deutschen Einheit war das Wetter nicht sonderlich gut. Manne sehnt das Ende der Saisonarbeit herbei. Es ist noch völlig dunkel an dem Morgen. Beim Ausladen bemerkt Manne, dass jemand um den Container schleicht. Beim Hineingehen springt der Bewegungsmelder an. Die hintere Schiebetüre steht einen Spalt offen. Hinter dem Tresen liegt ein Mann. Er atmet, ist aber ohne Bewusstsein. Die am Feiertag unterbesetzte Polizei kann erst in einer Stunde vorbeikommen, sagt aber, dass sie dem Rettungsdienst Bescheid gibt. Manne zieht den Mann in die andere Ecke des Containers und setzt ihn auf. An der Schläfe blutet er.

Manne räumt nun seinen Laden ein und bedient die ersten Kunden, die allerdings etwas verstört auf den in der hinteren Ecke sitzenden ohnmächtigen Mann reagieren.

Der Wetterbericht um 8 Uhr spricht von einer Kaltluftfront aus Schottland. Die Polizei kommt kurz nach halb Neun. „Sie müssen hierbleiben, wir brauchen ihre Aussage!" „Da gibt es nicht viel zu sagen. Ich kam kurz nach 7 Uhr und sah beim Öffnen der Türe einen Schatten!" „Einen Schatten?" „Ja einen Schatten. Es war ja noch stockdunkel. Wars das?" Manne steigt ein und fährt heim. Das Geschäft war sehr schlecht.

Das Wetter scheint laut Vorhersage in den kommenden Tagen schön zu werden, Indian Summer in Mainfranken.

Zsa liegt ihm in den Ohren. Sie will sich einen ordentlichen Job suchen. Sie lächelte und klopfte dabei neben sich aufs Bett. „Komm doch wieder unter die Decke!"

Am nächsten Morgen springt sein neuer Caddy nicht an. Er hatte vergessen, das Licht auszumachen. Er marschierte in den Innopark und holte sich dort den Jumpy.

Die Scheiben waren beschlagen und die Ladefläche voller Leergut. Chefin und Chef hatten am gestrigen Tag der Deutschen Einheit beim Herbstmarkt im Weinreich Sommerach einen Verkaufsstand gehabt. Trotz der misslichen Umstände konnte er noch pünktlich öffnen. Eigentlich hätte Manne sich nicht so einen Stress machen müssen. Die Camper kamen nicht in die Puschen und er hatte viel Ware übrig.

Am meisten regte ihn an diesen Morgen aber eine ältere Frau auf: „Rentner haben Zeit!" Sie sang das so komisch. Neidisch wurde er auf den großen Glamping-Liner, der so lang wie ein normaler Reisebus war. Dann kam Gottfried. „Kaffee bitte, bist du mit dem Jumpy da? Mit dem bin ich früher schon gefahren." sinnierte er. Das große Thema heute bei der Vierbuchstabenseite: Der Tod des ehemaligen Profiboxweltmeisters Graziano Rocchigiani.

Zu Hause kam dann Ansgar vorbei und überbrückte den Caddy und fuhr dann auch gleich eine größere Runde.

Gabriele Spazierer-Laue erscheint mit ihren Sohn Leander zur Reitstunde. Preissler stakste auf die gemeinsame Terrasse und fing das Ratschen an. Er wollte wissen, wie lange Manne noch Brötchen auf dem Womoplatz verkauft.

Ansgar kam mit dem Caddy zurück. „Läuft wieder!" „Naja, so bis zur Ebshäuser Kerm auf jeden Fall!" „Wie, Ebshäuser Kerm?" „Ich habe Preissler gemeint!" „Achso!" Gottfried und seine drei Frauen kamen auf das Gelände. „Die Kleine möchte gerne einmal reiten" rief Gottfried zur versammelten Mannschaft. „Wer will ein Bier?" Stolz ließ Preissler seine Erdkühlung hochfahren und entnahm vier Flaschen Bier. „Lasst uns anstoßen, so jung kommen wir nicht mehr zusammen." Plötzlich stand Friedrich Laue auf dem Hof. „Für mich auch!" „Was?" „Ein Bier!" Freddy lachte. „Täusche ich mich oder bist du nicht Gottfried Meister?" Alle schauten sich an. Gottfried hüstelte und fragte, wen er jetzt meinte. „Na dich!. „Mein Name ist Markus Wolf!" „Sie haben aber eine gewisse Ähnlichkeit, aber Meister ist ja viel fetter wie sie und trägt einen verfilzten Bart!" „Danke", dachte Gottfried „du mich auch". Fröhliche Erleichterung in der Runde. „Gabriele", schallte es über den Hof, „seid ihr soweit?" „Wir koommen!"

„Bleibt ihr zum Abendessen, dann bestelle ich neun Pizza?!" Zsa und Karinna deckten den Tisch. Der Pizzabote trug einen Silber glitzernden Motorradhelm, abgesetzt mit einem blauen Band auf die roten Sterne zu sehen waren. Easy Rider lässt grüßen. Mama Anissimow hatte noch nie Pizza gegessen. „Morgen muss ich wieder Bier auffüllen." stellte Preissler fest. Es wurde ein lustiger Abend und alle kamen sich ein bisschen näher. „Ich würde gerne wieder irgendetwas arbeiten, aber nicht mehr als Erotikmodel. Es war immer ein schönes Gefühl, wenn die Männer mich begehrenswert anschauten. Aber jetzt ist es gut." Karinna wurde hellhörig. „Ich wäre sofort dabei, vielleicht können wir ja was zusammen machen?" Prcisslcr warf ein, dass beide Frauen verschiedene Sprachen sprechen und sich vielleicht daraus was ergeben könnte. Preissler wird Recht behalten und seine Idee wird den Clan noch enger zusammenführen. Aber Manne und Zsa auseinanderbringen. In zwei Jahren wird man einmal lesen können, dass zwei Gründerinnen das Start-up „East meets West" gründeten. Die Videotelefonie-Plattform, die sie gründeten, funktioniert großartig. Die Industrie hat angebissen und wird „East meets West" für kostensparende Videokonferenzen buchen. Es werden einmal Frauen aus zehn Nationen für das Start-up arbeiten. 2020 werden Zsa und Karinna einen wertvollen Gründerpreis der deutschen Industrie entgegennehmen können. Bis dahin ist es aber noch ein harter Weg.

Große Gefühle im Camper am Main. Nachdem Dieter und Hannelore ihre Partner verloren haben, waren sie lange alleine unterwegs. Jetzt sind sie wieder bereit für die große Liebe, erzählt Dieter beim morgendlichen Brötchenkauf.

Mitte Oktober kommen fast ausschließlich nur noch ältere Leute auf den Womoplatz. Vielleicht zwei Wochen noch, denkt Manne. In der Backstube streichen sie schon Lebkuchen auf. Eine Frau zeigt ihren Bolonka Zwetna, eine russische Hundezüchtung und kurz darauf kommt ein Mann mit einem Elo. Beide Hunderassen sind süße Tiere und passen sich schnell und problemlos dem Lebensstil des Menschen an.

Dann kam Mister Superchauvi. German Sauer hat ihm den Namen gegeben. Im korallenrotfarbenen Muskelshirt bestellte er drei Dinkelbrötchen und prahlte zu Manne, dass Dinkel ja Superfood sei und es Tinte auf den Füller gibt. „Wers braucht!" gab er dann dem roten Ungetüm mit.

Am Abend auf dem Sofa schmuste Zsa mit Manne eine Runde. Im Fernsehen lief Aktenzeichen XY. Zwei Menschen aus Unterfranken wurden vermisst. Leo Müller aus Marktbreit und Ines Großmeister aus Kitzingen.

Auch Freddy vom Innopark sah die Sendung und er bekam plötzlich ein ganz flaues Gefühl im Magen.

Auf Mallorca wütete, in der Gegend um Arta, ein schweres Unwetter, das 10 Menschen das Leben kostete. Preissler machte sich Gedanken, weil der junge Moyo Helfrich in der Gegend Urlaub machen wollte.

Am Sonntag ist Ebshäuser Kerm und Landtagswahl. Nicht nur Manne ist gespannt, wie sie ausgehen wird.

Das warme Wetter will sich nicht geschlagen geben und von einer frühwinterlichen Wetterlage, wie vor zwei Jahren ist keine Rede. Hoch Ulf sorgt für viel Sonnenschein. Die Höchstwerte erreichen bis 28 Grad, im Schatten, wohlgemerkt. Für Oktober sind das Rekordwerte. „Bringst du mir ein Schälchen Syphilis mit?" „Was soll ich mitbringen? Syphilis? Ich glaube, du meinst Physalis, du meinst doch die orangenen kleinen runden Früchte?" „Ja!" sagte Zsa im zurückhaltenden Ton.

Heute verirrte sich wieder einmal ein Wohnwagen auf den Platz. Eigentlich ist es verboten. Es gibt ein Agreement zwischen Campingplatz und Wohnmobilstellplatz, das Wohnwägen auf den Campingplatz einchecken. Der Typ, der den Wohnwagen am Hacken hatte, stellte sich auf das Podest der Restrooms und plärrte mit einem Megaphon, das gleich eine Vorführung stattfindet. „Rangiersysteme erleichtern das Camperleben enorm. Vor allem nach einer längeren, anstrengenden Fahrt zum Urlaubsziel ist es oft kräftezehrend, den

Wohnwagen in der Wunschparzelle des Campingplatzes punktgenau zu bringen. Deswegen erfreuen sich Mover einer großen Nachfrage. Bei mir heute im Angebot für bla, bla, bla." Nach seinem Vortrag sagte ein Camper zu ihm, dass er wohl den falschen Platz ausgesucht hatte. Der Campingplatz ist weiter vorne. Verdutzt schaute der Movermann in die Runde. Als er nur Wohnmobile sah, bekam er eine rote Birne und düste mit seinem Gespann davon.

Das Wetter ist einfach Bombe. Eigentlich wollte er am Sonntag den Laden schließen, so wie er es jedes Jahr gemacht hatte. Aber in Anbetracht des schönen Wetters: am Samstag sollen es nochmal 30 Grad werden und das Mitte Oktober, überlegt er sich, ob er nicht noch eine oder zwei Wochen anhängen soll. „Ihre Handgemachten werden mir fehlen!" sagte eine aufgebrezelte Hausfrau aus Thüringen, wo die Herbstferien zu Ende gehen.

Knapp 30°C am 13. Oktober, das sind schon Rekordwerte. Der Platz ist bis auf den letzten Platz besetzt. Einige Wohnmobile stehen sogar auf dem öffentlichen Parkplatz, wenige hundert Meter vom Platz entfernt. In einem Supermarkt kauft Manne noch zwei Schalen Physalis.

Am nächsten Morgen fragte sich Manne, warum ihn die holländischen Kunden alle so anlachten oder war es: auslachten?

Am Abend gibt es dann auch die Zahlen zur Landtagswahl: CSU verliert, SPD verliert noch mehr. Grüne jetzt zweitstärkste Partei. Freie Wähler mit Zugewinnen und die AfD kommt in den Landtag. Manne hatte „Die Partei" gewählt.

Die letzte Woche auf dem Womoplatz startet, wie in den letzten Tagen auch, bei noch völliger Dunkelheit. Auf der Hinfahrt hörte Manne im Radio, dass die Grünen sechs Direktmandate errungen hätten. Patrick Friedl ist wohl ein sehr bekannter Grüner in Mainfranken. Na, wenn Bekanntheit reicht! In der dünnen Zeitung mit den vier Buchstaben steht: Wir fragen, wer sind eigentlich die Freien Wähler?

Ein älterer Herr aus Miltenberg war begeistert vom gestrigen Festzug bei der Ebshäuser Kerm, weniger mit dem Wahlausgang der bayerischen Landtagswahl. Er ließ sich freudig erklären, was es mit den zahlreichen Weinprinzessinnen im Festzug auf sich hat. Die Mainfranken seien schon ein lustiges Völkchen, was wohl am Wein liegt!

Ein Schiffsrumpf schneidet den ruhigen Main in zwei Hälften und Manne muss daran denken, was vor kurzem ein Camper zu ihm gesagt hatte: „Öl und Benzin ist nur so teuer geworden, weil die Tankschiffe ab Rotterdam nur noch die Hälfte laden können, weil die Flüsse zu wenig Wasser führen."

Zsa war mit dem Capri unterwegs und schaute sich mit Karinna verschiedene Wohnungen an. Alle viel zu teuer, wird sie Preissler und Manne vorjammern, wenn sie wiederkommt. Im Radio läuft Sekundenglück von Herbert Grönemeier.

Preissler begrüßte die neuen Reitschüler. Er baute in seinen Begrüßungen stets die Vokabel „spielerisch" ein, so auch heute. Spielerisch reiten lernen: das sei das Ziel.

Es wird Zeit, dass endlich Schluss ist. Bis um 8 Uhr ist es dunkel und der Verkauf läuft sehr schleppend. Ein älterer, nuschelnder Mann verlangt vier Gerollte und meint aber Plunderschnecken. Die Nivea Dose stört die Frau beim Kramen nach der Geldbörse. Manne hatte heute zwei Fleecejacken angezogen.

Dann stürmt die Frau, die immer zwei Kaiser, zwei Mehrkorn und einen Käse-Croissant mitnimmt, über die Schwelle. "Haben sie den Zeitungsausschnitt gesehen?", „Welchen Zeitungsauschnitt?" „Na, den, mit den Bolonka-Zwetna Welpen, aus ihrer Zeitung!" „Ach, den meinen sie!" und Manne zog ein Stück Zeitungspapier aus dem Papiermüll. „Schauen sie, hier

steht es: „Tiermarkt. Bolonka-Zwetna Welpen zu verkaufen. Geimpft und entwurmt, mit Chip- Pass, gerne
auch für Senioren. Ab 500 Euro." „Sehr aufmerksam
von Ihnen. Vielen Dank." „Bitte!" Enttäuscht, dass
Manne nicht mit einen Jubelschrei reagiert hat, zog die
Frau von Dannen.

Eine Dickliche, mit einem Gesicht, indem sich Jahrzehnte langer übermäßiger Alkoholkonsum widerspie-
gelte, kaufte zwei Brötchen und musterte dabei die
ausgestellten Bocksbeutel sehr genau. Nach dem Verlassen des Containers, machte sie noch einmal kehrt
und kaufte zwei Silvaner Kabinett.

Manne braucht Nachschub. Hätte er jetzt nicht gedacht, dass er nochmal zur Winzergenossenschaft fahren muss, um Bocksbeutel zu holen.

Die Lindenallee ist dabei, ihre goldgelben Blätter zu
verlieren. Der Wind lässt sie im Morgengrauen tanzen.

Beim gewaltigen Aufschieben der Seitentüre des Containers auf der rechten Seite erwischt es einen Mann,
der gerade mit seinen Fiffi unterwegs ist. Benommen
kommt er herein und beschwert sich lautstark. Manne
bietet ihm zur Wiedergutmachung einen Kaffee an,
den er aber verärgert ablehnt. Das fängt ja gut an, denkt
sich Manne. Ein Rentner im verwaschenen Posttrai-
ningsanzug in schwarz/gelb fragt nach dem Wlan-Zu-

gang. Manne erklärt leidenschaftslos: wieso und warum er es ihm nicht sagen kann und denkt sich dabei, was der ältere silberbärtige Mann ausspricht „Scheißlösung!" Die Bolonka Tante fährt heute mit ihrem Mann weiter nach Bad Kissingen und Manne schlägt innerlich drei Kreuze. Eine andere Frau braucht Filtertüten und Manne schickt sie zu einem Discounter im Schwalbenhof.

Preissler meinte zwar, dass das Stuhlkreisgequatsche nichts bringt. Doch Zsa war froh, dass sie heute zusammen mit Karinna weitere Pläne für ihr Startup diskutierten. Das Taxi, dass sie heimgebracht hatte, fuhr bereits wieder davon. Zsa beobachtete, wie seine Heckleuchten im Nebel verschwanden. Im nächsten Augenblick verschwanden sie dann komplett. Es war ruhig und still, sie hörte nur noch das Plätschern des Baches. Nach wenigen Sekunden tauchten wieder zwei Scheinwerferlichter aus dem Nebel auf. Es war Manne, der von der Genossenschaft kam, wo er Silvaner und Bacchus gekauft hatte. Wenig später blinzelte Zsa ins romantisch gedimmte Licht der verstaubten Schlafzimmerlampe. Erschrocken zog sie die Bettdecke bis ans Kinn. Der Blumentopf mit den gelben Chrysanthemen schepperte auf den Boden und Kinski, die Nachbarskatze sprang erschrocken durch das halb geöffnete Fenster hinaus in den dunklen Abend. Zsa schälte sich aus dem Bett, holte in der benachbarten kleinen Abstellkammer Schaufel und Handbesen und bückte sich, um Scherben, Erde und Blumen aufzufegen. Manne kam ins Zimmer und ergötzte sich an den Anblick des nackten Hinterns. „Bleib so!" Preissler hörte dann nur noch lautes Stöhnen aus dem Nachbarhaus. Manne hatte die nächste Stellung in einem Bericht über Befruchtungsyoga in einer Frauenzeitung gesehen, die im Container des Womoplatzes liegen geblieben war. Auf der Graphik sah man, wie eine Frau ihre Beine fast senkrecht nach oben hielt, während der Mann in Sie eindrang.

Beim Kaffeetrinken am Morgen fragte Preissler Zsa ungeniert: „Aber Sex hattet ihr gestern Abend schon, wie sich das angehört hatte!" „Ja und ich habe viele neue Dinge gelernt!" Sie wirkte dabei frisch, entspannt und hatte gute Laune. Im Radio läuft ein Bericht über Kanada, wo jetzt Marihuana zum Freizeitgebrauch legalisiert wurde. „Endlich", sagte Preissler, „das ist ja wie der Fall der Mauer".

Manne hatte sehr schlecht geschlafen, seine bei einem Unfall zertrümmerte Schulter schmerzte wieder einmal sehr. Vielleicht war es auch nur ein Phantomschmerz. Oft träumte er davon, wie sich das Auto überschlug und seine beiden Eltern danach blutend in den Sicherheitsgurten hingen.

Es war eine junge, blonde Frau, vielleicht Mitte zwanzig, die auf dem Treppenaufgang der Restrooms saß. „Haben sie Kaffee dabei?", rief sie die fünf Meter herüber zu Manne. Sie war nicht besonders redselig und nachdem sie den Becher mit Kaffee in den Händen hielt zog sie schweigend ab. Im Radio lief „Er gehört zu mir wie der Name an der Tür!" von Marianne Rosenberg. Den Song sollten sie mal in Wien anhören, wo eine Hausverwaltung bei 220 Wohnungen die Klingelschilder wegen der DSVGO abschrauben ließ. Was für Auswüchse. Bei solchen sinnlosen Verordnungen der EU kann er sogar den britischen Brexit verstehen. Ein Mann kam mit einer alten Kreidler Florett, Zweitakt-Duft lag in der Luft. Zum Bezahlen zog er eine alte Geldtasche mit dem typischen Klippverschluss aus der Seitentasche seiner an den Hosenbeinen gekürzten Camouflagehose.

Gabriele hatte den Kaffeetisch mit dem schweren Silberbesteck gedeckt. Freddy erwartete wichtige Gäste, sagte er jedenfalls.

Die kleine Margoo konnte Gabi nicht zur Tagesmutter bringen. Die feierte mit ihrem Mann den 40-jährigen Hochzeitstag. Rubinhochzeit. Es klingelte. „Machst du bitte einmal auf?" rief Freddy aus dem Bad. Es waren zwei Männer, die mit südländischem Accent die Begrüßung vornahmen. Freddy kam und sie gingen zusammen ins Esszimmer. Gabriele schenkte noch den Kaffee ein und verschwand dann zu ihren Kindern. Der kleine Leander erzählte ganz schüchtern, dass er sich wieder auf Montag freue, wenn die kleine Raschenka wieder zum Reiten kommt. Margoo hat sich beim Fruchtzwergessen vollgekleckert. Gabriele ging hinunter, um eine Box Papierhandtücher in der Küche zu holen, um die Kleine abzuputzen. Sie hörte dann ungewollt Sprachfetzen des Gesprächs von Freddy mit seinen beiden Gästen mit. „Du musst die Kleine von ihm entführen, dann kannst du ihn erpressen. Wir denken, dass er noch 3 Millionen Euro besitzt. Eine ist dann für dich, du kannst die beiden dann auch erledigen, wenn du die Kohle hast. Das ist uns egal, wie du es machst!" „Gut. Seid ihr euch sicher, das Markus Wolf Gottfried Meister ist?!" „Hundert pro, wir haben es aus einer sicheren Quelle." „Ich habe ihn kürzlich bei gemeinsamen Freunden getroffen. Aber nicht mehr wiedererkannt. Er hat sein Äußeres stark verändert." Margoo fing das Schreien an, Gabriele stürzte die Treppe hoch. Sie hörte die Zimmertüre. Plötzlich stand Freddy im Zimmer. „Alles okay?". „Und bei dir, wer waren die Leute?", „Geschäftsleute. Sie haben mir einen super Deal angeboten!" Freddy zog sich eine Lederjacke an und wandte sich zum Weggehen. „Ich muss dann mal los, ich komme heute später. Revision in den Häusern, du verstehst."

Gabriele war fassungslos. „Wie konnte Freddy das seinem zweimaligen Lebensretter nur antun?" Es klingelte. Oleg Kaminski stand vor der Tür. Gabriele bittet ihn herein. „Ist Freddy nicht mehr da, ich sollte zur Revision mitkommen. Ist alles okay mit dir?" Gabriele war ganz weiß geworden und sackte zusammen. „Was ist mit dir?", „Du musst Gottfried warnen, Freddy will die kleine Stieftochter von ihm entführen und dann will er ihn erpressen. Es geht um viel Geld. Aber ich finde es scheiße, dass Freddy sowas macht, schließlich hat ihm Gottfried zweimal das Leben gerettet. Du musst dich entscheiden, willst du am Kreuz hängen, oder willst du die Nägel einschlagen?!" Oleg schaute sie groß an. „Du bist seine Frau, wieso meinst du, dass ich Gottfried warnen werde?" „Weil du ein anständiger Typ bist!" „Ich habe mich eh die ganze Zeit gefragt, wieso du Freddy geheiratet hast? Du kennst sicherlich nicht seine miesen Geschäfte, die er mit seinen Bordellen macht, wie erbärmlich er die Frauen dort behandelt und wie abhängig alle von ihm sind? Er denkt nur an seinen Vorteil und geht über Leichen. Dich braucht er doch nur für ein angenehmes Gefühl und für einen guten Schein nach außen! Tut mir leid, dass ich das so sagen muss, aber es ist so! Ich werde Gottfried warnen, weil ich davon überzeugt bin, dass er das nicht verdient hat, was Freddy machen will. Ich war damals so froh, dass er mir bei eurer Befreiung in Kleinrinderfeld geholfen hat. Er hat nicht lange rumgeeiert. Er ist gleich mitgegangen." „Danke Oleg. Wie läuft es eigentlich bei dir in Enheim?" „Es würde besser laufen, wenn Freddy mir nicht permanent reinpfuschen würde!" „Willst du noch was trinken? Kaffee, Tee oder ein Wasser?" Der kleine Leander kam herein: „Schau mal, was ich von Lundi bekommen habe!". Es war ein Lego Stunt Truck, genau das richtige für einen kleinen 11-jährigen Jungen.

Ein Mann mit mittelfränkischem Dialekt fragte Manne, ob der Club sein Heimspiel gegen Hoffenheim wirklich verloren hatte.

Petri Heil, der Angler aus Würzburg kaufte wie jeden Sonntag das Körnersortiment, bestehend aus einem Mehrkorn, einem Kornspitz, einem Kürbiskernbrötchen und eine Dinkelseele. Manne war sich nicht sicher, ob der Mann die Brötchen selber isst oder zum Anfüttern der Fische verwendet.

Eine kleine, blonde Zaubermaus kommt mit ihrer Omi zum Einkaufen. Über das Bamberger Hörnchen, das Manne ihr schenkt, freut sie sich sichtlich und ihre Omi auch.

Als er die Retouren zurückbringt, sitzt ein älterer, türkischer Mitbürger im Pavillon. Er trinkt Kaffee und isst einen Eierring. Es ist sein vorletzter Tag auf dem Womoplatz gewesen. Morgen ist die Saisonarbeit vorbei.

Es klingelte und die kleine Raschenka machte die Tür auf, ihre Mutti und ihre Omi kamen ebenfalls zur Tür. Freddy fragte, ob Markus zu Hause ist. „Warten sie einen Augenblick, ich gehe mal schauen, ob ich ihn finde." Mama Anissimow und Raschenka gingen die Treppe in den ersten Stock hoch, nicht ohne sich von Freddy höflich zu verabschieden. Freddy zog sein Smartphone und nahm vom Schlüsselbrett einen Schlüssel mit dem beschrifteten Anhänger „Ersatzschlüssel". Er fotografierte beide Seiten, indem er den Schlüssel zwischen Zeigefinger und Daumen klemmte. Auch längs von vorne machte er ein Bild.

Karinna kam um die Ecke und sah den wackelnden Schlüssel am Brett. „Markus ist gerade in der Badewanne, wollen sie warten oder ein andermal vorbeikommen?"

Karinna erzählte Meister, was sie gesehen hatte. „Und der Schlüssel hat noch gewackelt, sagst du?" „Ja."

„Du weißt, dass ich das nicht mehr mache!" stöhnte Preissler. „Nur das eine Mal, es soll dein Schaden nicht sein!" „Wieviel?" „150 Scheine!" „Ich überlegs mir!"

Preissler schaute nach seiner Truvelos, einem Spezial-Scharfschützengewehr aus Süd-Afrika. Es ist schallgedämpft und verschießt Unterschall-Spezialmunition Kaliber 9x39mm. Es hat eine Reichweite bis 2000 m und zeichnet sich durch seinen integrierten Schalldämpfer mit fast völliger Lautlosigkeit aus. Eine Sniper Waffe für Sportschützen. Er hat sie schon lange nicht mehr benutzt und eigentlich wollte er sie auch gar nicht mehr benutzen. Aber das Angebot war zu verlockend.

Meister kannte den Typen, den man auf ihn angesetzt hatte, nur zu gut und er konnte es nicht glauben, dass es so sein soll. Oleg Kaminski, ein gemeinsamer Bekannter aus früheren Zeiten hat es ihm gesteckt. Oleg war auch sehr geschockt.

Es ist die blanke Geldgier, die Freddy jetzt antreibt.

Gottfried überlegte, wie sie Freddy in die Falle locken könnten. Eigentlich konnte er gar nicht wissen, dass Gottfried so viel Kohle besitzt. Es ist wahrscheinlich sein unwiderstehlicher Instinkt, der ihn das förmlich riechen lässt und Infos der sardischen Mafia aus Orgosolosos.

Die Schlagzeilen in den Wochenendausgaben der Zeitungen berichten über Cum Cum und die Bayern Bosse.

Nach einer Stunde schaltete der 3D-Drucker ab. Freddy grinste und löste mit einer Spachtel den Schlüssel von der Druckerplatte. Er feilte noch ein wenig an den Plastiknasen nach und betrachtete voller Stolz sein Werk.

Als die Sonne erwachte, legte sich Preissler auf die Lauer, auf feuchtem Laub und toter Rinde. Mit einem Kuhfuß hatte er sich Eingang verschafft. Er baute seine Vguard Porta-Aim Waffenstütze auf und legte das Truvelos darauf. Er justierte das Zielfernrohr und wartete. Er wusste, dass Freddy jeden Morgen zum kleinen Bäckerimbiss am Eingang des Innoparks ging und sich einen Becher Kaffee holt. Er genießt ihn immer im Stehen und raucht eine Zigarette dabei. Nur heute scheint er einen anderen Tagesablauf in Planung zu haben. Nach einer Stunde zieht er unverrichteter Dinge wieder ab. Preissler war ärgerlich. Er hätte gerne andere Dinge gemacht mit seiner Zeit.

Gottfried genoss auch den Morgen, es war der erste kalte Tag des Spätjahrs. Vom Balkon hatte er einen schönen Blick auf die bunten Blätter des Waldes in Richtung Albertshofen. Plötzlich sah er, wie jemand geduckt an der Kneippanlage durch das Gebüsch huschte. Er erschrak und rannte ins Haus. Nachdem er alle zusammengetrommelt hatte, erklärte er, um was es ging. Angst und Unruhe breitete sich bei den drei weiblichen Mitbewohnern aus.

„Ja hallo, was gibt es?" „Er ist da, er lungert vor unserem Haus herum!" „Hat er dich gesehen?" „Ich glaube nicht!" „Ich bin in zehn Minuten da, ich fahre über den Drosselweg, beobachte du weiter!"

Es klingelte. Gottfried schaut durch den Spion. Erleichtert macht er die Türe auf. Es war Albrecht von der Kinderkrebshilfe. Er holt die von Gottfried versprochenen 5.000 Euro Spende ab. „Dann vielen Dank, soll ich irgendwo unterschreiben?" „Passt scho." Der Sportpalastwalzer auf Gottfrieds Handy klingelt. „Wollte nur sagen, dass mir gerade eben Freddy auf der Nordtangente entgegengekommen ist. Ich drehe dann auch wieder bei!" Albrecht bedankt sich für die Spende an seine Stiftung und verabschiedet sich.

Es ist ein kalter Tag, der letzte für Manne auf dem Wohnmobilstellplatz. Aus dem Nebel tauchen zwei Männer auf, sie ziehen mit ihren fahrbaren Fäkalienkassetten zur Entsorgungsstation. Meistens kommen sie dann danach zum Einkaufen. Nur heute nicht. Manne nimmt alle Plakate ab: Coffee to go, Preisliste für Brötchen und Bocksbeutel und auch die Umweltbonusliste, als letztes dann das Plakat mit den Öffnungszeiten. Wehmütig schmeißt er alles in den Abfallcontainer.

Beim Ausladen der Retoure, der Kasse und den restlichen Verpackungstüten kommt der Metzger aus der Nachbarschaft vorbei und mault ihn an, wie man so blöd parken kann. Er musste seinen Laden angeblich wegen Hygienemängel schließen und macht jetzt auf Sheriff in der Straße. Simone Werner kommt vorbei. Sie war beim Zahnarzt und fragt, ob er sie mitnehmen kann.

Manne will bei der Musterfeststellungsklage gegen VW dabei sein. Dazu braucht er seinen Fahrzeugbrief. Er findet ihn nicht, obwohl er das ganze Haus und insbesondere sein Büro auf den Kopf gestellt hat. Er stellt Recherchen an, wo er sein könnte. Das Autohaus, wo er seinen Caddy geleast hatte, schreibt ihm, dass sie den Brief geschickt hätten. Beim näheren Durchlesen bemerkt er, dass sie ihn an eine falsche Adresse geschickt hatten. Es ging dann hin und her, mit dem Ergebnis, dass, das Autohaus im Kitzinger Stadtteil Hohenfeld dabei bleibt, dass sie den Brief vor 3 Jahren an seine richtige Adresse geschickt hätten. Einen Nachweis, dass Manne ihn erhalten hat, konnten sie allerdings nicht vorlegen. Um an der zum 1.November durch die vzbv eingereichte Dieselgate-Sammelklage gegen die Volkswagen AG, teilzunehmen, braucht er aber den Brief.

Er zieht bei der Zulassungsstelle eine Nummer. Dort trifft er zuerst einen unruhigen Ukrainer, der einen Mercedes 250 ins 2000 km entfernte Kashyrivka überführen will. Ein junger Rumäne will einen großen Audi SUV nach Văluța in Rumänien fahren. Er hat 600 km weniger vor sich. Dann leuchtet auch schon seine Nummer auf. Manne wird seinen Brief in vierzehn Tagen bekommen. Bezahlt hatte er am Kassenautomat.

Preissler unterdessen lag wieder auf seinen Beobachtungsposten und wartete auf Freddy. Er wollte nicht mehr aus dieser Position feuern. Es war einfach zu gefährlich, dass er dabei entdeckt wurde. Er wartete darauf, was Freddy als Nächstes macht. Nach gut zwei Stunden sah er ihn dann in Sportklamotten Richtung Klinge davonjoggen. Er folgte ihm im Auto unauffällig und fuhr auf einen überhöhten Platz hinter einer großen Eiche. Beim Hinauffahren knirschten die heruntergefallenen Eicheln unter seinen Reifen. Dann zog er seinen Feldstecher heraus und suchte das gut einsehbare Gelände nach Freddy ab. Er konnte ihn nicht finden. Auf dem nahen Golfplatz sah er ein paar bunt gekleidete Menschen. Plötzlich hörte er auf den unterhalb der Eiche verlaufenen Betonweg ein hartes Aufklatschen von Schuhsohlen. Freddy tauchte hinter den Schlehen- und Hagebuttenhecken auf und war jetzt nur noch ein paar Meter von ihm entfernt. Preissler stockte der Herzschlag. Doch Freddy beachtete sein Auto gar nicht und lief einfach vorbei. Preissler fuhr zurück in den Innopark und trank im kleinen Laden am Eingang einen Kaffee und überlegte, was er tun sollte. Er kam zu dem Entschluss, dass ihm nichts anderes übrig blieb, als Freddy zu beschatten.

Manne machte es sich zum selben Zeitpunkt gemütlich auf seiner Couch und las in einem älteren Asterixheft. Zsa hat fast nur noch ihre neue Firma im Kopf und ist schon wieder bei Karinna, um sich mit ihr über das Design und die Funktion ihrer Serviceseite im Internet zu beratschlagen. In einer Woche wollen sie loslegen mit ihrem Start-up. Im Briefkasten liegt ein Brief vom Versorger. Der Strom wird teurer.

Es regnet den ganzen Tag. Freddy fährt seine Häuser ab. Würzburg, Zellingen, Schweinfurt. Preissler hat Mühe, dass er nicht aus der Deckung fällt. Gegen 16 Uhr sind sie beide wieder in Kitzingen.

Der Regen hat aufgehört und Preissler fährt heim. Er hat Hunger und haut sich ein paar Eier in die Pfanne. Bei der Überlegung, ob er Manne mit ins Boot nehmen sollte, bekam er Bauchschmerzen. Er musste nicht weiter nachdenken, sein Handy meldete sich mit der alten Bonanza Melodie. „Preissler!" „Gottfried hier, ich glaube Freddy schleicht schon wieder um das Haus!" „Ich komme sofort!" Es war kurz nach 17 Uhr und die Dämmerung war bereits angebrochen. Preissler parkte auf dem Parkplatz am Trimm-Dich-Pfad, einige Jogger waren noch unterwegs. Als der Parkplatz menschenleer war, stieg er aus. Er wählte die Nummer von Gottfried. „Ich sehe ihn nicht mehr, aber er ist noch hier, da bin ich mir sicher." „Ist die Kleine zu Hause?" „Nein, das ist ja das Problem, sie wird jeden Augenblick heimkommen, ihre Mutter wollte sie um halb vier bei der Hausaufgabenbetreuung abholen."

Der Schlüssel passte nicht, Freddy fluchte.

Der blaue Caddy von Manne bog in den großen Vorgarten ein. Zsa stieg aus und machte der kleinen Raschenka die hintere Türe auf. Im selben Moment sprang Freddy aus der schwarzgrünen Liguster Hecke hervor und hielt der Kleinen eine Walther P22, bestückt mit einem Schalldämpfer an die Schläfe und zerrte sie gleichzeitig weg. Karinna schrie auf und wollte auf Freddy losgehen. Vor ihr spritzte der Sand auf, Freddy hat ihr vor die Füße geschossen.

Preissler sah durch sein Zielfernrohr wie Freddy mit den Frauen sprach und mit seiner Waffe herumfuchtelte, er schien ziemlich unruhig zu sein. Die Frauen schrien ihn an und gestikulierten wild.

Er legte an, zielte auf den linken Oberschenkel und entließ eine Kugel aus der Truvelos. Fast im selben Moment fiel Freddy in den Dreck. Gottfried, der mittlerweile ebenfalls im Garten stand, entriss Freddy die Waffe und trat ihn ins Gesicht. Auch Karinna trat zu, Zsa musste sie zurückhalten.

„Was sollte das, Freddy? Bist du so auf den Hund gekommen? Ich habe dir zweimal das Leben gerettet und jetzt das! Ich rufe jetzt Gabriele an. Sie soll dich holen."

Preissler hat Freddy in die Kniekehle getroffen. Die Kniescheibe wurde dabei zertrümmert, als das Projektil vorne wieder austrat und in dem Kirschbaum gegenüber in einem Astloch verschwand.

Notarzt und Krankenwagen biegen ein. Gabriele hatte sie verständigt. Freddy stöhnte vor Schmerzen beim Verbinden der Wunde. Mit Blaulicht ging es ins Krankenhaus. Kriminalkommissarin Elsa Riesenzahn brauchte in der Rush Hour über eine Stunde, bis sie eintraf.

Gottfried hob in der Zwischenzeit das Projektil aus Freddys Waffe vom Boden auf. Er nahm den Bambusrechen aus seinem japanischen Garten und harkte das Split wieder glatt. Alle Spuren waren verwischt. Karinna brachte die Kleine ins Hinterhaus zu Mama Anissimow. „Ich werde ausziehen Gottfried, mir wird das zu gefährlich hier bei dir." „Okay, ich kann es sogar verstehen. Ich werde später bei einer Bekannten anrufen, ob ihr dort heute unterkommen könnt."

„Was ist passiert?" fragte die Kommissarin und Gottfried sagte nur, dass Freddy plötzlich umgefallen sei. Zwei Männer steigen aus einem alten Volvo und ziehen sich weiße Ganzkörperanzüge an. Mit einem leistungsfähigen Restlichtverstärker erreichen die Spurensicherer eine hervorragende Visualisierung, mit der sie kleinste und allerkleinste Blutspritzer entdecken können. Die Verstärkung des Lichts um einen Faktor bis zu 70.000 zeigt ihnen Lumineszenzen, lange bevor das menschliche Auge sie erkennen könnte. Gottfried entschuldigt sich, dass er mit seinem Bambusrechen alles durcheinandergebracht hat. „Hier ist Blut geflossen, aber dank der großartigen Arbeit von Herrn Wolf kann man nicht mehr viel analysieren!" „Tja, ich bin nun mal so, Ordnung muss sein!" „Wir haben sie auf dem Schirm, Herr Wolf!" sagte Elsa Riesenzahn und ging.

Gottfried rief bei Dorina an und fragte, ob die drei Frauen bei ihr unterkommen könnten?

Zsa fuhr sie dann hin. Dorina hatte Tee gekocht und nachdem sich alle etwas beruhigt hatten, unterhielten sie sich über alles Mögliche. Zsa und Karinna erklärten ihr die Pläne für das Start-up, das sie starten wollten. „Das könnte was werden!" Zsa verabschiedete sich und fuhr nach Hause.

Preissler ging in seinen Schweinestall und schob mit dem Fuß den Mist beiseite. Er zog an einem kleinen Hacken und legte die gut eingepackte Waffe in den entstandenen Spalt. Klappe zu, Mist darüber, fertig! Die gut gereinigte und eingeölte Truvelos war wieder in ihrem alten Versteck.

Am nächsten Tag trifft er sich mit Meister auf der Autobahnraststätte Haidt und nimmt einen dicken Umschlag, der in einer Mainpostille steckt, entgegen.

Meister beauftragt einen Immobilien Scout zum Verkauf des Hauses. Zu seinem Erstaunen wird der Verkauf mehr einbringen, wie er ausgegeben hatte. Für seine drei Frauen kauft er ein kleines Hanghäuschen in Sulzfeld. Zum Abschied fragte er Karinna, ob sie ihm noch einmal einen blasen könnte. Sie lachte ihn an und sagte „Okay komm, zum Abschied und danke für das Häuschen und überhaupt für alles!"

Nach einem kurzen Anruf in einer privaten Seniorenresidenz in Bessenbach im Spessart fragt er Manne, ob er ihn am nächsten Tag hinfahren kann.

„Pass auf deine Kleine auf. Sie ist auf dem Sprung in die Selbstständigkeit!" Gottfried winkte müde, als Manne an ihm vorbeifuhr. Er konnte nicht wissen das Manne und Zsa ihre Beziehung langsam an die Wand fahren.

Als er den Lokalteil der Mainpostille im Wartebereich der Seniorenresidenz aufschlägt, liest er, dass der Kreuzotter-Bestand im Spessart immer weiter zurückgeht. Es gäbe nur noch eine kleine Population in einem Naturschutzgebiet. Er musste an seine Tante denken, als er mit ihr im Zug, als kleiner Junge, nach Iphofen gefahren ist. Vom Bahnhof ging es dann hinauf zum Birkensee auf dem Schwanberg. Er war damals erst fünf Jahre alt und beim Brotzeitmachen schlängelte plötzlich eine Kreuzotter auf sie zu. Seine Tante rief, dass er zick zack laufen soll, was er dann auch machte. Er ging in seine Suite und legt sich auf sein Sofa im Radio läuft All you Zombies von den Hooters, er macht die Augen zu und denkt an seine Kindheit, an seine Tante und seinen viel zu früh verstorben Onkel. Er schläft zufrieden ein.

Manne macht am nächsten Tag einen Morgenspaziergang. Dabei trifft er ein Ehepaar aus Paderborn, das aus dem Schwärmen gar nicht mehr herauskommt, wie schön es in Mainfranken ist.

Ein junger Mann mit bunter, handgestrickter Bommelmütze bringt seine Tochter in den Kindergarten. Sie bleiben am Zaun des Gänsegeheges stehen und schauen Enten und Gänsen bei deren Frühstücksritual zu. Die Kleine fragt ihren Papi, wie der Mann da vorne heißt? Er dreht sich um und sagt: „Manne, und wie heißt du?" „Ich bin die Maya, schau mal meine Schuhe leuchten!"

Herrliche Ruhe am Main. Das Martinshorn eines Notarztwagens durchbricht die Stille. Der Wind hatte aufgefrischt und eine starke Böe wirbelte die Blätter durch die Luft.

Ob das Ende der Beziehung zu Zsa das Richtige war? Er ist traurig und froh zugleich, dass sie sich nicht gestritten hatten. Man muss einen Strich von A nach B ziehen können, aber jede Sekunde mit ihr war es wert!

Als er wieder zu Hause ist, tagträumt Manne auf der Couch vor sich hin. Im Fernsehen sieht er einen Film über Namibia. Zwei Tage später sitzt er im Flieger Richtung Windhuk. „Ich muss jetzt alles erst einmal hinter mir lassen, um wieder leben zu können. War jetzt ein bisschen viel in den letzten Tagen." Vor allem die Trennung von Zsa nahm ihn tiefgreifend mit. Trotzdem freut er sich auf Straußensteaks, Sanddünen, Atlantikstrand und die wohlriechenden Piri-Piri Felder. Er muss an den Spruch eines alten Fußballehrers denken: „Lebe geht weiter!"

Preissler indes wird in der ruhigen Winterzeit verstärkt seiner Lieblingsbeschäftigung frönen. Dazu setzt er sich schon am Nachmittag in den Fernsehsessel und schaltet die Kiste ein. Am liebsten schaute er Serien, weil er da die Zeit hat, Bindungen zu entwickeln und bestimmte Figuren zu mögen. Zwischendrin kann er herrlich einschlafen und um 24 Uhr wackelt er meistens in sein Bett.

Mama Anissimow ist zu Gottfried in den Spessart gezogen. Er liebt den Tee den sie in ihrem alten Samowar jeden Tag zubereitet. Die langen Spaziergänge durch die Eichenwälder halten beide am Leben.

Epilog

Manfred Stöhr, kommt wieder zurück aus Namibia und wird weiter auf dem Wohnmobilstellplatz in den sieben warmen Monaten des Jahres Brötchen verkaufen. Anfang 2021 macht er eine millionenschwere Erbschaft. Er kauft sich einen Luxus Liner und fährt damit durch ganz Europa.

Wolfgang Preissler hat sein Gestüt um zwei weitere Pferde vergrößert, wird dieses aber Ende 2020 an Simone Werner abgeben. Ab und zu begleitet er Manne auf einer Reise mit dessen großen Wohnmobil. Die Bretagne hat es beiden angetan.

Zsanett Kovacs und **Karinna Wolf** erleben eine richtige Erfolgsgeschichte mit ihrer Firma „East meets West". Einmal im Jahr treffen sie sich mit ihren „Ex-Männern" zu einem Treffen im Spessart, jedenfalls bis 2020. **Raschenka** wird einige Jahre später auch in der Firma arbeiten und mit Chinesisch eine wichtige Sprache in die Firma mit einbringen. Sie bringt einen Sohn auf die Welt den sie **Tolin** taufen lässt. **Zsa** verbringt ihre Urlaube bei **Manne Stöhr** im Wohnmobil, für mehr reicht ihre Zeit nicht mehr.

Gottfried Meister alias Markus Wolf stirbt Ende 2020 bei einem Autounfall im winterlichen Spessart.

Mama Anissimow, seine letzte Begleiterin erbt eine halbe Million. Die restlichen zwei Millionen gehen an **Manfred Stöhr**, der ihm ans Herz gewachsen war. Auch weil er ihn oft im Spessart besuchte.

Ansgar Wegner heiratet endlich seine Thao und verabschiedet sich Anfang 2020 nach Thailand.

Simone Werner übernimmt Ende 2020 „Preisslers Hofreiterei". Sie vergrößert das Gestüt und verliebt sich in eine junge Frau und diese sich in sie. Mit **Oleg Kaminski** hat sie nach Preisslers Rückzug einen tatkräftigen Investor gefunden, der langsam gefallen an der Reiterei findet.

Dorina Hochstett landet noch einige Bestseller über Urban Gardening und ist gefragter Talkgast im Fernsehen. Zu Meister hat sie keinen Kontakt mehr. Die Kunsthalle hat sie verkauft und wohnt jetzt für einige Zeit zur Miete in einer schönen Wohnung im Würzburger Hubland. Im Sommer 2019 zieht sie zur ihrer Nichte nach Budapest.

Werner Großmeier plagen Gewissensbisse. Er geht in Frühpension und nach einigen Jahren nimmt er sich das Leben. Die Überreste seiner Frau werden nie gefunden.Carlo Visentini und Pepino Ciprelli werden nach drei bzw. dreieinhalb Jahren Haft nach Italien abgeschoben wo sie als Fremdenführer in Cagliari arbeiten.

Kriminalkommissar **Eduard Gersteg** quittiert seinen Dienst und wird ein erfolgreicher Modeblogger und gefragter Influencer.

Maximilian Eichel geht in den Vorruhestand und kümmert sich mit großem Engagement in einem 450 Euro- Job um den Wohnmobilstellplatz.

German Sauer hat sein Wohnmobil verkauft und wird angesehener Stammgast in verschiedenen Fetisch-clubs.

Moyo Helfrich hat nach seiner Lehre den Job im Autohaus gekündigt und sich selbstständig gemacht. Zur Zeit fährt er eine Ducati 959 Panigale die er günstig erwerben konnte. Werkstatt, Halle und Kundenstamm von **Ansgar Wegner** hat er übernommen. In einigen Jahren wird er ein erfolgreicher Autotuner sein.

Ilena Ajutor hat bei Preissler aufgehört und arbeitet jetzt bei „East meets West". Von den 50.000 Euro, die ihr Preissler für den Ring gegeben hatte, gab sie erst 8.000 aus.

Friedrich „Freddy" Laue, wird nie mehr ohne einen Gehstock laufen können. Auch die dritte Operation am zerschossenen Knie brachte keine Besserung. Gabriele wird sich irgendwann von ihm trennen.

Ulf Bodenstein wird wegen Mordes an **Herbert Graf von Weichenberg** und dem Totschlag an **Maria Sternhagen** zu einer lebenslangen Haftstrafe verurteilt.

Kriminalkommissar **Arne Hatterer** und Kriminalkommissarin **Elsa Riesenzahn** tappen weiterhin im Dunkeln, was das Verschwinden von **Ines Großmeier und Leo Meier** angeht. Beide Fälle werden als "Cold Cases" in den Akten verstauben.

Kriminalhauptkommissar **Felix von Stein** schaut immer wieder mal im Präsidium vorbei. Hat sich in Kitzingen in guter Wohngegend am Main eine Eigentumswohnung unweit der Kunsthalle gekauft. Regelmäßig geht er in der Mainlust zum Essen.

Oleg Kaminski beteiligt sich marginal an Preisslers Reiterhof. Er kündigt Freddy Laue die Freundschaft. Sein Club in Enheim blüht weiter auf nachdem sich Freddy nicht mehr einmischen kann. Es war eine Bedingung von Gabriele das sie (vorerst) bei ihm bleibt.